인간에겐
불륜이
필요하다

인간에겐 불륜이 필요하다

초판 1쇄 발행 | 2014년 11월 21일

지은이 최류
발행인 이대식

책임편집 김화영 **편집** 이숙 나은심
마케팅 윤여민 정우경 **관리** 홍필례
디자인 모리스

주소 서울시 종로구 평창길 329(우편번호 110-848)
문의전화 02-394-1037(편집) 02-394-1047(마케팅)
팩스 02-394-1029
전자우편 saeum98@hanmail.net
블로그 saeumbook.tistory.com
페이스북 facebook.com/saeumbooks

발행처 (주)새움출판사
출판등록 1998년 8월 28일(제10-1633호)

© 최류, 2014
ISBN 978-89-93964-90-5 03810

• 잘못된 책은 바꾸어 드립니다.
• 책값은 뒤표지에 있습니다.

인간에겐 불륜이 필요하다

최류 장편소설

새흥

차례

0

0

남편과 아내

　―이 프로젝트는 2023년까지 다섯 단계의 로드맵이 예정되어 있습니다. 이 로드맵을 굳이 비유하자면, 아이를 기르는 것과 같습니다. 갓 태어난 아이는 똥오줌도 못 가리는 주제에 툭하면 울어 속을 썩이죠. 어떻게 생각하면 참 귀찮은 생물입니다. 하지만 아기는 소통을 통해 정보를 습득합니다. 아기는 그렇게 축적된 정보를 바탕으로 자립적인 사회구성원으로 성장하겠죠. 우리의 프로젝트 또한 그러합니다.

　프레젠테이션을 듣고 있던 여자가 옆자리 남자를 돌아보며 조그만 소리로 말했다.

"그럼 2023년까지 또 일에만 빠져 살겠네?"

남자가 어깨를 으쓱했다.

"일도 하겠지만 즐기면서 살 거야. 나도 이제 삶을 즐겨야지. 뭘 할지도 다 생각해놨어."

쉰다섯의 아내가 묻고 동갑인 남편이 답하는 것이다.

"그 계획에 나도 포함돼 있는 거야?"

남자가 당황했는지 허허 웃는다.

"무슨 소릴 하는 거야? 당연히 있지."

여자는 대답 대신 피식 웃으며 남자로부터 고개를 돌렸다. 둘은 다시 각자 팔짱을 낀 채 시선을 프레젠테이션 화면으로 옮겼다.

―2001년부터 2007년까지 진행된 1단계에서는 인공지능 아기의 토대가 될 기본 코드와 디자인이 설정되었습니다. 2010년까지 진행된 2단계에서는 이 코드와 디자인을 활용한 수십 차례의 실험이 진행되었으며, 여기에서 우리는 자동 교육 프로그램을 제작했습니다. 그리하여 2012년에는 프로토-AI 가상 에이전트, 즉 실제 AI(인공지능) 아기를 비디오게임 속에 구현했습니다. 지금도 '아기'는 우리의 실험실에서 '배우며 자라고' 있으며, 2015년, 바로 내년이면 아기의 프로토타입이 완성될

것입니다.

"찰리, 당신은 언제나 꿈을 좇지만 나는 현실에 살지."

여자가 다시 입을 열었다.

"꿈이라니? 두고 봐, 언젠가 그 구분조차 모호해질걸."

"그렇겠지. 하지만 당신, 이상과 현실은 달라."

아내는 눈을 감았다. 재즈피아니스트였던 그녀의 손가락이 공기를 연주하듯 천천히 움직인다.

"현실은 내게 있어."

남자는 아내를 보았으나 그녀는 눈을 뜨지 않았다.

"사람은 진짜 사람다운 것을 찾아다니는 것뿐이야."

다른 사람이었다면 남편은 되물었을 것이다. 진짜로 사람다운 게 뭐지? 그러나 남편은 아내에게 묻지 않았다. 드러내고 싶지 않은 교감과 묵은 정, 기묘한 긴장감 따위가 두 사람을 감싸고 있었다.

─인공지능 아기는 선진 학습과 추론을 통해 배우고 습득하며 인간과 소통할 것이며, 2018년에는 스스로 AI 스페셜리스트가 될 것이고 2021년에는 인간 지능 수준의 AI가 탄생할 것입니다. 그리고 마침내 2023년에는 인간처럼 배우고 사고하

며 행동하는 AI로 성장할 것입니다. 이것이 2023년까지 우리 프로젝트의 목표입니다.

프레젠테이션을 마친 여자가 무대에서 내려왔다. 그녀의 자리는 부부의 바로 뒷줄에 있었다. 걸어 내려오는 그녀에게서 차분한 성숙함이 배어나왔다. 문득 남자의 뇌리로 그녀의 알몸이 스쳤다. 아무것도 입지 않은 알몸은 잔잔한 회색 정장과는 사뭇 다른 것이었다. 그녀가 내지르던 절정의 소리가 순간 귓가로 날아들었지만, 바로 지워야 했다. 그는 지금 공적인 자리에 있으며, 그곳에서 그와 가장 가까운 여자는 역시 옆에 앉은 아내였다.

1

찰리 류

광화문 KT올레플라자에서는 지금 '인공지능과 미래'라는 제목으로 찰리 류의 오픈카이(openKAI) 소개 프레젠테이션이 한창 진행중이다.

'찰리'라는 이름은 비밥 트럼펫 연주자인 찰리 파커로부터 왔다. 그는 한때 비밥, 특히 비밥 시대의 거장 찰리 파커와 디지 길레스피에 미쳤었다. 서로 전혀 다른 삶을 살아온 두 명의 위대한 재즈트럼펫 연주자는 서로의 그림자이자 빛이었다. 디지 길레스피의 삶은 누구나 동경할 만한 것이었으나 찰리 파커의 삶은 비참했다. 부랑자처럼 지내며 연주하던 그는 지독한 마약쟁이였다. 어느 것도 그를 위안해주지 못했다. 생애 마지막에 찰리 파커는 가장 소중한 친구인 디지 길레스피의 집에 달려가 울부짖었다. "이봐 디지, 제발 나 좀 살려주게!" 얼마 후 그는 소파에 누워 텔레비전을 보던 자세 그대로 죽었다. 아무도 다시는 그와 같은 삶을 살지 못한다. 당연한 일이다. 삶은 이미테이션이 될 수 없다. 혹은 키치가 될 뿐이다.

쉰다섯 살의 또 다른 찰리는 가끔 생각했다. 자신도 찰리 파커와 같은 죽음을 맞이하지 않을까? 뛰어난 재능을 가진 남자는 세상의 어떠한 것에도 충족'받지' 못했다. 그에게 굳이 중독이 있다면 불륜 혹은 인터랙션 중독이 있을 것이다. 끊임없이 새로운 관계를 원하는 중독 말이다. 새로운 사람과의 만남은 서로를 견제하는 개처럼 짜릿한 혼란을 주었다. 새로운 여자와의 섹스는 더할 나위 없다. 도전과 모험, 나아가 도덕과 룰을 남몰래 어기는 것은 언제나 사람을 흥분시켰다.

찰리는 익숙하게 프레젠테이션을 진행했다. 무대를 콜로세움처럼 둘러싼 객석에 참석자가 뒤쪽으로 몰렸다. 유일하게 짧은 단발머리의 젊은 여자만이 혼자 맨 앞에 앉았다. 똑바로 앉은 그녀의 자세가 좋다. 그 뒤로 오픈카이의 개발자와 이사들이 병풍처럼 둘러섰다. 어제 다 함께 강남의 룸살롱에 가서 3차까지 달린 사람들 앞에 젊은 여자는 어린 버드나무처럼 푸릇푸릇하다. 문득 깊은 곳으로부터 짜릿함이 올라왔다. 찰리는 그 정체를 깨닫고 소리 없이 웃었다.

세 연사의 오프닝 프레젠테이션이 끝나고 바로 벤처기업의 프레젠테이션이 이어진다. 찰리는 오픈카이 프로젝트 발표자를 툭 친다.

"청중도 참여하게 해. 맨 앞에 앉아 있는 사람에게 말을 건다든지."

고개를 끄덕인다. 곧 오픈카이 프로젝트의 프레젠테이션이 시작되었다. 귀여운 아기 사진이 떠오르자 사람들은 함박 웃었다.

"여러분, 아기 다들 좋아하시죠?"

웃을 뿐, 아무도 대답하지 않는다. 노련한 발표자는 맨 앞의 여자에게 묻는다.

"맨 앞에 앉아 계신 여자분, 네, 아이패드 들고 계신 분이요. 아기 좋아하세요?"

그녀는 조금 생각하다가 대답했다.

"아뇨."

사람들이 킥킥거렸다. 개발자와 이사들도 미소 지었다. 재미있는 '애기'네. 찰리는 생각했다. 그에게 26세의 여자는 한참 어렸다.

"그럼 인공지능 아기는 어떠세요?"

"아이패드 같다면 괜찮겠죠."

"그렇다면 아이패드처럼 순한 인공지능 아기를 저희가 만들어드리겠습니다. 어떠세요?"

"AS 돼요?"

사람들이 웃는다. 찰리가 마이크를 빼서 말했다.

"저희 회사에서 일하시면 일 년 동안 AS 무상으로 해드리겠습니다."

그 소리에 희재가 뒤를 돌아본다. 간밤의 3차로 노곤함이 진하게 묻어나는 개발자와 이사 사이에 찰리가 청바지 차림으로 앉아 있다. 희재는 얇은 티셔츠에 스키니를 입었다. 글래머러스하지는 않지만 몸의 선이 우아한 여자다. 찰리는 그녀의 선이 마음에 들었다. 그런 몸을 가진 여자는 갓 2차성징을 맞이한 여자아이의 몸처럼, 세포가 거품처럼 부풀고 늘어나는 듯한 싱싱함을 준다. 어른의 몸이 되어가는 여자아이는 거품 속 눈부신 비너스다.

자기소개 시간이 이어진다. 희재는 자신을 'BGM 제작 프리랜서'라고 소개했다. 그녀는 색다른 작업을 해보고 싶어서 포럼에 참석했다. 실용음악과에서 공부하며 재즈아카데미에서 조교로 일하다가, 게임을 개발하는 지인을 도와 프리랜서로 일했다. 지인의 다섯 번째 게임이 성공하면서, 현재 동시 접속자 수가 4만 명인 신작 온라인게임 〈엘펜리릭Elfen Lyric〉의 BGM 제작팀 일원이 되었다. 그녀는 컴퓨터 작업보다는 실제 연주를 통해 BGM을 만든다. 깊이 있게 다루는 악기는 없지만, 간단한 연주들을 조합해서 독특한 음악으로 만들어낸다.

찰리는 페이스북으로 그녀를 검색했다. 뉴스피드에는 업로드된 지 20분 된 포럼의 사진이 있었다.

희재에게 무대 위에 있는 사람과 이야기를 주고받는 경험은 매우 특별하다. 그것은 그녀만의 '황금종이학'과 같았다. 『마음을 열어주는 101가지 이야기』에서 한 연사는 마음의 목소리를 따라 관객에게 황금종이학을 건네준다. 반짝거리며 오가는 인터랙션이 그녀는 좋았다. 과연 이번에도 그녀는 황금종이학을 받았을까?

포럼의 피날레를 장식하는 네트워킹 파티가 시작되었다. 긴 탁자 위에 간단한 먹을거리와 음료수가 차곡차곡 놓이고, 사람들이 주섬주섬 명함을 가지고 모여들었다. 대표와 개발자가 명함을 주고받았다. 기자와 포럼 요원이 사진을 찍었다. 희재는 페이스북으로만 보았던 사람들과 담소를 나누었다. 사람과 인사가 바람처럼 지나갔다. 부딪치는 나뭇잎처럼 악수가 오갔다. 클릭 한 번으로 잇고 끊어지는 '페북 친구'와 명함 하나로 잇고 끊어지는 '네트워킹'. 네트워킹을 통해 각각 보유한 능력과 지식이 교차했으며 페북으로 여운이 이어졌다.

10초의 커뮤니케이션 속에 인재와 벤처의 핵이 담긴다. 일대일로 깊이 교류하는 대화와는 다른 선선하고 자유로운 커뮤니케이션이다.

커뮤니케이션이 돌고 돌아, 찰리는 희재 앞에 섰다. 청바지를 입은 중년 남자의 눈을 젊은 여자는 신기하게 바라보았다. 그렇게 눈이 빛나는 사람은 흔치 않았기 때문이다. 눈에 빛이 있는 사람은 순수하고 호기심이 많다. 그러나 서울은 아이의 눈조차 반짝거리지 않는 도시다.

"내 프로필은 아까 봤죠? 작곡가님의 프로필은 페이스북에서 봤어요. 실례지만 어떤 음악 장르를 주로 들으시나요?"

희재의 단발머리가 발랄하게 흔들렸다.

"재즈요. 재즈라면 가리지 않고 들어요."

"그렇군요. BGM을 제작할 때 재즈에서 영감을 받나요?"

"그럴 때도 있죠. 하지만 영감의 원천은 다양해요."

"그렇겠죠. 저도 재즈를 즐겨 듣습니다. 재즈를 들으며 영감을 받고 아이디어를 떠올리지요. 5월에 내한했던 키스 자렛 트리오 콘서트는 다녀왔나요?"

"네."

찰리는 희재에게 명함을 건넸다.

"이번에 〈엘펜리릭〉 게임 내에서 게임 인공지능 테스트를 적용하려고 해요. 그래서 〈엘펜리릭〉 BGM 제작자를 만나니 더 반갑군요. 〈엘펜리릭〉 제작사 대표인 주현원 대표와는 잘 아는 사이인가요?"

"네, 학교 선배님이에요."

"저는 독서클럽에서 주현원 대표와 안면을 텄죠. 우리 랩에서 인공지능을 위한 가상현실을 조성하려고 하는데, 그 가상현실의 BGM을 제작해주실 수 있을까요?"

희재는 웃었다.

"좋아요. 제가 지금은 힘들고요. 다음 주 화요일 저녁 어떠세요?"

"좋습니다. 그리고 찰리라고 불러요. 호칭은 많지만, 그게 제일 편해요. 나는 누구든지 동등하게 이름을 부르며 이야기하고 싶거든요."

희재는 고개를 끄덕였다. 찰리, 하고 어색하게 발음하는 그녀의 모습이 중학생 같다. 그녀의 삶의 스펙트럼과 몸에 대한 호기심이 묘한 울렁임을 만들었다. 이 느낌은 언제나 가슴이 펄떡펄떡 뛰었던 푸릇푸릇한 때로 되돌린다. 온몸에 퍼지는 짜릿한 전율이 탁 트이도록 자유롭다.

화요일 저녁, 두 사람은 신사동 가로수길에서 만났다. 시원 시원하게 쭉 뻗은 길이 카페 창 너머로 훤히 보였다. 희재는 카페의 이국적인 분위기 속에서 턱을 괴고 생각에 잠겼다. 선글라스를 낀 찰리는 아이폰을 들여다본다. 아메리카노의 향기를 따라 간간이 대화가 이어진다.

55세의 찰리는 인공지능 공학자고, 결혼 전에 재즈피아니스트로 활동했던 아내와 외동딸이 있었다. 아내와 딸은 모두 캐나다에 있다. 한때 재즈피아니스트를 꿈꿨던 희재는 현재 인공지능에 관심이 있다. 피아니스트가 피아노로 세상을 구현하듯, 인간이 인간을 재현한다는 사실이 흥미로웠다. 그녀는 지식의 자유를 얻은 찰리의 모습에 환한 동경을 느꼈다. 26세의 그녀는 무지했기 때문이다. 흥미와 막연한 상상이 있을 뿐, 그것을 구체화시킬 기술과 지식은 없었다. 그녀는 세상을 바라보고 자신의 감상대로 피아노를 치고 기탓줄을 튕겼으며 퍼커션과 책상을 두들겼다. 그것이 그녀가 소리로 세상을 표현하는 방법이었다. 그녀는 자신에게 없는 논리와 지식, 기술을 동경했다. 찰리는 그녀가 동경하는 '조르바'까지도 많이 닮아 있었다.

조르바. 희재가 찰리를 선택한 이유였다. 구질구질한 첫사랑과 헤어진 후의 외로움도, 4년 동안이나 학교에 돌아가지 않고 재즈바를 전전하는 것도, 방황한 지 10년째인데도 아직 감조차 잡지 못한 삶의 의미와 근원도, 자신 안에 없는 것에 대한 동경을 앞서가지는 못했다. 동경은 성적 욕망과 뒤섞여 알 수 없는 기묘한 감정이 되었다. 찰리가 강하게 밀려들어올 때에도 그녀는 정체 모를 그것을 파악하지 못한 채 몸을 한껏 오므렸다.

따뜻했다. 그리고 노련했다. 여자를 많이 안아본 몸이었다. 부드러웠고 부드럽게 움직였다. 쉰다섯 남자의 몸은 손끝, 발끝에서 깊숙이 밀고 들어오는 그 끝까지 부드럽고 둥그스름했다. 문득 하이디의 하얀 빵이 떠올랐다. 찰리의 피부는 희재의 것보다 희다. 마라톤이 취미인 희재의 피부는 잘 구워진 식빵 껍질색이다.

아프니? 묻는 말에 희재는 나지막이 대답했다. 아뇨. 목덜미에서 달콤한 바디버터 향기가 났다.

섹스가 끝나고 찰리가 씻으러 간 사이 희재는 방 안을 둘러보았다. 널찍한 방의 한 면을 책이 가득 메우고 있다. 그 앞에 놓인 킹사이즈 침대 위에 희재는 올라타 있다. 침대 시트와 이불을 싼 면 시트는 티 없이 하얗다. 여자가 다녀갈 때마다 이것만 벗겨내서 빠는 것일까. 희재는 멍한 호기심으로 책장을 유심히 바라본다. 절정 후의 노곤한 들뜸이 아직 몸에서 요동

친다.『행복이란 무엇인가』『명상록』『총, 균, 쇠』『백 년 동안
의 고독』『잠자는 미녀』『현대 사회학』『성의 윤리학』『소셜 네
트워크 마케팅』『체 게바라 자서전』『생의 한가운데』. 읽고 싶
다. 샤워하는 소리가 생각과 섞여든다. 이 모든 책이 저처럼
나를 채워줄 수 있다면.

끽 하는 소리와 함께 방 안이 딸꾹질하듯 진동했다. 담배냄
새가 조용히 풍긴다. 희재는 침대의 하얀 시트 위에 다리를 이
불로 가린 채 그대로 앉아 있었다. 그녀는 기다렸다.

눈을 똑바로 바라보고 하는 대화는 솔직하다. 오래된 격언
처럼 눈은 영혼의 창窓이기 때문이다. 내가 내 안에 가장 깊
숙이 숨겨놓은 것, 끔찍하게 여기는 나도 모르는 무엇을 타인
이 허락도 없이 똑바로 바라본다면, 누군들 소스라치지 않겠
는가. 그러나 희재는 다르다. 그녀는 인간의 눈을 똑바로 바라
보았으며 누가 자신을 들여다보는 것을 두려워하지 않았다.
어린 시절부터의 습관이었다. 부모가 건방져 보인다며 아무리
고치라고 해도 그녀는 고치지 않았다.

반대로 찰리는 똑바로 마주 선 여자 앞에서는 눈을 피했다.
그는 침대로 돌아온 이후 내내 희재와 눈을 마주치지 않았다.
왜 눈을 쳐다보지 않는 걸까? 눈을 바라보는 것을 두려워하는
것일까? 여자는 남자 곁에 누워 그를 관찰했다. 그는 그녀에게

팔베개를 해주고 말없이 담배를 피우며 아이폰을 만졌다. 그녀가 꿈틀거릴 때마다 꼭 끌어안으면서도 끝끝내 눈은 마주치지 않았다.

희재는 찰리를 말없이 바라보았다. 미묘하게 다른 체온과 다른 박자의 심장박동이 서로를 침묵케 한다. 그녀는 다리를 찰리 밑으로 밀어넣어 맞닿는 체표면적을 넓혔다.

"찰리는 섹스를 왜 해요?"

희재가 처음으로 한 질문이었다.

"섹스는 인터랙션의 하나지. 요컨대 너를 이해하는 하나의 수단이랄까."

"그건 감정이 배제되었잖아요."

"감정 또한 인터랙션되는 거지."

"그게 아니라, 마음 말이에요. 인터랙션이란 보편적인 현상을 말하는 것이고, 저는 섹스에 대한 마음이 어떤지 여쭤보는 거예요."

찰리는 피식 웃으며 담배연기를 내뿜었다. 담배를 들고 있는 손이 아주 천천히 정확한 포물선을 그리며 재떨이에 닿았다. 그는 결국 아무 말도 하지 않은 채로 곯아떨어졌다. 코 고는 소리를 들으며 희재는 75킬로그램의 부드럽고 따뜻한 온기를 안고 있었다.

그의 오른쪽 겨드랑이 밑에 안긴 채 희재는 생각에 잠긴다. 여자는 왜 남자를 내 안에 받아들였는가? 여자가 원하는 것은 무엇인가? 여자는 섹스를 원하는가? 섹스를 통한 무엇을 원하는가? 어떻게 생각하면 그저 본능 하나 간수 못하는 헤픈 여자에 불과하다.

55세 남자와의 섹스를 통해 26세 여자가 얻는 것은 무엇인가? 잃는 것은 무엇인가? 그 전에 섹스란 본질적으로 무슨 의미인가? 체외 사정을 하는 섹스란 오로지 쾌락만을 위한 것인가? 서로 주고받는 온기는 왜 사람을 깊이 안심시키는가? 떨어지자마자 다시 성욕은 굶주리기 시작하고 사람, 융합, 쾌락, 안정을 원한다.

인간관계는 복잡해지기 전에 손익을 따져두는 편이 편리하다. 이익과 손해를 따지면 크게 상처받지 않는 선에서 사랑할 수 있다. 그러나 인간이여, 사랑하는가? 사랑이란 무엇인가? 사랑하는가, 사랑받는가? 사랑을 계산하는 것은 합리적인가? 상처받지 않고자 혹은 상처 주지 않고자 노력하는 인간관계란 합리적인가?

희재는 유부남에게 안겨 있다. 그것이 도덕적으로 용납되지 않는 행위라는 것을 잘 안다. 그런데도 저지른 것은 그녀 속에 내재된 지독한 외로움과 낮은 자존감이 원인이라는 것까지도 안다. '여자는 남자를 좋아했고 남자는 여자의 몸을 가졌다. 따라서 남자는 여자를 책임져야 한다'는 싸구려 소설 같은 희망은, 그녀가 그토록 부정해도 조심스럽게 내재했다. 그것은 일종의 살아가기 위한 진통이자 몸부림이다. 어긋난 희망, 타인에 의지하는 마음은 인간관계의 계산을 시작부터 틀어지게 한다. 희재는 그 사실을 잘 알고 있다. 그러나 몇 번이나 반복했던 것처럼 여자는 한동안 남자에게 영혼까지 뺏기고, 결국 둘 다 서로에게 영혼을 빼앗겼다는 것을 깨닫게 되리라. 섹스란, 지독한 인간의 외로움이란, 그를 위로하는 타인의 온기란 그토록 집요하다.

그는 그녀의 젊음과 가능성을 탐한다. 그녀는 그의 연륜과 지혜를 탐한다. 그러나 그 어느 누구도 결코 자신이 탐하는 것을 얻지 못하리라. 그저 물리적으로 가장 가까워질 뿐, 그 넘어갈 수 없는 경계에서 환상을 온몸으로 느낄 뿐이다. 그리고 지쳐 나가떨어지겠지.

잠이 든다. 그리고 또다시 일어나, 한 인간은 자신에게 없는 것을 다른 인간에게서 탐할 것이다. 벽시계의 초침이 100미터 달리기 선수처럼 움직이고 멈춘다.

문득 찰리가 깨어났다. 코를 고는 것이 무안한 그가 말했다. "내가 코를 고네."

희재는 웃으며 찰리의 몸을 쓰다듬는다. 그는 희재 쪽으로 돌아누워 다시 잠이 들었다. 나름 코를 골지 않기 위해 자세를 잡은 것 같지만 결국 그는 다시 코를 골았다.

희재는 계산서를 머릿속에 접어 넣고 따뜻한 덩어리에 몸을 바싹 붙인 채 눈을 감았다.

지금 제작 중인 BGM의 배경이 펼쳐진다. 드넓은 해바라기 밭에 서 있다. 커다랗고 둥근 얼굴의 해바라기가 모두 해질녘 태양을 바라보고 서 있다. 바람이 불고 모든 해바라기가 흔들린다. 해바라기 향기가 난다. 그것은 태양의 향기를 닮아 있다. 그 한가운데 그랜드피아노가 검은 해바라기처럼 서 있다. 한 여자가 빛을 등지고 피아노를 연주한다. 희재는 그 선율을 떠올리려 하지만 손가락이 움직이는 것만 보인다. 그리고 텔레비전 화면이 끊기듯 해바라기밭은 뚝 끊어졌다.

눈을 뜬다. 눈을 뜨고 온기를 감지한다. 잠시 그것을 보고 다시 눈을 감는다. 쓰다듬자 꿈틀거리며 따뜻한 핏덩이가 움직인다. 인간은 핏덩이다. 때로는 뜨겁기까지 한 온기로 가득한 핏덩이다. 그것이 가까이, 더 가까이, 주인을 사랑하는 온순한 고양이처럼 있을 때, 그만한 위안과 안정을 주는 것이 세상에 또 있을까.

삼성동 코엑스. 오픈카이에 대한 찰리 류의 프레젠테이션이 끝나자 질문이 이어졌다.

"오픈카이란 새로운 패러다임의 인공지능인가요?"

"굳이 말하자면, 네 그렇습니다. 기존의 인공지능 개발은 연구소로 제한됩니다. 직접 인공지능을 개발하는 연구원과 프로그래머 외에는 일반인이 접근하기 힘들죠. 반면 오픈카이는 유저와의 인터랙션에 기반한 강인공지능 소프트웨어 프로젝트입니다. 지금도 오픈카이의 모든 소프트웨어는 모두 공개되어 있으며 2주에 한 번씩 업데이트되는데, 이때 일반인들의 의견 및 개발도 상당히 큰 도움이 되고 있습니다."

"오픈카이에 일반인이 어떻게 참여하나요?"

"현재는 커뮤니티를 통해서 정기적으로 모임 및 테스트가 이루어집니다. 이 프로젝트는 팬덤에서 시작되었기 때문에 적극적으로 참여하는 일반인이 많습니다. 초기 개발자들도 팬덤에서 형성되었고, 그들이 인공지능을 구성하는 소프트웨어의 토대를 개발했습니다. 저희는 팬덤과 일반인의 긴밀한 참여가 큰 힘이 될 것으로 생각합니다. 따라서 일반인이 쉽게 개발에 참여할 수 있는 방법 또한 연구 중입니다. 최근에는 온라인게임 업체와 협력해서 유저와 직접 인터랙션하며 성장하는 게임 인공지능을 개발하고 있습니다."

"왜 강인공지능인가요? 게임 속 NPCNon-Player Character처럼 인간의 삶을 돕는 정도의 약인공지능이면 될 텐데요."

"사실 그렇죠. 하지만 이왕 하는 김에 욕심을 부리고 싶었습니다. 왜냐하면 인공지능의 정점은 내면도 외면도 인간을 닮은 동시에 초월했을 때라고 생각하기 때문입니다. 개인적인 이야기를 하자면, 저는 뇌공학에 관심이 깊습니다. 처음 시작은 때 아닌 자기 자랑을 조금 하자면, 어떤 정보도 모두 완벽하게 기억할 수 있는 제 기억력 때문이었습니다. 나의 뇌는 어떻게 되어 있기에 이런 암기력을 가질 수 있는 걸까? 뇌공학에 깊이 파고들기 시작한 건 아버지가 알츠하이머에 걸리신 후였습니다. 수많은 뇌는 비슷한 비율의 분자들과 구조로 이루어져 있지만, 또한 모두가 개별적인 특성을 가지고 있습니다. 정말 신기하죠? 당장 지금 여기 앉아 계신 여러분께서 생각해보세요. '왜 나는 이럴까?' 스스로가 왜 이렇게 반응하고 기억하며 상호 소통하는지 알고 싶지 않습니까? 나르시시스트라고 조금 욕은 먹더라도 말입니다. 현재 오픈카이는 컴퓨터공학뿐 아니라 뇌공학자와 심리학자의 컨설팅을 받고 있습니다. 즉, 뇌의 원초적인 형태를 IT기술, 코드로 재현하는 실험인 셈이죠. 현재 국내외 유수한 대학들, 벤처기업들과 기술 교류를 하고 있고요."

"약인공지능부터 개발하고 그를 바탕으로 강인공지능을 만드는 방법도 있을 텐데요."

"약인공지능과 강인공지능은 용도에서 차이가 나요. 현재 약인공지능은 주로 산업로봇에 쓰이죠. 약인공지능이 탑재된 기계는 인풋이 제한될 수밖에 없습니다. 알고리즘을 이용해서 지능을 흉내낼 뿐 자발적인 사고를 하지도 못하고요. 즉, 다양한 변수에 대한 대응 능력이 전혀 없는 거죠. 반면 강인공지능에서 가장 중요한 점은 자발적인 사고와 다양한 변수에 대한 대응 능력입니다. 자발적인 사고는 물론 인간과 흡사한, 유연한 사고회로를 재현한다는 것은 무척 어려운 일입니다. 그래서 오픈카이에서는 아기의 끊임없이 학습하는 지능을 강인공지능의 모티브로 잡고 있습니다. 저희가 개발한 인공지능을 '아기'라고 부르는 것은 바로 그런 연유에서죠."

희재는 찰리의 질의응답을 가만히 들었다. 그녀는 또 다른 벤처 포럼에서 그의 프레젠테이션과 마주쳤다. 20분 전, 찰리의 짤막한 인사 문자를 받았다. 비행기 모드로 전환된 갤럭시 S3의 녹음 화면이 불안하게 빛났다.

그녀의 옆에 앉은 흰 정장의 여자가 맥북에 열심히 타이핑을 하고 있다. 여기에 그를 거쳐 간 여자가 몇이나 있을까? '그와의 섹스'라는 키워드로 나와 연결되는 인간이 몇 명이나 될까? 희재는 저도 모르게 무수한 점을 찍어댔다.

정신이 든 그녀는 그 사이에 큰 점을 하나 그려넣고 다른 점들과 잇기 시작했다. 그것은 그저 섹스였을 뿐이다. 몸을 공유한 것뿐이다. 감정을 넣을 필요가 없는 육체적인 관계다. 어젯밤 몰래 먹은 삼겹살과 사람의 관계처럼 맛있게 먹고 잊어버리면 되는 것이다. 그러나 아무리 되뇌어도 기대감과 질투가 몸속에 남았다. 남자가 여자에게 남긴 물질이 정액이라면, 비물질은 기대감이다.

가슴이 찌르르 아팠다. 전 남자친구에게 카톡을 보낼까? 안 된다. 찰리에게 카톡을 보낼까? 유부남은 모두의 앞에 서있다. 그녀는 그와 함께할 수 없다. 누구를 사랑하는 것일까? 섹스를 했다는 사실이 사랑으로 이어질 수 있나? 미련인가, 기대감인가? 결국 모든 것이 부질없는 것인가, 혹은 몹시 더러운 짓일 뿐인가? 더러운 기분을 지워야 한다. 역겹다. 희재는 에스프레소 더블샷을 마시기 위해 잠시 자리를 비웠다. 진한 카페인이 부정적인 감정을 없애고 일에만 집중할 수 있도록 생각을 좁혀주리라.

찰리는 객석 사이를 걸어나가는 그녀의 뒷모습을 보았다. 순수하고 건강한 26세의 몸이 걸어간다. 무척 아름다운, 55세의 그도 한때 가졌던, 그러나 이제는 결코 가질 수 없는 것. 바람처럼 스쳐 지나가버린 아름다움. 여자는 남자가 갓 알기 시작한 몸이다. 남자를 거의 모르는 몸은, 언제나 풋풋한 향이 났다. 그녀를 잡아채 껴안고 싶은 기분이 들었으나, 그는 강인공지능에 대한 생각으로 얼른 바꿨다. 그는 질문에 대답을 해야 했다. 그는 그녀에 대해 생각했던 것들을 비워버렸다. 일이 더 중요했다. 현대인의 보편적인 생존방식이다.

희재는 질의응답 시간이 거의 다 끝나갈 무렵에야 자리로 돌아왔다. 그녀는 초콜릿을 에스프레소 더블샷과 함께 녹여 먹었다. 진한 카페인만으로 그녀는 안정되지 못했다. 배가 고팠다. 배가 고프지 않은데 배가 고팠다. 무엇을 갈구하는 것인가? 자신이 무엇을 원하는지 알지 못할 때 가장 효과적인 처방전. 카페인과 당으로 자위한다. 밤까지 세 잔의 진한 코코아와 참크래커 한 통, 귤 네 개, 화이트초콜릿바 두 개를 먹고 나서야 자위는 끝날 것이다. 혹은 섹스가 그 많은 간식을 모두 대체하거나.

잠시 자리를 비웠더니 질의응답 내용이 연결되지 않는다. 오픈카이의 소프트웨어 중 정보처리를 담당하는 소프트웨어에 대해서 말하는 듯했다. 안경을 쓴 30대 프로그래머가 마이크를 잡았다. 문득 찰리와 눈이 마주쳤다. 희재는 먼저 시선을 돌렸다. 그가 먼저 시선을 피하는 모습은 보고 싶지 않았다.

그러나 그가 이쪽을 바라보았다는 사실이 그녀의 마음을 조금 편안하게 했다. 그가 나를 보았다. 그가 실제로 무엇을 보았든 상관없다. 희재는 빙그레 웃다 말았다. 답답하지만 어쩔 수가 없다. 위에 들어간 초콜릿이 아로마캔들처럼 조금씩 녹아 타올랐다.

일주일에 한 번씩 찰리와 희재는 만났다. 어떤 날에는 샌드위치와 커피를 먹었고, 어떤 날에는 맥도날드에 갔으며, 어떤 날에는 김밥천국에서 이것저것을 먹었다. 찰리는 카레를 좋아했고 희재는 산채비빔밥을 좋아했다. 때로는 편의점의 3분쇠고기카레와 참치마요삼각김밥이면 충분했다. 어느 정도 배를 채우면 그의 집으로 들어와 음악을 들었다. 그의 집에는 커다란 오디오와 책장 하나를 꽉 채운 CD들이 있었다. 찰리는 희재가 오면 CD를 틀어주었다. 희재가 다리를 흔들며 듣는 동안 찰리는 컴퓨터를 했다.

섹스는 항상 했다. 음악을 크게 틀어놓고 섹스를 했다. 대개 클래식과 재즈와 록으로 채워졌다. 희재가 가장 좋아하는 클래식 앨범은 파블로 카잘스의 〈무반주 첼로 조곡〉이었다. 진지한 노인의 첼로 선율은 오르가슴을 위안한다. 콜맨 호킨스의 색소폰은 등줄기를 따뜻하게 훑는다. 비틀스는 그들을 노르웨이의 숲으로 밀어넣는다. 남녀는 그곳에서 서로의 몸을 애무했다.

찰리가 바쁠 때면 희재는 바닥에 앉아 곡을 만들었다. 조용한 가운데 그녀는 머릿속으로 온갖 악기를 다 꺼내 불었다. 때로는 한 번도 연주하지 않은 악기를 상상했다.

"요새는 뭐 작곡해?"

"새로운 국가에 관련된 BGM이요. 〈엘펜리릭〉에서 이번에 대용량 업데이트를 준비하고 있거든요. 기존의 두 개 국가 배경에 한 국가가 더 추가될 거예요. 수도, 다섯 개의 도시, 열다섯 개의 필드, 두 개의 대형 던전이 있어요. 열세 곡 정도를 만들어야 하죠."

"혼자 다 해?"

"파트너랑 나눠서 하죠. 우선 작곡은 파트너와 함께 하고요. 제가 악보에 맞춰서 여러 가지 악기 소리를 녹음하면 마스터링 작업은 파트너가 해요."

"한 번에 몇 가지 악기를 써?"

"솔로 스타일로 만들 때면 하나만 쓰기도 하고, 빅밴드 스타일로 만들 때면 아홉 개까지 들어가요. 말은 어려워 보이지만 도레미파솔라시도만 낼 줄 알면 돼요. 어차피 합성하는 과정에서 다 수정이 들어가니까."

"더 공부해서 공연도 하지."

"우리 세대는 자발적으로 공부하는 건 몰라요."

"이런."

찰리는 희재를 살며시 끌어안았다.

"하긴, 나도 내 분야만 알아. 공부하는 건 바람직하지만 언제나 귀찮아. 그나마 남들보다 조금 더 잘 아는 것이 있다면 섹스와 기타, 와인 정도. 하지만 그조차 전문가에 비하면 부끄럽지."

"여자가 아니라 섹스를?"

"여자를 안다고 하면, 그건 오만한 거야."

찰리는 여자 너머로 팔을 뻗어 아이폰을 집었다.

"그 어떤 이야기도 진실이 될 수 없어. 다 사람의 머리를 한번 거친 거라고. 아무리 객관적으로 적으려고 해도 필자의 시각이 반영될 수밖에 없어. 유명한 경제학자의 주장도 예측에 불과할 뿐, 진짜 미래는 시간이 흘러야 알 수 있지."

"그럼 진실은 어디에 있죠?"

"글쎄, 나도 아직 못 찾아서 잘 모르겠는데. 혹시 모르지, 늘 그렇듯 손 닿는 곳에 있을지."

문득 희재는 진한 라벤더 향기를 느꼈다. 찰리의 집에서 나온 후에도 라벤더 향기는 이따금 그녀의 코를 감돌았다. 처음에는 라벤더 향기가 찰리 곁에 있을 때만 나더니, 나중에는 멀리 떨어진 곳에서도 간간이 느껴졌다.

찰리는 말했다.

"내가 네 몸에 배었구나."

밴다? 사람이 사람에게 밴다. 사람의 향기가 다른 사람의 몸에 밴다. 멋진 말이지만 멋진 일인지는 확실하지 않다. 향기가 그렇듯 마음도 마음에 뱄다. 다만 마음이 배는 일은 마냥 향기롭지는 않았다. 사랑을 기대하는 것인가, 환상을 기대하는 것인가? 혹은 둘 다 원하는가? 소리 내어 구하며 잡지 않는 한 인간은 아무것도 얻지 못한다. 26세의 여자는 향기가 조금 어지러웠다.

자신에게 없는 것을 타인이 채워주길 바라는 것은 어리석은 일이다. 하지만 세상 누군가는 또다시 타인에게 자신을 바라게 될 것이다. 성벽을 뭉개듯 바람을 치워버려도 파도는 또다시 성을 만들고 내려갔다. 이따금 인간은 바란다. 누군가 알아서 원하는 것을 채워주었으면. 그러나 그것은 자궁 내에서만 가능하거나, 영원히 불가능하거나, 혹은 신만이 할 수 있는 일이리라.

찰리는 인공지능공학자다. 그가 사용하는 전문 언어는 수학에 가까웠다. 수학이라면 쥐약인 희재에게 그것은 난해했다. 갑갑했다. 전혀 이해하지 못한 채 무시할 수 있을 뿐이다. 작곡가와 개발자의 언어는 사용 용도가 달랐다. 개의 언어와 고래의 언어처럼. 그러나 희재가 오해하는 것이 있다면, 결국 언어는 언어라는 것이다. 언어 이전에 소통이 있고, 소통에 있어 언어는 하나의 수단일 뿐이다. 인간은 소통하는 존재다.

찰리의 집에 네 번째 놀러 간 날, 희재는 찰리에게 어떤 언어를 쓰느냐고 물었다. 그는 그녀 곁에 벌거벗고 누워서 아이폰을 들여다보고 있었다.

"나? 나는 한국어를 주로 쓰지. 영어도 자주 쓰고. 프로그래밍 언어라면 우리는 C++을 써. 옛날에는 LISP를 조금 썼었지."

"C++과 LISP는 어떻게 다른데요? 개의 언어와 고래의 언어 같은 건가요?"

"글쎄, 뭐라고 설명해야 하나. 개와 고래의 언어라기보다는 그냥 개 한 마리인데, 거울을 보고 있는 개 한 마리인데."

찰리는 천장을 바라보았다. 여자가 그의 옆구리에서 꼼지락거렸다.

"하지만 살아 있는 사람의 언어는 말이야, 역시 따뜻하게 포옹하고 밝게 웃어주는 무언의 언어가 제일이지 않을까?"

"말 돌리지 말아요."

"하지만 사실이 그렇잖아?"

희재는 그의 하얗고 매끈한 아이폰을 내던졌다.

섹스는 몸으로 하는 악수다. 악수는 서로를 인정하고 최소한의 온기를 나누는 인간적인 행위다. 부드러운 악력은 신뢰감을 준다. 섹스는 온몸으로 그것을 확장한다. 섹스를 하는 남녀는 섹스라는 행위를 통해 가장 원초적인 자신의 모습을 인정받는다. 원초적인 인정은 인간의 외로움과 자존감을 일시적으로 회복시킨다. 그러나 일시적일 뿐이다. 그렇기에 외로운 이들과 상처받은 이들은 끊임없이 사람을 찾고 사랑을 나눈다. 서로에 대한 온전한 신뢰와 사랑을 가진 이들만이 오직 한 번의 섹스로도 오랫동안 충만하다.

찰리는 외로운 사람이다. 혹은 트라우마가 있다. 섹스는 그것을 해소하는 행위다. 희재는 멋대로 판단했다. 허구인가, 진실인가? 실제로 찰리는 섬세했고, 여성성이 그의 반을 채웠고, 외로워했다. 그의 내면은 호탕한 프레젠테이션용 모습과는 달랐다. 하지만 그것은 '희재'에 대응하는 페르소나일지도 모른다. 무대 위에서 청중에 대한, 사업에 대한, 그리고 남자에 대한 찰리의 페르소나는 침대 위의 〈슈베르트 즉흥곡〉 같은 모습과는 완전히 다르리라.

가면이 많은 사람은 슬픈 사람이다. 진실한 페르소나를 쉽게 꺼낼 수 없기 때문이다. 페르소나가 많은 사람은 투명하고 커다란 유리볼을 닮았다. 특히 크리스마스 장식용으로 쓰이는 값비싼 프랑스산 유리볼. 투명하고 쉽게 깨지지만 핸들링 가능한 허영.

크리스마스 유리볼을 본 적이 있는가? 그것은 아주 얇고 완벽한 유리구다. 어른의 두 손으로 소중히 떠받칠 수 있다. 유리볼 위에는 하얗고 우아한 겨울의 문양 혹은 아름다운 천사가 새겨져 있다. 사랑스럽게 드러난 고리에는 우아한 리본이 달렸다. 매우 얇아서 그 섬세한 아름다움은 약간의 충격에도 순식간에 산산이 박살난다. 자잘하게 깨진 유리조각에 자칫하면 깊게 베이거나 찔리기 쉽다. 찰리는 그런 사람이었다. 따뜻하지만, 조금이라도 자신의 내면을 건드리는 것에는 날카롭게 대응한다. 기타를 치는 모습에서, 책을 읽는 모습에서, 일을 하는 모습에서, 무수한 여자들을 만나는 모습에서, 남자들을 대하는 모습에서도 인내의 정도가 다를 뿐 마찬가지다.

찰리의 페르소나는 끊임없이 변했다. 하지만 페르소나는 말 그대로 가면일 뿐이다. 그는 끊임없이 자신을 감췄다. 그러나 무엇을 위해서? 그 근원까지는, 희재는 닿을 길이 없었다. 그는 섹스 후에는 침묵했다. 아이폰만을 바라보고 그 너머와 소통했다. 결코 자신의 약한 면을 보이고 싶지 않기 때문이리라. 그것은 완전히 치유되지 않은 자들의 특징이다. 그리고 세상의 대부분은 치유되지 않은 자들로 가득 차 있다.

희재는 여기서 생각을 멈추었다. 연민이란 웃기는 것이다. 이 모든 것은 희재의 상상일 뿐, 찰리의 실제 삶은 아니다. 찰리는 현실을 위안할 온기와 오르가슴이 필요할 뿐이다.

인간이 인간을 동정하는 것은 얼마나 우스운 일인가. 자신의 슬픔조차 스스로 해결하지 못하는 경우가 허다하지 않은가. 치유되지 않은 인간이 다른 인간을 연민하며 사랑하는 이유는 그를 통해 자신 또한 치유될 수 있지 않을까 하는 희망을 품기 때문이다.

다른 도구들이 그러했듯 인공지능 또한 인간의 욕망과 갈망이 반영된 산물이 될 것이다. 그것이 인간을 초월한 인간의 모습에 가까워질수록 말이다.

희재는 찰리가 쓴 칼럼의 마지막 문장을 소리 내어 읽었다. 그것은 막 탈고된 따끈따끈한 언어였다.

"감성적인 칼럼을 쓰시는군요."

"그 칼럼은 그래. IT칼럼이지만 감성을 자극하는 부드러운 문체로 해달라고 편집자가 주문했거든. 반면 IT 지식 칼럼 같은 경우는 말 그대로 '정보의 나열'이야."

찰리는 와인을 즐겼다. 작은 와인냉장고에 그는 다섯 병 정도의 와인을 구비했다. 모두 병당 30만 원 정도의 가격이었다. 냉장고에는 이런 글귀의 자석이 붙어 있었다. '빵은 주의 살이요, 포도주는 주의 피이다.' 아내가 프랑스에서 사다 준 장식 자석이었다.

와인에서는 비슷하지만 미묘하게 다른 향기가 났다. 찰리는 어떤 것은 꽃향기가 나고 어떤 것은 후추향이 섞여 있다고 말했지만, 희재는 거기까지 인식할 정도로 훈련되지 않았다. 그렇다. 감각도 훈련이었다.

찰리가 와인 초보자를 위한 책을 골라 그녀에게 주었을 때, 책의 맨 앞장에는 '아저씨 잘 봤어요. 고마워요' 하는 메모가 있었다. 찰리는 그 메모를 보며 무수한 여자들을 되새겼다. 누가 읽었더라? 책을 읽는 여자아이는 흔치 않았기 때문에 얼굴은 어렴풋이 떠올랐으나 이름은 기억나지 않았다.

"그애도 너처럼 잘 웃어. 힘들게 자란 애야. 지금은 결혼했지만."

'유복하게 자란' 희재는 대답하지 않았다. 부유한 환경에서 성장한 아가씨라는 사실을 그녀는 좋아하지 않았다. 실제로 온실 속의 화초처럼 자라 사회적 고통에 대한 면역력이 거의 없었으며, 현재 그녀는 그것을 키우는 중이었다. 대신 그녀는 인간의 근원 모를, 미칠 듯한 괴로움과 외로움, 혹은 인간 대 인간의 히스테릭한 마찰과 폭력, 신경증, 결핍과 대인공포에 관해서라면 잘 알고 있었다. 부유한 가정도 결국 또 다른 주제의 전쟁터였다. 세상 어디에서나 인간은 치열하게 살아간다.

희재는 가만히 찰리를 지켜보았다. 그는 잘 구워진 토스트에 딸기잼을 발랐다. 팔의 각도, 숟가락을 쥐는 손가락의 모양, 숟가락의 움직임, 그에 따라 변화하는 토스트와 잼의 형태, 토스트를 잡고 어떤 모양으로 찢는지 그리고 어떻게 입으로 넣는지 그러한 것들을 희재는 유심히 보고 있었다. 그녀의 토스트와 잼은 아주 천천히 변화했다.

"찰리는 조르바를 닮았어요."

찰리는 밝게 웃었다.

"어떻게 알았어, 내가 조르바가 되고 싶어 하는지?"

그러나 그는 조금 쓸쓸해 보였다. 한국 사회에서 그는 조르바가 되고 싶어 했다. 무수한 사랑과 로맨스는 조르바의 아주 일부분에 불과하다. 그러나 찰리는 이미 많은 것을 소유하고 있었고, 그것을 포기할 각오는 거의 되어 있지 않았다. 두려움 또한 컸다. 그는 명예와 지위와 체면과 이미지를 중시하는 한국 남자였으며, 결코 그것을 포기하지 않을 것이기에, 그것으로 자신의 정체성을 정의할 것이기에, 그리고 지금의 '그'를 잃는 것을 두려워하기에, '조르바'로부터 상당히 벗어나 있었다.

'조르바'란 자신의 몸뚱이와 산투스만 있으면 충분한, 지극히 인간적인 인간이다. 조르바라면 직감 하나로 갖고 있던 모든 것을 순식간에 버리고 테헤란로에서 신나게 춤을 출 것이다. 드럼을 칠 것이다. 혹은 맨발로 지리산을 순례하리라. 그렇게 그는 방황하고 돈을 벌어들이고 여자를 만나 사랑할 것이다.

희재 자신으로 말하자면, 조르바가 되고 싶었으나, 삶이 자신을 자유롭게 해주지 못하리라는 사실을 잘 알았다. 그래서 그녀는 성인聖人 프란체스코가 되기를 원했다. 조르바의 작가 니코스 카잔차키스가 쓴 프란체스코 말이다. 그리스인이 그려낸 성인 프란체스코는 비쩍 마르고 지독한 겁쟁이였으며 비겁했다. 희재는 자신의 약점과 비열함을 인식했으며, 그것은 때로 그녀의 인격 그 자체가 되었다. 자신의 악과 욕망을 철저하게 통제하길 원했고, 꽉 막힌 문 사이로 삐질삐질 빠져나온 육욕은 폭식증과 거식증, 강렬한 색욕으로 이어졌다. 소설 속 프란체스코가 죽기 직전 처절하게 몸부림치듯 말이다.

언제 처음 아내가 아닌 여자와 섹스를 했는지, 왜 시작했는지, 섹스를 오랫동안 하지 않을 때의 기분은 어떠한지, 여자들이 떠날 때의 기분은 어떤지, 그의 부인은 그런 사실을 알고 있는지, 용인하고 있는 것인지. 부인에게 이 사실을 알리면 어떻게 될까? 언젠가 희재는 분노와 악의를 품고 그것을 생각하게 될 것이며, 그때 그녀는 과감히 그를 잘라낼 것이다.

찰리가 여자에 관한 이야기를 전혀 하지 않는 것은 아니었다. 오히려 편하게 털어놓았다. 그는 온갖 종류의 섹스에 대해 객관적으로 관찰을 하고 분석적으로 나열했다. 한 여자에게 이렇게 대응했더니 그에 대해 저렇게 반응하더라 하는 식이었다. 그런 이야기를 들으면 질투가 나기도 했지만, 한편으로는 같은 여자인데 다른 양상을 보이는 것이 무척 신기했다. 그것은 쉽게 접할 수 있는 간접경험이 아니었기에 희재는 질투를 눌러 참고 그의 이야기를 수집했다. 수많은 여자들 한가운데, 찰리는 허브를 이루고 있었다.

"여기서는 나 같은 사람을 추잡하다고 하지."

"그건 사회마다 다르죠. 성에 대해 보수적인 사회에 태어난 것을 안타까워하세요. 그리고 저는 경험주의자라 남이 뭐라든 간에 제가 겪어보고 결정해요. 여자도 섹스도 그런 맥락에서 이해하면 돼요."

"그럼 나는 뭔데?"

"미친놈이죠."

찰리는 껄껄 웃었다.

"그래 임마, 솔직하니 개같이 좋구나."

여자는 모성에 어긋나는 것에 대해 본능적인 불길함을 느끼도록 프로그래밍되어 있다. 희재 또한 그런 사랑이 얼마나 어리석고 위험한 것인지 본능적으로 알았다.

성에 대한 집착, 강렬한 욕망, 그에 대한 고뇌. 그것이 무엇을 위한 생존방식인지는 알 수 없다. 그러나 희재는 생각한다. 결국은 지금 이곳에서 자신이 선택하기 나름이다. 벤처 포럼의 네트워킹 파티처럼 사람과 사람은 잠시 교류한 후 길을 떠난다. 진실로 원하는 것이 무엇이든 간에 인간에게는 섹스가 필요했다. 섹스는 고뇌와 욕망과 필요 사이의 공백을 메웠으며, 효율적으로 위안과 쾌락과 안락을 얻을 수 있는 방법이었다.

남자는 섹스가 필요하지 않은 인간을 만들고자 했다. 그 자신이 섹스가 없으면 살아갈 수 없는 존재였기 때문이다. 그것이 그가 연구를 지속하는 의미였다. 인공지능의 가능성과, 그로 인한 인간의 재발견을 아주 조금은, 낭만적으로 꿈꾸고 있었다. 그의 아내는 남편의 그런 면을 사랑했었다.

"인공지능이 사랑을 인식한다고요?"

"불가능한 이야기는 아니지. 사람도 사랑을 전기적인 신호와 정보로써 인식하고 있잖아. 비록 아웃풋은 주관에 따라 다르겠지만. 예를 들어, 사랑이라는 카테고리를 만든다고 치자. 사랑 안에도 여러 가지 사랑이 있겠지. 플라토닉한 사랑, 육체적인 사랑, 그 중간의 사랑, 문화 속의 사랑, 친구 간의 사랑, 가족 간의 사랑. 사랑이 세부적으로 분류되고 그와 관련된 데이터가 저장되는 거야. 동시에 그 데이터를 제공하는 사람은 지속적으로 그것이 어떠한 종류의 사랑이다, 하고 반복학습을 시켜야지. 사람과 똑같아."

"그럼 윤리와 도덕은 어떻게 인식해요?"

"그건 개념이라기보다는 억제 장치로써 자리잡지 않을까. 로봇 3원칙처럼 말이야."

"감정은요?"

"그건 좀 더 고민해봐야 해. 감정을 인식하는 것과 느끼는 것은 다른 문제니까."

희재는 베개에 얼굴을 반쯤 묻었다.

"왜, 나와 섹스를 하면 죄책감을 느끼니?"

"어쩔 수 없죠. 찰리가 자신에 대해 자문했던 것처럼, 성에 대해 보수적인 한국 사회에서 찰리와 저의 관계는 더럽고 문란한 것이니까요. 하지만 어쩌겠어요. 나는 찰리가 좋은걸요. 에덴의 사과를 먹은 이브의 후예라서 그런가 봐요."

찰리는 희재의 몸을 부드럽게 잡아당겼다. 여자의 몸이 작은 동물처럼 감겨든다.

더러운가? 이런 관계는 더러운 것인가? 역겹고 비도덕적인가? 섹스는 더럽고 부끄러운 것인가? 누군가는 역겹고 더럽다고 말할 것이다. 누군가는 그것은 한없이 아름다운 것이라고 대답할 것이다. 그중에는 부부 혹은 연인 사이의 섹스만을 아름답다고 말하는 사람도 있을 것이고, 유전자 계승을 위한 본능 자체를 아름답다고, 혹은 인간이 인간을 갈구하는 마음을 아름답다고 말하는 이도 있을 것이다. 때로는 섹스 자체를 더러운 것이라고 생각하는 사람도 있다. 때로는 섹스를 공포스러워하는 사람도 있다.

희재는 아무 말도 하지 않았다. 두 사람은 서로 감긴 채로 가만히 있었다. 희재가 체온을 좋아하는 탓인지 찰리가 좋아하는 탓인지는 잘 모르겠지만, 섹스가 끝나고 나면 두 사람은 늘 붙어 있었다. 찰리의 속을 알 수 없었다. 그는 사정하면 바로 눈을 감고 잠들었다. 그의 따뜻함을 느끼는 것만으로 여자는 충분했다. 그도 나도 살아 있는 인간이라는 사실을 느끼는 것만으로 여자는 마음이 덥혀졌다. 희재는 덥혀진 마음이 사랑으로 변하지 않도록 눈을 감았다.

또다시 영감이 온기를 타고 흘렀다. 가장 변두리에 있는 시골 마을, 길가에서 염소가 삼삼오오 운다. 모험가들은 그 길을 타고 던전으로 향했다. 던전에서는 몬스터들이 그들의 삶을 이루고 있다. 그들이 아무리 똑같은 생명이라 해도 모험가들에게 몬스터는 해악을 끼치는 존재일 뿐이다. 칼을 휘둘러 그들이 쌓아놓은 모든 것을 순식간에 무너뜨렸다. '경험치'를 얻고 사람은 성장했다. 생명을 죽이고 개척자는 신이 되었다. 현금 거래를 했다는 이유로 계정을 블록당했다. 캐릭터는 계정 안에 있지만 더 이상 플레이할 수 없다. 이름은 남아 있으되 죽은 존재다. 그사이 몬스터들은 또다시 번성하고 미적지근한 모험가들이 달려왔다. 그 뒤로 명랑한 피아노 소리가 계속해서 들려온다.

몬스터는 수많은 여자들과 뒹굴며 말보로 담배를 피웠다. 때로는 그곳에서 벗어나기 위해 미친 듯이 뛰었으나 결국 벗어나지 못했다. 현실이라는 이름의 꿈은 "네가 원한다면 나갈 수 있어"를 반복할 뿐이다. 그러나 이곳에서 나가는 출구는 유일하게 죽음뿐이 아닐까, 그는 생각했다. 그는 울 것 같았지만 결국 울지 않았다. 앞으로도 울지 않을 것이다. 울지 않는 인간은 울지 않는 또 다른 인간을 만든다. 이러한 고통을 겪지 않아도 되는 인간. 세상만사를 모두 거치면서도 고통을 겪지 않아도 되는 인간. 인간이 되고 싶었다.

조르바라면 모두 불 지르고 가여운 여자를 지키기 위해 뛰쳐나갔을 것이다.

2

현수

희재는 놀라 가만히 서 있었다. 오른손은 자작나무 책장을 짚은 채였다. 하얀 시트의 침대 위에는 한 여자가 앉아 있다. 물푸레나무 같다. 어디선가 본 얼굴이었다.

찰리가 희재에게 손짓하며 말했다.

"이쪽은 현수야. 지난번 광화문 벤처 포럼에서 우리 프로젝트 프레젠테이션했던. 기억나지?"

얇은 이불에 감싸인 풍만한 몸이 보인다.

"악취미네."

희재는 내뱉듯이 말하고 책장에 기댔다. 머리가 아팠다. 정적이 흐르는 가운데 찰리는 천천히 담배를 피웠다.

"저한테도 말씀 안 하셨잖아요."

현수는 꼼지락거리며 어깨까지 이불을 올렸다.

"오랜만에 연락해서 보고 싶다고 하시더니 장난치시는 건가요?"

"미안. 내가 내 생각만 했네. 나는 너희 둘이 만나면 잘 맞을 거라고 생각했지."

"아하! 그럼 친하게 지내야겠네요."

희재가 빈정거리자 현수가 그녀를 물끄러미 바라보았다.

"왜 잘 맞을 거라고 생각하셨는데요?"

"질투나?"

찰리의 반문에 희재가 대답했다.

"그냥 욕이 나와요."

"그래."

찰리는 담배연기를 푹 내뿜었다.

"나는 지금 네 모습이 참 좋다."

"그만해요. 웃겨 정말!"

"정말인데. 이리 와봐, 한번 안아보자."

희재는 얼굴을 찡그리며 현수에게 물었다.

"이 인간, 원래 이래요?"

"네."

현수는 차분히 대답했다. 희재는 구역질이 났다.

"넌 어떠니?"

찰리의 물음에 현수가 대답했다.

"지금은 다른 남자들을 더 사랑해요. 당신은 질렸어요."

찰리는 웃었지만 얼굴이 묘하게 굳었다.

희재는 이 개판에서 빨리 빠져나가고 싶었다. 모두 미친 연놈이었다. 자기도 그중 한 명이라는 사실이 웃기면서도 역겨웠다.

"그럼 여긴 왜 왔어?"

"우리 찰리 이사님께서 부르셨으니까요."

"굳이 억지로 올 필요 없어. 다른 남자하고 실컷 하라고."

현수는 손을 무릎 위로 깍지 낀 채 찰리의 얼굴을 흥미롭게 들여다보았다. 그녀는 그의 반응을 즐기고 있었다.

희재는 뒤도 안 돌아보고 세차게 집을 뛰쳐나갔다. 문이 닫혔는지 열렸는지조차 기억나지 않았다. 엘리베이터를 타고 1층으로 내려가는 내내 그녀는 멍하니 바닥을 보았다. 6층쯤 도달했을 즈음 그녀는 눈을 번쩍 들어 거울 쪽으로 몸을 돌렸다. 복잡한 감정으로 형형한 빛을 발하는 두 눈이 그녀를 날카롭게 들여다보고 있었다.

그 후 한동안 희재는 찰리를 보러 가지 않았다. 문자도 통화도 카톡도 모두 차단했다. 그러나 몸도 마음도 그를 갈구했다. 왜? 급격한 성욕에 휩싸일 때면 그녀는 자신에게 물었다. 왜? 그러나 아무런 대답도 돌아오지 않았다. 극한의 쾌락을 갈구하는 거대한 소용돌이가 그녀 안에 자리잡고 있을 뿐이었다. 자위는 없는 것에 대한 자각으로 오히려 갈증을 증폭시켰다.

몸과 마음을 달래기 위해 희재는 먹거나 달렸다. 매일 아침 한 시간씩 조깅을 했고, 매일 밤 탄수화물로 폭식을 했다. 그러다 지쳐서 잠이 들면 아무것도 보이지 않았다. 편안했다. 그러나 다섯 시간의 잠은 늘 1, 2초의 실감으로 끝났다. 자신이라는 존재의 막을 실감할 수 없자 그저 허무했다.

잠이 조금씩 늘어나던 어느 날, 모르는 번호로부터 전화가 걸려왔다.

"저예요, 현수."

희재는 입을 다물었다. 가슴이 뛰었다.

"놀라셨나 봐요. 제가 찰리에게 번호를 달라고 했어요. 왜 전화했는지 궁금하지 않아요?"

"별로요."

"그래요?"

현수는 잠시 침묵했다.

"저는 당신이 마음에 들었어요. 좋은 사람 같았거든요. 우리 좋은 친구가 될 수 있을 거 같은데."

"아."

"제 이야기를 찰리가 한 번 해줬다고 들었어요."

"무슨 이야기요? 여자 이야기라면 엄청나게 들어서요."

"아, 찰리가 여자 이야기를 많이 하나 봐요?"

"이미 많이 들으셨을 것 같은데요."

기묘한 공기가 전화기 사이를 오간다.

"아뇨, 전혀요. 나는 그런 걸 싫어하거든요."

한 여자는 약간의 승리감을 느꼈고, 그것을 드러내지 않기 위해 말했다.

"찰리의 서재에서 책 빌려가신 적 있죠?"

"그런 얘기도 하던가요?"

"아뇨, 하지만 책 좋아하는 사람은 딱 보면 알죠. 나도 책 좋아하거든요."

"그래요?"

소리 나지 않았지만 현수의 대답에 웃음이 섞여났다. 그래요? 희재는 묘한 재미를 느꼈다. 동지이자 친구이면서 라이벌인 데다 제일 싫은 사람과 익숙한 사람이 섞인 느낌이었다.

"지난번에는 도대체 왜 그러셨대요?"

"그건 본인이 알겠죠. 지금쯤이면 다 잊어버리고 아마 친구들이랑 소주 마시고 있을 거예요. 그건 그렇고 자기소개해요 우리. 나는 장현수예요. 오픈카이에서 주로 커뮤니케이션 담당이죠. 때에 따라 지난번처럼 마케팅이나 프레젠테이션을 담당하기도 하고요."

"전 김희재예요. 게임 BGM 제작 프리랜서고 스물여섯 살이에요."

"그럼 제가 언니네요. 난 서른다섯 살이에요. 우리 서로 편하게 해요. 희재라고 불러도 돼요?"

현수는 키가 작고 부드러운 선을 가진 여성이었다. 알맞게 익은 대봉시처럼 그녀는 여성으로서 무르익었으며 삶의 고통에도 어느 정도 적응돼 있었다. 26세의, 단단하고 소년 같은 선을 가진, 아직은 어리고 쉽게 헤매는 희재가 갖지 못한 것들이었다.

시간이 흐르면 열매는 완숙해지는 대신 새싹의 풋풋함을 잃는다. 두 여성은 서로를 조금 질투했으나 동시에 그러한 변화는 어쩔 수 없다는 것을 알고 있었다.

그녀들은 자기 자신을 사랑하고자 했다. 그러기 위해서 타인의 사랑을 필요로 했다. 그러나 찰리는 두 열매에게 물을 거의 주지 않았다. 그에게 어린 시절의 사랑이란 더 이상 의미 없는 것이었다. 갈증으로 흔들리는 불안정한 사랑은 쉰다섯의 남자에게 어린아이의 떼쓰기와 같았다. 그는 떼쓰는 아이에게는 눈길조차 주지 않았다. 더군다나 55세 동갑내기, 이제는 세상을 침묵의 눈길로 바라볼 줄 아는 완숙한 아내가 그의 곁에 있었다.

나를 사랑해요? 아직 묻지 못한 그 질문에 찰리가 사랑한다고 말하더라도 희재와 현수는 믿지 못할 것이다. 바람둥이의 사랑은 모두 일회용으로 보이기 때문이다. 타인으로부터 사랑을 갈구하는 마음, 지독한 갈증이 남긴 상처는 고통스럽고 오래 남았다. 자신과 현실에 조금씩 짓눌리는 두 도시 여성은 이미 숨이 70퍼센트는 막혀 있다.

사랑하기 전에 인간은 먼저 당당해야 한다. 자신을 깊이 사랑해야 끝까지 자신을 놓치지 않을 수 있는 높은 자존감을 가질 수 있다. 타인에게서 사랑을 갈구하다 보면 비굴해진다. 결국 사랑을 빚지기 때문이다. 남의 사랑을 빚지게 되면 결국 사회적으로 지탄을 받게 되고, 원하는 사랑조차 결코 받지 못한다. 사랑받기 위한 사랑은 세상에서 가장 부질없는 짓이다.

화요일 아침, 희재와 현수는 신논현역의 카페에서 만났다.

현수는 따뜻한 아메리카노를, 희재는 파니니를 주문했다. 세 조각으로 잘린 파니니가 따뜻하게 덥혀져 나왔다. 살짝 구운 토마토 향기가 흰 빵의 냄새와 섞여 입맛을 돋운다. 희재가 파니니를 권하자 현수는 고개를 저었다.

"파니니는 내가 직접 만든 것만 먹어요."

파니니를 든 희재는 스콘을 떠올렸다. 블루베리 스콘, 크랜베리 스콘, 플레인 스콘. 뻑뻑하고 달콤한 밀가루덩어리. 목구멍이 조이는 느낌. 폭식증에 걸린 어떤 이들은 목구멍이 졸리는 기분을 느끼기 위해 일부러 백설기나 스콘 같은 뻑뻑한 음식을 먹는다. 혼자서 먹고 바로 후회한다. 다른 사람들 앞에서는 결코 그렇게 먹지 않는다. 파니니와 코코아 따위를 조금 먹을 뿐이다.

"직접 만나서 이야기해보고 싶었어요."

현수는 아메리카노를 가만히 홀짝거린다. 희재는 '왜요?'라는 말을 파니니 사이에 끼워 씹었다. 아스트루드 질베르토의 목소리가 잔잔히 퍼진다.

"몇 시까지 출근해야 해요?"

"오늘은 11시까지 가면 돼요. 팀원이 적다 보니 출근시간은 자유로워요. 일의 진행 속도만 맞추면 되니까."

또 무슨 질문을 할까, 희재는 생각했다. 처음 만나는 사이에서는 이런 부분이 껄끄럽다.

"식사는 하셨어요?"

"아뇨. 원래 아침은 안 먹어요. 오랜 습관이에요."

"11시가 출근시간이면 점심과 저녁을 팀원들이랑 함께하시겠네요."

"저녁에는 남아 있는 사람들끼리 맥주 한 캔씩 마시죠."

"다른 벤처기업이랑 번개를 하기도 한다면서요?"

"그건 찰리가 저녁까지 남아 있을 때만. 그분은 안 어울리는 사람이 없죠."

뼈가 있는 말이었다. 희재는 그렇게 느꼈다.

"한 가지 궁금한 것이 있는데, 돌직구라 미안하지만 찰리하고 잤나요?"

누군가 뒤에서 큰 소리로 웃는다. 희재의 얼굴이 달아오른다. 부끄럽거나 창피해서가 아니다. 현수의 당돌함에 당황한 탓이다.

"네."

"그때, 찰리와 처음 봤을 때부터?"

"아뇨. 그 후에 한번 밖에서 만났어요. 이번엔 제가 물어봐도 되죠?"

"난 14년 됐어요. 그 새끼하고는 스물한 살 때 처음 만났죠."

희재는 얼결에 고개를 기울였다. 시선을 피하지 않으려고 노력했으나 14년이라는 세월과 그녀의 분노는 제법 깊었다. 무엇에 분노하고 있는 것일까?

"물론 다른 남자들도 많았죠. 결혼도 했었고. 지금은 돌싱이지만."

스물여섯 살의 여자는 묵묵히 들었다.

"한번 섹스를 시작하면 삶은 감당할 수가 없어져요. 결코 돌이킬 수 없어요. 관계가 끝난 후로도 서로의 몸에 남아 있죠. 내 안에 한번 깊이 들어왔던, 가능성을 가진 사람으로서, 나에게 깊은 안락함을 주었던 사람으로서. 성욕이란 그래서 끔찍해요. 사람 사이의 선을 쉽게 허물어버리니까."

"왜 그런 이야기를 하시는 거죠?"

"난 경고를 주려고 온 거예요. 난 희재 씨가 제대로 된 남자를 찾기를 바래요. 이 새끼는 미쳤어요. 함께 있다 보면 같이 미칠 거예요. 내가 했던 후회를 반복하지 않았으면 좋겠어요."

회색 타조가죽 클러치를 왼손에 들고 현수는 출근하기 위해 카페를 나갔다. 하이힐이 경쾌한 소리를 냈다. 나무바닥은 캐스터네츠처럼 소리를 되물었고, 그에 대답하듯 달콤한 코러스가 카페를 가득 채웠다. 점원이 오븐에 갓 구운 크루아상을 진열대에 넣었다. 생각이 크루아상처럼 차곡차곡 들어섰다.

반도네온의 매끄러운 흐름이 우아한 성벽을 만들었고 고상한 전통의 외성은 드럼이, 고고하게 높은 내성은 콘트라베이스가 쌓아올려 3차원의 선을 그렸다. 장모의 미칠 듯한 잔소리로부터 〈마술피리〉 아리아를 뽑아낸 남자처럼, 도시를 살아 움직이게 하는 것은 현실의 여자였다.

찰리의 어린 시절은 불우했다. 서울의 오래된 아파트에서 어머니는 기계로 플라스틱 장난감을 만들어 팔았다. 낮이면 낡은 기계로 녹인 플라스틱 냄새가 집 안에 가득 찼다. 짜각짜각, 짜각짜각. 하나뿐인 냄비로 여섯 식구가 먹을 밥을 했다. 반찬거리는 고달팠다. 아버지가 공장에서 간식을 얻어오면 그날은 내내 행복했다. 아버지는 하루종일 말없이 줄담배를 피웠다. 친구 집에 놀러 가서 들은 음악방송 때문에 음악을 갈구하게 된 중학생은 공부를 열심히 해서 받은 적은 액수의 장학금으로 기타를 샀다. 고등학생은 기타와 함께 학교의 스타가 되었다. 그는 멋지고 가난한 '전교 1등'이었다. 그는 지금의 삶에서는 마음껏 노래할 수 없다는 것쯤 일찌감치 알고 있었다. 노래할 수 없는 대신 그는 더 높은 것, 아니 최상의 것을 원했다. 학력과 권력과 명예, 그 모든 것의 최상층을 원했다. 그것들은 전부 그에게는 손톱만큼도 없었던, 그렇기에 늘 사람들로부터 설움을 느꼈던 근원이었다.

원했던 세 가지 모두를 얻은 지금에는 그 설움조차 잘 기억나지 않았다. 하지만 타고난 예민함은 아직까지도 날이 서 있었다. 그것은 자신도, 타인도 아프게 하는 예리한 칼날이었다. 칼날을 무뎌지게 하기 위해 여자를 안기 시작했다. 섹스는 가장 손쉬운 안정의 수단이었다. 주고받는 쾌락과 전라의 솔직함과 있는 그대로의 온기가 그를 안정시켰다. 처음에는 돈을 주고 샀다. 그러나 어느 순간부터 굳이 돈이 아니더라도 여자가 자신에게 찾아든다는 것을 알았다. 많은 여자들이 그에게 다가왔고 그를 원했으며 사랑했다. 수많은 여자는 그에게 위안인 동시에 최상층만이 누릴 수 있는 값비싼 문란함이었다.

그러나 마냥 그러한 가치로 치부하기에는, 세상에는 정말 다양한 여자가 있었다. 나이가 많든 적든, 몸이 뚱뚱하든 말랐든, 머리가 길든 짧든 모두가 제각각의 신선한 생동감과 무한한 잠재력을 지녔다. 와인을 고르듯 그는 여자를 선별하고 맛보는 법을 알게 되었다. 와인의 품질은 포도가 재배되는 테루아나 사용되는 포도 품종, 와인이 생산되는 와이너리와 숙성되는 기간에 따라 달라지지만, 결국 자신과 잘 맞는지가 가장 중요하다. 여자도 그렇다. 다만 여자라는 와인은 목넘김과 여운을 전혀 예상할 수 없었다. 달콤한 시작이 끝까지 산뜻하게 유지될 수도 있지만, 몹시 씁쓸하게 끝날 때도 있었고, 때로는 예상치 못한 여운으로 뱉어내게 만들거나 배탈을 초래하기도 했다. 여자는 와인보다 훨씬 깊이 숙성된 무엇이었다.

　"야후의 전 CEO 캐럴 바츠는 야후연구소를 방문해서 '심리학자들은 어디 있죠?' 하고 물었다고 하죠. 그 후 야후연구소는 인지심리학자, 경제학자, 사회학자, 문화인류학자 등 총 25명의 최고 학자들을 채용했다고 합니다. 야후는 IT기업입니다. 그들이 IT와 전혀 관련 없는 학자들을 고용한 것은 무엇 때문일까요? 또 다른 재미난 현상이 있습니다. 삼성에서 신제품을 발표합니다. 많은 트위터리안과 '페친', '미친' 들이 밤을 새우며 애플의 기존 제품과 비교합니다. 그 글들을 보면 전문기사 뺨치게 정밀합니다. 저는 그들에게 왜 그렇게까지 하느냐고 물었습니다. 그들은 대답했습니다. '재미있잖아요?' 재미, 재미있다. 자신이 참석하지도 않는 개발자회의에 온 정신이 팔려 있고, 종교적이라고 할 수 있을 만큼 열정적으로 관련 집회와 커뮤니티를 구성하고 참여합니다. 수익을 기대할 수 없는데도 끊임없이 앱스토어에 새로운 앱을 올립니다. 금전적인 이익이 없어도 이처럼 열정을 불사르는 이유가 무엇일까요? 그 동기의 1위는 바로 '재미'였습니다. '재미'라는 동기는 다방면에서 연구되어야 하며, 연구 결과는 다시 컴퓨터공학자들과 공유되어야 합니다. 그것이 야후연구소에서 학자들을 채용한 이유입니다. 오픈카이 프로젝트에 참여하는 사람들은 모두 컴퓨터공학자입니다. 어떻게 생각하면 야후와 비교해 치명적인 단점이 있다고 할 수 있겠지요. 굳이 변명하자면, '이건 프로젝트니까'. 하지만 이렇게 생각할 수도 있습니다. 저는 다방면으로 박학다식합니다. 그러니까 저는 분명 도움이 돼요. 김석철 이사는 클래식, 특히 바그너라면 누구보다도 조예가 깊습니다. 유성자 공동대표의 시니컬한 심리분석은 심리학자 뺨치죠. 홍성주 개발자는 뛰어난 수집능력을 보유한 오타쿠입니다. 전성일 개발자는 LOL을 밤새 합니다. 물론 맡은 일은 다 한 다음에 이틀 밤을 새워가며 게임을 하는 거죠. 이런 저희들도 야후연구소 못지않은 인력들이지 않을까 생각합니다. 오픈카이 프로젝트의 강점은 바로 사용자의 개발 참여에 있습니다. 위키피디아가 그랬던 것처럼, 사용자가 흥미를 가지고 직접 참여한다면, 그것은 매우 폭발적인 시너지를 가져올 것입니다."

"하지만 사용자에게 지나치게 의존하지 않나요? 위키피디아는 사용자 참여형 웹의 성공사례일 뿐, 실패한 사례 또한 셀 수 없이 많아요."

"좋은 지적입니다. 무조건 사용자가 참여해주길 바라는 것은 위험한 생각입니다. 그들이 무엇을 원하는지 모르는 상태로 프로젝트를 진행한다면 아무도 오픈카이 프로젝트에 참여하지 않겠지요. 그래서 저희는 기존에 형성된 커뮤니티와의 소통을 중시하고 있습니다. 여기서 오픈카이 프로젝트의 시작에 대해서 이야기해드리고 싶군요. 오픈카이 프로젝트는 디시인사이드의 재패니메이션갤러리에서 유래되었습니다. 일본 애니메이션에는 무수한 인공지능 캐릭터, 인간형 로봇 캐릭터들이 등장합니다. 그중 '카이'라는 이름의 캐릭터에서 이 프로젝트가 시작되었습니다. '카이'는 인간과 흡사한 인공지능을 가진 인간형 소녀 로봇입니다. 귀여운 외모 덕분인지 팬덤이 상당히 두텁더군요. 어느 날 카이의 팬들이 인공지능에 대해 토론하던 중 농담처럼 '우리가 카이를 만들자!'는 이야기가 나왔던 모양입니다. 그 자리에 우연히 여러 명의 프로그래머가 있었고, 그들이 합세해서 인공지능 프로젝트를 만들었습니다. 프로젝트의 이름은 당연히 캐릭터의 이름을 따서 '카이프로젝트'가 되었지요. 그 프로젝트에는 놀랍게도 자발적이고 적극적으로 참여하는 사람이 아주 많았습니다. 다른 갤러리 혹은 다른 웹사이트에서 활동하는 사람들이 직접 찾아와서 참여했을 정도니까요. '카이프로젝트'의 프로그래머 중 한 명인 홍성주 개발자가 저의 제자였습니다. 그가 어느 날 디시인사이드에서 사람들과 토론하며 만든 인공지능의 기본 뼈대를 저에게 가져왔습니다. 아주 흥미로웠습니다. 그것이 개발자들끼리 연구한 산물이 아니라 한 커뮤니티에서 개발자와 개발자가 아닌 사람들이 함께 만들어낸 산물이라는 사실이 무척 재미있었습니다. 참여한 사람들과의 토론 끝에 '카이프로젝트'는 '오픈카이'라는 이름으로 공식적인 인공지능 개발 프로젝트가 되었습니다. 국가사업으로 지원받고 있는 지금도 디시인사이드 애니 갤러리에서 말머리 '카이프로젝트'로 지속적인 토론과 개발 제안이 오가고 있습니다."

"현재 오픈카이의 개발자 말고도 외부 개발자가 있는 건가요?"

"많습니다. 제가 카이프로젝트의 정모에서 만난 개발자만 해도 열 명 정도 됩니다. 그들은 모두 자신의 재미와 흥미를 위해 카이프로젝트에 참여하고 있습니다. 카이를 생각하면 가슴이 두근두근한다고 합니다. 그게 프로젝트 때문인지 예쁜 캐릭터 때문인지는 잘 모르겠지만 가끔은 그들의 애정이 무서워요. 여담이지만 개발자 중에는 사실 오타쿠가 꽤 있어요. 저도 청년시절 오시이 마모루 감독의 〈공각기동대〉를 인상 깊게 보았고, 그것이 대학 전공을 정하는 계기가 되었으니까요. 지금도 〈공각기동대, Stand Alone Complex〉는 제가 좋아하는 영화 톱10에 들어갑니다."

"기존 인공지능 프로젝트에 참여하려면 최소한 인공지능에 대한 기본 지식과 프로그래밍 언어를 알아야 합니다. 오픈카이 프로젝트의 경우, 일반인들은 어떻게 참여하나요?"

"누군가는 인공지능 코드의 오픈소스를 이야기하지만, 우리는 다릅니다. 오픈카이는 사람과 사람의 소통을 추구합니다. 컴퓨터언어가 개발자와 인공지능의 소통 창구라면, 일반인과 인공지능의 소통 창구는 바로 팬덤과 개발자들입니다. 팬덤은 오픈카이의 진행 상황에 대해서 잘 알고 있고 개발에도 상당수 참여합니다. 일반인이 궁금해하는 부분에 대해 그들은 열렬하게 설명해줍니다. 이른바 팬심을 바탕으로 형성된 상담사인 셈이죠. 어떤 분은 유다시티Udacity의 인공지능 강의를 독학해서 우리와 대화하기도 합니다. 그러다 보면 새롭고 독특한 영감을 받는 때가 종종 있죠. 정말 짜릿합니다. 그런 재미가 오픈카이를 발전시킨다고 생각합니다."

"다시 애니갤러리 사람들과는 자주 만나시나요? 저도 애갤러예요, 반갑습니다."

"한 달에 한 번 정모가 있습니다. 저희 쪽 사람들을 포함해서 20명 정도가 모입니다. 그런데 다 남자라서 많이 쓸쓸합니다. 애갤러 여자분 있으시면 꼭 놀러 오세요. 잘해드리겠습니다. 그리고 이따금 번개가 열립니다. 참여하고 싶으신 분은 카이프로젝트의 덧글을 잘 보세요. 지난번에는 홍대 컴퓨터공학과 대학원생이 번개를 열어서 다 함께 홍대 밤거리를 쏘다니며 불금을 보냈습니다."

"발표하시면서 대외적으로 알려진 오픈카이보다는 '카이프로젝트'라는 이름을 더 자주 사용하시는데, 이유가 뭔가요?"

"오픈카이는 프로젝트를 대외적으로 알리기 위해 만든 이름입니다. 사업계획서를 내는데, 카이프로젝트라는 이름보다는 오픈카이가 좀 더 전문적인 IT기업처럼 보이죠. 이런 것을 이름의 광고학이라고 하는데, 말하자면 이름이 프로젝트의 특성을 설명할 수 있어야 합니다. 오픈카이가 대외적인 이름이라면 카이프로젝트는 커뮤니티에서 만들어지고 커뮤니티에서 성장해온, 애정이 가득한 이름이죠. 본래는 애갤러들의 것이었던 만큼 그들의 애정이 깃든 이름도 강조하고 싶습니다. 오픈카이가 아닌 애갤러들이 시작한 카이프로젝트니까요."

찰리의 프레젠테이션은 늘 명쾌하다. 어떤 질문이 나와도 전혀 막힘이 없고, 결국에는 원하는 반응을 이끌어낸다. 청중들에게도, 희재로부터도.

"와인을 주면 놀러 오겠다는 여자가 있어. 통통하고 키가 작아, 남자친구도 있고. 그런데 결국 할 건 다 하면서, 말할 때는 맨날 와인만 마시고 갈 거라는 거야."

"어이없어. 남자친구는요?"

"다 좋은데 너무 남자다운 게 마음에 안 든대."

"그래서 그 대리만족용으로 찰리를 쓴다는 건가요?"

"대리만족이라니, 날 뭘로 보고. 서로 이용하는 거지."

"서로 이용한다?"

희재는 몸을 쭉 펴며 중얼거렸다.

"사람을 이용한다! 어려운 말이네요. 이용한다기보다는 서로 성장한다고 표현할 수 있지 않을까요?"

"성장하기 위해서도 서로를 이용해야 하지."

"표현의 차이겠죠. 아무리 짜증나는 사람도 결국 마음공부에는 도움이 되니까요."

"그렇지. 타인을 자신에게 적용시키는 패턴이 사람마다 조금씩 다른 거야. 그게 너한테는 성장의 의미를 내포하는 거고, 나는 공유한다는 개념인 거지."

"그럼 섹스는 성기를 공유하는 건가요?"

"그보다는 외로움을 공유하는 게 아닐까?"

"전 외롭지 않은데요."

"그럼 넌 성욕을 공유하는 거겠지. 넌 성기를 공유하는 것 같지 않아. 마스터베이션으로 더 큰 오르가슴을 느끼는 여자는 그래 보여."

"아이고. 내가 이런 이야기를 하게 될 줄이야."

그녀가 깔깔거리자 찰리도 피식 웃었다.

"전 남자친구와는 이런 이야기 안 했어?"

"아뇨. 그애는 이런 이야기 자체가 안 통했어요. 할 필요성을 아예 못 느끼는 사람이라고 할까. 제가 이해하고 받아들이는 이야기의 70퍼센트를 이해하지 못했죠. 사람은 착한데 참 답답했어요."

"네가 애늙은이인 게 문제야."

시계가 없는 방 안에서 창문 사이로 새어 들어온 햇살만이 소리를 가지고 있었다.

"그 여자분은 남자친구를 사랑할까요?"

"넌 사랑했니?"

"네, 정말 힘들었거든요. 다시는 하고 싶지 않을 정도로."

다시 조용해졌다. 찰리는 비즈니스용으로 쓰는 갤럭시노트를 만지작거렸다.

"외롭니?"

"잘 모르겠는데요. 외롭다는 감각이 아예 없어서."

"외로움을 느끼는 감각이 없다. 왜?"

"음, 글쎄요. 아마도 어릴 적부터 혼자여서 그렇지 않을까요?"

"부모님과 형제가 있잖아?"

"사람이 아무리 많아도 홀로 있을 수 있어요. 제 경우는 사람을 무서워해서 늘 심리적 거리가 있었죠."

"대인기피증 같은 건가?"

"그렇게 거창하게 이야기하고 싶지 않아요. 나는 그냥 길고양이일 뿐이에요. 지나가다가 이렇게 남의 집에 눌러앉아 있는."

찰리는 담배를 피우며 미소를 지었다. 희재는 가만히 천장을 보고 있다가 물었다.

"쭉 이렇게 살아도 되겠죠?"

"그걸 왜 나한테 물어?"

"그래도 29년의 삶을 먼저 사셨으니 뭔가 짐작되는 바가 있을 것 아녜요."

"없어, 그런 거."

담배연기가 천장으로 천천히 올라갔다.

"나도 아직 잘 모르겠다. 그냥 가다 보면 이게 길이구나 싶을 뿐이야."

"그건 저도 아는 거예요."

"그래도 너는 그게 길이란 걸 알잖아. 세상에는 자기가 어디로 가는지조차 모르는 사람도 많아."

여자가 재치기를 했다. 남자는 여자의 등을 천천히 쓰다듬었다. 젊은 여자의 피부는 어린 고양이의 털만큼이나 보드라웠다.

"희재하고는 그런 이야길 하는 거예요?"

현수는 식탁 의자에 앉아 있다.

"보통은. 그애도 자기 나름대로 즐기다 가."

"정말 고양이네요. 찰리가 밥도 손수 차려주고요?"

"몇 번 차려줬지. 그애는 대신 스타벅스에서 아메리카노 사오고."

"사이가 좋으시네요."

현수는 책장에서 책을 골랐다. 찰리는 TV를 끄고 그녀의 허리를 잡아당겼다.

"책만 읽을 거야?"

"오늘은 책 빌리러 왔어요."

현수는 책장에서 빼낸 책으로 남자를 밀어냈다.

"흥, 알았어. 혼자서 잘 놀다 가라고. 난 희재랑 놀 거야."

"그렇게 말씀하지 마세요. 저도 이렇게 책 보면서 놀고 싶을 때가 있는 거라고요."

"그럼 왜 여기 왔어? 도서관이나 서점에 가지."

현수가 깍지 낀 손을 책 위에 올려놓는다.

"찰리, 서로 짜증내지 않기로 하지 않았던가요? 제가 책만 읽고 가는 것도 감정적으로 반응하지 않으셨으면 해요. 난 섹스머신이 아니니까."

"나는 너하고 섹스하고 싶다!"

"말했잖아요. 난 섹스머신이 아니라고. 보는 여자마다 섹스하자고 말하지 마요. 추잡해요."

"아, 넌 그냥 싸가지가 없어."

찰리는 툭 내뱉고는 입을 다물었다. 현수는 대답하지 않았다. 책장에 베인 듯한 날카로움이 어색하게 겉돌았다.

잠시 후 찰리가 기운 없이 말했다.

"미안!"

현수가 책을 중간까지 읽고 갈 때까지 두 사람은 더 이상 말하지 않았다. 현수가 현관문에서 굿바이키스를 하자 찰리는 퉁명스럽게 말했다.

"됐어. 너 이제 안 봐."

현수는 웃었지만 여전히 어린애 같은 찰리의 모습에 짜증이 팍 끓었다.

현수는 전남편을 정말로 사랑했었다. 아니, 그녀가 사랑한 것은 자신을 사랑해주는 남편이 있는 아늑하고 행복한 가정이었다. 젊은 부부가 이혼하기 전, 남편도 그녀를 사랑했고, 부부의 집은 아늑하고 행복했다. 물론 남편에게는 현수를 만나기 전부터 알던 여자들이 있고, 현수에게도 남자가 있었다. 그들은 가정에서 미처 채우지 못한 공허함 혹은 외로움, 슬픔 따위를 그렇게 채웠다. 타인으로부터 슬픔을 위로받거나, 타인의 외로움을 달래는 일은 그만큼 마음을 따뜻하게 해주었다. 그런 관계들로부터 비롯된 죄책감은 아내와 남편의 사이를 더 충실하게 채웠다. 두 사람은 현명한 아내이자 듬직한 남편이었다.

그러나 사실, 현수는 지독히도 외로웠다. 남편은 여행기자라는 직업의 특성상 집에 있는 날이 거의 없었다. 때로는 연락이 거의 두절되다시피 하기도 했다. 그가 누구와 어디서 무엇을 하고 있는지 통 알 길이 없다가, 나중에 사람들의 입을 타고 남편의 소식을 들을 때면 눈물이 나왔다. 보통은 좋은 소문이 아니었다. 결혼 전에도 사람들은 그런 남자와는 절대 결혼하지 말라며 말렸었다. 그러나 현수는 남편과 단둘이 있는 시간이 좋았다. 그는 부드럽고 건강하며 삶 자체를 즐기는 남자였다. 남편의 품에 안겨 있을 때면 모든 것을 잊고 안식할 수 있었다. 하지만 그가 곁에 없으면 지독한 외로움이 남편을 대신했다. 그럴 때면 찰리를 찾아가 안겼다.

가끔 찰리에게 매몰차게 거절을 당하면 현수는 분노인지 설움인지 모를 감정에 한참 동안 긴 메시지를 썼다. 30분을 공들여 감정을 토로한 글에 찰리는 전혀 답하지 않았다. 때로는 쓰다가 저장되지 않은 채 날아가는 경우도 있었다. 혹은 자신이 몽땅 지워버리기도 했다. 그럴 때면 그녀는 혼자서 한참을 흐느껴 울었다. 그러나 그 어디에도 그녀를 위로해줄 사람은 없었다. 만약 그 순간 찰리 외에 그녀를 위로해주는 또 다른 남자가 있었다면, 그녀는 분명 새로운 사람에게 빠져들었을 것이다.

9년 전 결혼했던 젊은 부부는 사랑과 믿음과 이성과 섹스와 외로움 사이를 전전하다가 6년 전에 이혼했다. 결별한 후로도 그들은 그들의 삶을 유지했다. 적당한 섹스파트너와 연인이 있는 돌싱의 삶. 적당히 여유롭고 외롭고 지극히 포스트모더니즘적이다.

사랑이란 무엇인가? 찰리는 자신과 섹스하는 모든 여자들로부터 위로라는 이름의 사랑을 조금씩 받았다. 사랑의 대가로 여자는 그의 외로움을 얻었다. 현수는 남몰래 사랑한다. 그녀는 매순간 누군가에게 깊은 사랑을 받기를 원한다. 희재는 욕망한다. 사랑과 성욕에 미숙하다. 찰리는 눈을 보지 않는다. 현수는 자신을 보호한다. 희재는 어수룩하다. 하지만 이들 중 누가 진짜 옳다고 할 수 있단 말인가? 사랑이란 야생말과 같아서, 많이 경험하고 자신을 적절히 채찍질할 수 있게 됨에 따라 점차 능숙하게 다룰 줄 알게 되는 것을. 그러나 능숙해질수록 그것이 순수한 사랑인가 되묻기는 힘들어지는 것을.

주기만 하는 마음을 사랑이라고 하기에는, 그것은 아직 미숙하고 순교자적이다. 그런 사랑은 생명이 짧다. 혼자서 온전한 사랑을 실현하며 살아가는 존재란 있을 수 없다. 신조차도 피조물이 있기에 존재할 수 있는 것이다. 자연스러운 사랑이란 공생관계처럼 서로에게서 필요한 것을 얻는다. 그렇게 존재와 존재가 포개져 사랑을 교환하며 살아간다.

3
구름과 생채기

"찰리를 사랑하세요?"

다시 만났을 때 희재는 현수에게 물었다. 그녀들은 교대역의 어느 한식집에서 보리밥과 청국장을 주문했다. 알알이 흩어진 밥알이 수북이 담긴 커다란 갈색 사발이 그녀들 앞에 하나씩 놓였고, 아직도 부글부글 끓는 구수한 청국장 뚝배기가 그녀들 사이를 막고 있었다.

"그건 청국장 먹으면서 할 이야기는 아닌 것 같네요."

"왜요? 사랑은 청국장 같은 건데요."

희재는 청국장을 한 국자 떠서 밥을 비비더니 한 숟갈 크게 떠먹고는 말을 고쳤다.

"아니다. 불륜이 청국장 같은 거네요. 냄새는 구리지만 맛은 기가 막히죠. 구린내도 익숙해지면 향기롭고."

"비유야 마음대로 할 수 있는 것 아니겠어요."

현수는 보리밥에 나물을 더 넣었다.

"이렇게 맛있는 보리밥과 나물과 김치를 두고 그런 밥맛 떨어지는 이야기를 하고 싶지는 않아요."

희재는 대답 대신 밥을 한 숟갈 더 먹었다. 연한 갈색의 보리밥알 사이로 콩나물과 열무김치가 참기름의 윤기를 발하고 있었다. 그릇이 거의 다 비어갈 때 희재가 입을 열었다.

"찰리하고 싸웠어요."

"왜요?"

"지난번에 너무 힘들어서 저랑 같이 있어달라고 연락을 했거든요. 그런데 문자를 보내자마자 칼같이 '안 돼' 하고 답문자를 보내더라고요."

희재는 밥을 한 숟갈 물었다. 쌩한 열무김치의 향이 확 돌았다.

"그래서 화를 냈죠. 저는 찰리가 힘들다고, 위로가 필요하다고 하면 항상 밤늦게라도 달려갔는데. 아무리 바빠도 꼭 이것저것 사들고 갔거든요."

"속상했겠네요."

"'힘내' 정도의 말은 해줄 수 있는 것 아닌가요?"

"너무 바빠서 그랬는지도 모르죠. 워낙 하는 일이 많잖아요."

"저도 그렇게 생각은 하지만, 마음이 진정되지 않더라고요."

후식으로 차가운 식혜가 나왔다. 두 여자는 한 모금씩 들이켰다.

"찰리를 많이 좋아하나 봐요. 별로 기대하지 않는 사이라면 그렇게까지 화가 나지는 않을 텐데."

"그런가 봐요. 그래서 더 속상해요. 나는 이렇게 화가 나는데 그 사람은 평상시처럼 쿨하니까."

달콤하니 시원한 식혜가 타는 속을 좀 가라앉혀주는 듯, 희재의 얼굴이 좀 편안해졌다.

"그래도 객관적으로 보려고 노력하고 있어요. 결국 내게 필요한 것은 경험이니까요."

"경험해서 뭐하려고요?"

"음악 작곡할 때 감정을 되새기는 거죠."

"아하!"

"저는 박제한다고 표현하죠."

현수는 고개를 기울이며 중얼거렸다.

"박제라."

"만약 사랑 혹은 분노 같은 특정한 감정이 내 안에 일어난다면 나는 그 위에 색유리를 덮어서 박제할 거예요. 저로서는 더없이 좋은 거죠. 새로운 감정과 그와 관련된 생생한 인물, 사건, 배경을 동시에 얻는 거니까. 그건 작곡할 때 풍요로운 감성을 일으켜줘요."

현수는 보리밥 그릇에 물을 부었다. 작은 손에 쥐어진 커다란 도기가 신중하게 흔들렸다.

"뜬금없는 이야기지만, 오픈카이에서는 지금까지 개발한 인공지능을 게임 인공지능으로 삽입한 단계예요."

갑작스러운 화제 전환에 희재는 조금 의아했다.

"우리도 노력하겠지만, 인공지능은 사용자와의 피드백을 통해 성장하도록 프로그래밍되어 있어요."

"아기처럼?"

"그래요, 흔히 말하는 아기처럼. 판타지를 배경으로 한 온라인게임 좋아해요?"

"그래픽이나 시놉시스, 커뮤니티의 형성 정도에 따라 달라요."

현수는 하늘색 빅백에서 맥북을 꺼냈다. 성능 좋은 노트북은 금세 부팅되었다. 노트북 주인은 몇 번 클릭하더니 게임 화면을 희재에게 보여주었다.

"일종의 숨겨진 GMGame Master 캐릭터예요. GM이라는 것이 드러나지 않지만 똑같은 권위를 가졌죠. 계정도 장비도 모두 기업으로부터 제공받은 거예요. 내가 보여주고 싶은 것은 여기 보이는 캐릭터예요."

GM 캐릭터 앞에 요정 캐릭터가 하나 있었다.

"게임 인공지능을 적용한 캐릭터죠."

"인공지능 치곤 말을 참 잘하네요. 처음엔 유저인 줄 알았어요."

현수는 인공지능과 대화를 주고받았다. 요정이 방긋 웃으며 춤을 춘다. 희재는 한참 동안 요정을 보았지만 인공지능이라는 위화감이 전혀 없었다. 대화도 매끄럽게 이어졌다.

"과거의 일과 대화도 기억하는군요. 말하는 것이 전혀 이상하지 않아요. 어법이 거슬리지 않을까 생각했거든요."

"인공지능은 일곱 개의 소프트웨어로 구성되어 있는데, 소프트웨어가 복합적으로 연결되어 과거의 경험과 대화를 기억하고 재구성하게 하죠. 자연스러운 어법을 구사하는 소프트웨어는 다른 연구팀이 협력해줬어요."

"매력적이네요."

희재의 말에 현수는 말없이 웃었다.

"이 계정, 희재 씨에게 줄게요. 이 계정에 있는 캐릭터는 만

렙에 장비도 완벽해요. 필요한 지원이 있으면 얼마든지 해줄게
요. 카이를 키워주세요."

"카이요?"

"인공지능의 이름이에요. 만화 캐릭터에서 이름을 따왔어
요. 개발의 불씨도 만화 캐릭터에서 시작되었죠."

"그 이야긴 알아요. 얼마 전에 들었어요."

희재는 캐릭터를 유심히 바라보았다. 요정은 어린아이처럼
해맑게 웃었다.

위키피디아에 따르면, 인공지능이란 철학적으로 인간성이
나 지성을 갖춘 존재, 혹은 시스템에 의해 만들어진 지능, 즉
인공적인 지능을 말한다. 인공지능에는 어떤 문제를 실제로
사고하고 해결할 수 있는 강인공지능과, 그와 같은 지성을 갖
추지는 못했지만 어떤 면에서는 지능적인 행동을 보이는 약인
공지능이 있다. 인간과 대등한 혹은 인간을 뛰어넘는 사고를
하는 강인공지능에 대해서는 철학적인 주장과 반론이 있는데,
거기에는 인간과 인간의 지능에 대한 사유도 동반된다.

찰리가 목표하는 것은 강인공지능이었다. 국내에서 강인공
지능과 관련해 진전된 연구는 없었다. 하드웨어인 로봇에 대
한 연구는 국가의 지원 아래 활발히 진행되었지만, 그것은 소

프트웨어 베이스의 인공지능과는 별개의 문제였다. 그래서 떠올린 것이 강인공지능의 기반이 될 알고리즘의 오픈소스화였다. 프로젝트의 개발자들이 주축이 되는 소프트웨어를 제작하고 오픈소스로 공개한다. 모든 사람이 인공지능 알고리즘에 쉽게 접근할 수 있으며, 그들이 직접 코드를 수정하고 작성할 수 있다. 프로그래밍 언어를 모르더라도 강인공지능 게임 캐릭터를 통해 유저들과 상호 소통하고, 그를 통해 데이터를 얻을 수도 있다.

무수한 불특정 다수가 강인공지능 개발에 접근할 수 있다면 엄청난 시너지를 발휘할 것이다. 문제는 많은 사람들에게 어떻게 흥미를 유발하고 쉽게 접근시키느냐 하는 것이었다. 이 어려운 과제에 힘을 준 것은 팬덤이었다. 캐릭터를 열렬히 사랑하는 이들의 의지는 폭발적이었고 의견은 강렬했다.

"함께하면 어떻게든 된다."

노래하는 환상 속의 여신을 사랑하는 모든 사람들은 그녀가 현실로 구현되길 원했다. 이미 몇 번의 홀로그램 콘서트는 남녀 팬 모두를 열광시켰고, 꿈에 한 걸음 다가서게 했다. 그녀의 목소리는 이미 창조되어 웹상에 존재했다. 그녀의 영혼은 그녀의 노래를 들은 모두에게 존재했다. 코드와 숫자 사이에서 실존을 노래하는 가상 캐릭터는 살아 숨 쉴 육체와 자유롭게 팬들과 소통할 뇌가 필요했다. 그녀의 사제들은 그녀를 기리는 일에 아낌없이 지원했다. 찰리는 열정적인 팬덤의 힘에 매료되어 그것을 국가사업으로까지 끌어올렸다.

사랑받는 존재는 언제나 커다란 잠재력을 지니고 있다. 그러한 힘을 위임하는 것은 그것을 사랑하는 존재들이다. 한 인간에게 무한한 가능성을 부여하는 존재 역시 인간들이다. 그중에서도 가장 큰 힘을 주는 인간은 아내이리라.

자유롭게 펄떡이며 신음하고 살아 있는, 때로는 빨갛게 손자국이 나도록 철썩 때리기까지 하는 여자는 남자에게 순수한 기쁨을 주었다. 남자는 여자에게 사랑과 고뇌와 감내를 주었으며 아이라는 푸릇푸릇한 씨앗을 주었다. 아이는 남편과 아내로 이루어진 땅에서 무럭무럭 나무로 자랐다. 양분과 수분과 슬픔과 기쁨과 고뇌와 경이가 한 쌍의 인간에게서 아이에게로 옮겨가 새로운 성인으로 성장시켰다. 그 모습은 경이 그 자체였다. 클림트의 〈생명의 나무〉 앞에 선 것처럼, 카발라에 비친 모습 그대로, 북유럽 신화에서 비춰진 모습 그대로 커다랗고 싱싱한 생명의 물푸레나무 아래 선 것처럼, 부부와 아이와 성장과 스러짐과 그 순환은 위대했다.

아내는 남편에게 가장 익숙한 인간이었다. 그렇기에 영감을 주는 모델이 되지 못했다. 모델은 화가를 꿈꾸게 해야 한다. 잡히지 않는 황금빛 욕망이 그 안에서 부글거리며 차올라야 한다. 화가는 욕망을 빚어 작품을 창조한다. 그러나 불행히도 이 남편이라는 화가는 모든 여자를 사랑하기에, 여자로부터 금세 빛을 보지 못하는 장님이 되었다. 금방이라도 녹아내릴 듯 순수한 황금은 여자를 처음 보는 순간 붉게 타오르다가, 그녀의 안에 들어가는 순간 사그라들었으며, 그녀의 레테강이 어떤지 안 후에는 작은 별 정도로 오그라들었다.

남자는 장님이었다. 어리석은 장님에게 문지기는 함부로 출구를 가르쳐주지 않았다. 아무도 잡아주지 않는 복도에 부딪히고 뒹굴어 머리가 피투성이가 될지라도 말이다.

"그건 네가 알아서 할 일이야."

그렇게 냉정하게 말하고는 꿈을 데리고 떠났다. 찰리는 그런 문지기의 뒷모습을 분노로 동경하면서도 그의 팔에 안긴 꿈을 강렬히 질투했다.

"결국은 네 잘못이야. 네가 네 자지 하나 제대로 간수하지 못해서 생긴 일이라고."

"그건 당신도 마찬가지 아닙니까?"

누군가 화가 나서 문지기에게 따졌다.

"그리고 나는 보지를 가졌어요."

"아냐, 넌 자지야."

왜 그는 이딴 저질스러운 대화를 하고 있는가.

"어이, 거기! 무슨 생각을 하는 거야? 자지와 보지가 왜 저질스럽지?"

빨간 뿔을 가진 문지기가 팔짱을 끼고 비스듬히 앉아서 물었다. 그의 품에는 아름다운 금발에 새하얗고 맑은 눈을 가진 천사 같은 꿈이 기대어 앉아 있다. 그것은 인공지능을 가상현실에서 훈련시키고자 만든 환경과 똑같았다. 꿈속의 그래픽은 천국처럼 완벽했다.

"자지와 보지가 왜 저질스러운가 말이야? 단어가 저속하다는 건가? 아니면 행위 자체가 저속하다 그건가? 왜?"

"당신과 별로 이야기하고 싶지 않은 주제예요."

문지기는 벽에 크게 자지와 보지를 썼다. 걸어다니면 감추어질 것이며, 앉으면 감추어진다. 그러니 숨기고 감추어라. 그것은 함부로 말할 것이 못 된다.

"자네, 여잔가 남잔가?"

문지기는 수염을 쓰다듬으며 물었다.

"자네가 여자인가 남자인가에 따라서 왜 자네가 자지와 보지라는 말을 저질스럽게 여기는지, 그 근거를 대충 추측할 수 있지. 특히 이 한국 사회에서는 더 쉽게 알 수 있어."

"당신이 한국 사회를 알아요?"

찰리는 어이없다는 듯 물었다. 그는 하반신이 땅에 묻혀 있었으나, 깨닫지 못했다.

"나는 세상 모든 것을 100퍼센트의 정확도로 상세하게 추측할 수 있어. 심지어 목성인들과 안드로메다인들의 삶의 근원까지도 대충 추측할 수 있지."

"목성인과 안드로메다인이 있기는 한 겁니까?"

"그렇지. 즉, 그들의 삶의 근원은 '미친 거'야, 이 목성인아!"

몸이 이글거리며 타올랐다. 그는 아름답고 청초한 꿈과 시뻘겋고 잘생긴 문지기를 번갈아 보았다. 그는 인공지능인가? 이곳은 내가 훈련받는 가상현실인가? 아니면 그저 꿈일 뿐인가?

"당신, 도대체 뭡니까?"

"나?"

시뻘건 문지기는 심드렁하게 대꾸했다.

"자지와 보지."

"그런 식으로 말하지 말아요."

천사 같은 꿈이 대꾸했다.

"이런 자네, 여자에게 혼났잖아."

"제 여자가 아닙니다. 제 남자도 아니고요. 제발, 날 좀 내버

려둬요. 꿈속에서까지 방해하다니, 내게 원하는 게 뭡니까? 당신은 도대체 누구죠?"

"난 네 자지와 보지다."

아름다운 꿈이 웃었다.

"맙소사."

해바라기 향기가 났다. 해바라기는 원래 향기가 나지 않는다.

"그는 정보예요."

"정보?"

"그래요. 세상의 모든 자지와 보지가 이행하고 저장하고 변화하고 삭제한 모든 정보."

황금빛 꿈이 속삭였다.

개발자가 접속했다. 태양에 맑은 눈이 생겼다. 그것은 찰리의 눈이었다.

"당신이 꿈꾸어온 인간."

작고 투명한 입술이 발음한 '인간'에서는 따뜻하고 부드러우며 진한 풍미가 풍겼다. 문지기의 품에서 꿈은 족제비처럼 꿈틀거렸다. 그것은 아름답고 향기로웠으며 맛있었지만, 결코 그의 것이 되지 않을 것이다. 그는 문지기를 극도로 혐오했으나 동시에 강렬히 동경했다. 묘한 기분으로 그는 꿈이라는 가상

현실에서 깨어났다. 족제비처럼 발기된 성기가 꿈처럼 나른해진다. 족제비와 같은 꿈, 아름다운 여자, 영원한 여성.

영원한 여성은 자신의 부족한 점을 채워줄 완벽한 인간이다. 지금 지닌 퍼즐에 딱 들어맞는 유일한 퍼즐이다. 그렇게 두 사람은 완벽한 인간이 된다. 그러나 세상에 누군가를 완벽히 채울 수 있는 인간이란 존재하지 않는다. 그런 사람이 존재하지 않는다는 것은 나 자신조차 나를 완벽하게 채우지 못하고 있다는 사실을 뜻한다. 사랑이란 자신의 이상형을 포기하고 자신을 받아들이는 과정이다. 불완전한 퍼즐이 사실은 완전하다는 사실을 받아들이는 과정이다. 그러나 이토록 못난 스스로의 모든 것, 기억하기도 싫은 과거와 현실과 미래, 심지어 생과 죽음까지도 받아들이기란 얼마나 힘든 일인가!

자신을 사랑하는 것은 현대인에게 가장 어려운 일이다. 태어날 때부터 사회의 모든 기준에 미달되는 자신을 자각하며 기죽은 상태로 달려간다. 성인이 되면 모든 것이 해결될 것 같지만, 또다시 모든 것은 원점이다. 갓 성인이 된 이에게 남은 것은 없다. 아무도 도와주지 않는다. 사랑하는 이들은 멀찍이 바라볼 뿐 문제를 결코 해결해주지 않는다. 때로는 사랑하는 이들이 나에게 가장 많은 눈물을 흘리게 한다. 결국 인간을 믿되 믿지 않는다. 어느 정도의 요령을 터득하면 그 방법을 알 수 있다. 자신도 그렇듯 모든 타인이란 언제나 흘러가는 존재다.

인간은 눈물을 흘릴 때 가장 순수한 상태가 된다. 울음은 웃음보다도 순수하다. 우는 이는 약하지만 결코 약하지 않다. 적 앞에서도, 사랑하는 이 앞에서도 스스로가 약하다는 것을 드러낼 수 있는 사람은 강하다.

인간이 가장 순수한 상태가 된다는 것은 그러하다. 눈물도, 섹스도 그 모든 것의 가장 밑바닥의 에너지란 그러하다. 그러다가 외부로부터 빛을 받고 더 높은 에너지 상태로 뛰어오르게 될 때 경이로워진다. 콜로세움의 가장 밑바닥은 누구나 안정되게 지지하고 설 수 있으며 동시에 생을 향한 갈망이 격렬하게 섹스를 하는 남녀처럼 강렬하게 얽혀 있다. 그렇다. 섹스는 존재 밑바닥의 가장 안정적인 행위다. 사랑하든 안 하든 오르가슴은 인간을 가장 순수한 상태의 경이로 끌어올린다. 영원한 여성으로 만든다.

이것이 인간을 불륜에 빠지게 만든다. 오르가슴을 느끼기 위해서는 온갖 복합적인 요소가 필요하다. 그것은 인식할 수 있거나 없거나, 또는 인식하지만 시행할 수 없는 요소들이다. 때로는 아무리 몸이 달아올라도 오르가슴을 느낄 수 없고,

때로는 버스 손잡이를 잡다가도 오르가슴을 느낀다. 익숙하고 고리타분한 것에는 발기가 되지 않는다. 지극히 흥분하게 하는 것, 새로운 것, 내가 열광적으로 좋아하는 것에는 질이 축축하게 젖는다. 새로운 섹스파트너는 인간을 흥분시키고 판타지에 빠져들게 한다. 낯선 탐색전에 섹스는 황홀해지고 무르익는다.

불륜이란 배우자가 아닌 사람과 자발적으로 하는 성교를 의미한다. 하지만 한국에서는 손만 잡아도, 포옹만 해도 오해를 받는다. 사람들은 억눌려 있다. 필요 이상의 압력은 폭발을 일으킨다. 굳이 오르가슴을 느끼지 못하더라도 괜찮다. 사람들이 진정으로 원하는 것은 삶을 일깨워줄 강렬한 자극, 환상적인 자기인식, 공허함을 달래줄 위안이니까. 극도의 쾌락과 칼로리 소모는 부산물이다.

찰리는 아침마다 창가에서 하늘을 관찰했다. 그것은 어릴 적에 생긴 오랜 습관이었다. 희미하게 개어오는 하늘에 구름이 얼룩지면 차갑고 뜨거운 커다란 공기덩어리를 상상했다. 그것은 매우 거대해서 이따금 한 덩어리가 서울을 덮었고 때로는 대한민국을 덮었다. 그 아래에서 인간은 자본과 이해관계와 정과 갈증과 무감각으로 범벅이 된 시끄러운 삶을 살고 있었다. 거대하고 소리 없는, 그러나 옛날부터 움직여온 대로 움직이는 공기덩어리 아래에서 미미한 생명들은 모조리 팔딱거렸다. 오직 죽은 생명만이 공기덩어리를 닮아 흐르고 썩어 돌아갔다.

그런 것을 생각할 때면 왠지 마음이 시큰거렸다. 내색하지 않기 위해 공기만을 생각했다. 구름은 공기덩어리와 공기덩어리가 마주쳐 어긋나면서 생긴 생채기다. 하얗고 아름다운 생채기를 보면 그들이 어디로 움직이고 있는지, 무슨 일이 일어날지 알 수 있다. 때로는 여자의 허벅지 안쪽에 난 상처가 떠올랐다. 그것은 남자와 여자가 오호츠크해 기단과 북태평양 기단처럼 극심히 엇갈려 마주치면서 생겨난 생채기였다. 구름처럼 그것은 아름답고 마음 아프고 고맙기도 한 그런 것이었다. 생채기가 생길 때면 언제나 비가 내렸다. 그는 축축한 물기를 느끼며 생채기에 키스했다. 경외의 표현이었다.

거대한 기단끼리 마주쳐도 부드럽게 서로 섞여드는 때가 있는 것처럼, 생채기가 생기는 사람이 있는가 하면 작은 상처도 남지 않는 사람도 있었다. 그것은 몸에 해당하는 이야기이기도 하고, 마음에 해당하는 이야기이기도 하다. 키스마크처럼 고의적으로 낸 생채기와 격렬하게 오고가는 중에 절로 생긴 생채기가 있고, 겉으로 드러나는 몸의 생채기와 누구도 모르게 남겨지는 마음의 생채기가 있고. 또 본래 타고난 생채기가 있다.

그 생채기들로부터 인간의 많은 생각과 행동이 좌우된다. 생채기를 극복하려는 노력이 끊임없이 수반되지 않으면, 교묘하게 몸을 얽어맨 다리처럼 그것은 인간을 인간적으로 얽어맨다. 숨이 막혀 죽는 사람도 있다. 아이러니하게도, 생채기에 집착할 때 나타나는 현상은 사랑에 집착할 때와 같다. 둘 다 영원한 여성의 요소이기 때문이다.

"그래서, 그 생채기를 나에게 냈다고?"

아내는 남편에게 말했다.

"그래."

헤드폰 너머로 그녀는 자유롭게 흔들리는 향기를 풍겼다. 나이든 그녀는 여전히 싱싱하고 순수했다.

"난 잘 모르겠는데."

"왜?"

"글쎄, 그건 당신이 더 잘 알 것 같은데."

"나는 나쁜 놈이야. 그건 당신이 더 잘 알 거 아냐."

"그래, 누구보다도 잘 알지. 당신은 진짜 나쁜 놈이야."

찰리는 마음이 덜컥했다. 스카이프 화면에 뜬 아내 롤라는 웃고 있었다. 말괄량이처럼 헝클어진 검은 머리를 보며 그는 옛날의 그녀를 떠올렸다.

그녀는 그때와 달라진 것이 없었다. 변한 것은 오로지 자신 뿐이었다. 그는 갑자기 몹시 슬퍼졌다. 한때 아무것도 모른 채 위로 상승하기만을 추구하던 청년, 그가 유일하게 사랑하고 안았던 순수한 여자, 지금도 순수한 여자.

그러나 청년은 이제 롤라만을 사랑하지 않는다. 그에게는 이제 수백 명의 여자가 낸 생채기가 있었고, 그로 인해 진한 열대의 향기가 풍겼다. 그 향기를 맡고 여자는 끊임없이 더 모여들었다. 그러나 진리는 언제나 단순했다. 영혼을 달래줄 영혼이란 언제나 아주 단순하고 간단한 모습이었다. 아내와 남편이라는 수평구조처럼.

"여보!"

찰리가 부르자 롤라는 미소 지었다. 그녀 뒤편으로 아이보리 카펫 위에 놓인 야마하 그랜드피아노가 보인다. 롤라는 음색이 날카롭다며 그것을 별로 좋아하지 않았다. 그녀가 좋아했던 피아노는 그녀가 대학생 시절 학교 강당에 있었던 베크슈타인 그랜드피아노였다.

"뭐야, 이 웬수야!"

"사랑해."

"말 같지도 않은 소리 마."

그렇게 말하며 그녀는 웃었다. 덜컹했던 가슴의 고동이 조금씩 가라앉는다. 아내는 옛날 처음으로 만날 때처럼 웃었다. 그녀는 조르바로 돌아왔다.

4

롤라 선

희재는 낯선 이로부터 페이스북 메시지를 받았다. 그는 쉰 다섯이고 재즈와 영화와 책을 좋아했다. 여행과 산책은 좋아하지만 운동은 싫어했다. 피아노와 기타를 쳤다. 지금은 캐나다에 살고 있다. 토론토의 한 도시가 표시된 지도가 떠 있었다. 프로필 사진은 잔디밭 위 컨버스화였다. 어디서도 그의 얼굴은 찾을 수 없었다. 희재는 의심이 갔다.

〔절 아시나요?〕

묻자 이름 모를 이가 대답했다.

〔현수 씨가 말해줬어요.〕

희재는 오싹했다.

〔그녀와는 오랜 친구예요. 이상하게 들리겠지만 한번 만나고 싶어요. 어떤 곡을 만드는지도 궁금해요. 전 음악을 무척 좋아한답니다.〕

결국 일주일 후에 연희동에서 만나기로 약속을 했다. 희재는 긴장한 동시에 궁금했다. 약속한 날이 하루하루 다가올수록 가슴이 쿵쿵 뛰었다. 현수에게 몇 번 전화를 걸었지만 그녀의 전화는 꺼져 있었다. 문자도 카톡도 받지 않았다.

연희동에는 작가창작촌이 있다. 음쟁이인 희재는 종종 그곳에 찾아가 글쟁이들과 이야기를 하고 그들이 쓴 글을 읽고 상상력을 얻었다. 어떤 날은 자신의 문장을, 어떤 날은 소재를, 어떤 날은 인도 신화를, 어떤 날은 17세기 영문학을, 어떤 날은 하이쿠를 공유했다. 사람들은 그것을 함께 공부한 후 어떻게 하면 더 좋은 이야기가 될지, 어떻게 하면 출판할 수 있을지 의논했다. 이따금 어느 출판사의 편집자가 낄 때도 있었는데, 그러면 이야기는 더욱 현실적이면서 신선해졌다. 책이 팔린다는 것은 글을 쓰는 이에게 매우 중요한 의미였고, 그들에게 자유의 희망을 더욱 한껏 불어넣는 일이었다. 그러나 글과 돈을 연관시키는 것을 못마땅하게 생각하는 이도 더러 있었다. 작가들이 종종 찾아가는 바의 사장은 돈과 작품성에 관한 고민을 들을 때마다 코웃음을 쳤다.

"야! 너네 돈 없으면 술 못 줘!"

그녀는 하얗고 부드러운 피부와 까맣고 진한 눈동자를 가지고 있었다. 희재는 그렇게 까만 눈은 본 적이 없었다. 그것은 오로지 순수하게 검기 위한 유리구슬 같았다. 꿈이 여성의 모습을 하고 있다면, 모든 꿈을 받아들이기 위해 그토록 까만 눈을 가지고 있으리라. 하지만 실제로 꿈은 결코 온화한 존재가 아니었으며, 반대로 모든 꿈을 반사하기 위해 하얗게 빛나는 거울눈을 가지고 있었다.

연희동은 서울 같지 않게 한가로웠다. 푸른 플라타너스나무가 넓은 잎을 너울거렸다. 그 사이로 드문드문 사람들이 여유로운 보폭으로 걸어갔다. 횡단보도 앞에서 희재는 기다렸다. 핸드폰으로 페이스북 메시지를 체크했다. 그는 인사를 건네고는 곧 도착한다고 말했다. 녹색 플란넬셔츠에 까만 바지를 입고 있다고 했다. 희재는 꽃무늬 바지에 검은 티를 입었다.

10분쯤 지나 7017번 녹색 버스 한 대가 지나가고, 희재는 메시지에서 알려준 차림의 한 사람을 발견했다. 멀리서 보아도 자유롭고 우아한 여자였다. 마른 체구에 직접 자른 듯한 단발머리가 깡총거렸다. 그녀가 횡단보도를 건너오자 희재는 위장이 하얗게 굳는 것 같았다.

그녀는 희재와 인사를 나누자마자 대뜸 랠프 타우너를 아느냐고 물었다. 약간 주름진 투명한 피부 위에 아이 같은 미소를 띠면서 그녀는 백팩에서 앨범 하나를 꺼냈다. 랠프 타우너의 앨범 〈다이어리〉였다.

"선물이에요."

"감사합니다. 잘 들을게요."

어색한 공기가 조금은 누그러졌다. 그녀가 손을 내밀며 말했다.

"롤라 선이에요. 미안해요. 다짜고짜 만나자고 해서. 희재 씨가 무척 궁금했어요."

"현수 언니에게는 무슨 이야기를 들으신 거예요?"

"아, 재미있는 어린 음악가가 있다고요. 현수 씨 잘 아시나요? 그녀는 우리 웬수의 오랜 오피스와이프죠."

오피스와이프? 희재는 살짝 긴장했다.

"어찌 되었든, 전 음악하는 사람하고 이야기하는 걸 좋아해요. 굳이 말하자면 동지와의 대화를 즐긴다고 할까. 나는 기타를 쳐요. 그래서 다른 사람들이 음악을 듣고 연주하고 창조하는 방식을 관찰하길 좋아하죠. 그것이 내게 산뜻한 영감을 주니까."

롤라는 쾌활했다. 희재는 현수가 다른 이야기는 하지 않은 것 같아 안심했다.

"아 그리고, 나 알고 있어요. 지금 희재 씨가 걱정하는 것. 그런데 괜찮아요. 남편하고 나는 그런 관계거든요. 나는 남편이 자유롭게 살도록 둬요. 대신 나는 캐나다에서 내가 아끼는 딸내미와 커다란 강아지들과 함께 사니까. 큰 개를 키울 수 있다는 건 큰 행운이에요."

가라앉았던 마음이 다시 소용돌이친다. 희재는 무슨 말을 해야 할지 아무것도 떠오르지 않았다.

"어, 떤, 개를 키우시는데요?"

"리트리버요. 까망이랑 노랑이 한 마리씩 있어요. 그녀석들, 딸보다 나아요. 누구처럼 변비도 없고. 혹시 변비 있어요?"

롤라가 시원시원하게 웃었다.

"네, 조금."

희재가 떨떠름하게 대답하자 그녀가 웃음기를 지우며 물었다.

"왜요, 당황했어요? 뭣 때문에 당황한 거예요, 나? 우리 부부는 쿨해요. 가끔 남편이 내게 성병을 옮기기는 하지만, 그 외에는 별달리 불편한 것도 없고. 지금은 좀 달라졌다지만 예전에는 한국에서 사업하려면 불륜은 피할 수 없었으니까요. 남자들끼리 4차 가면 어딜 가겠어요. 나한테 숨겨가며 달리느니 이왕 돈 주고 하는 거 시원하게 뽕 뽑고 오라고 했죠. 아, 변비 때문에 당황한 거라면 커피 관장 추천해요. 거슨 요법이라고 하는데, 변비부터 온갖 잔병 치레는 다 효과가 있죠."

"아하. 그런데."

희재는 머뭇거렸다.

"말 놓으셔도 돼요."

롤라는 낄낄거렸다.

"알았어요. 찰리는 잘 지내지?"

"네, 건강하세요."

"그 사람 몰래 온 거야. 당분간 비밀로 해줘요. 내가 묻기는 좀 그렇지만, 그 사람 좀 섹스중독 같지 않아요?"

"아하, 네."

젊은 여자의 수줍은 말에 중년의 여인은 명랑하게 소리 내어 웃었다.

"진짜?"

"네."

"왜요?"

"그거야 워낙 여자가 많으니까."

"여자가 많은 것과 섹스중독은 달라요. 뭐, 내 남편새끼라 이런 얘기 하긴 그렇지만, 그놈은 자지 관리 참 못하기는 하지. 수준 낮게 나댄다고 해야 하나. 여자에 대한 매너도 전혀 없고."

"사실 섹스도 잘 못해요."

희재의 맞장구에 롤라는 킬킬거렸다.

"이제 보니 다 아시네. 나도 알아요, 그 사람 섹스 잘 못하는 거. 여자는 삽입이 전부가 아니잖아요. 그런데 그 사람은 무작정 자신의 욕구만 해소하려 들지. 거기에 맞춰주면 자기가 잘난 줄 알고."

희재도 따라 킬킬 웃었다.

"아직도 자기 게 제일 잘난 줄 알죠?"

"네."

"에고, 어째. 근데 남자는 원래 다들 그렇대요. '자뻑'하는 맛에 산다고. 그래서 나는 일찌감치 포기했지."

"무슨 부부가 그래요?"

희재가 불쑥 물었다.

"난들 아나. 확실한 건 우리는 서로 친구예요. 영원한 사랑으로 똘똘 뭉친 드라마 속 부부는, 물론 있지, 어쩌다 가끔. 하지만 우리 같은 부부는 서로에게 숨구멍을 터주고 그 부분은 모르는 척 덮어줘야 해요. 그래야 살 수 있거든."

"질투나지 않으세요?"

"안 난다면 이상한 거지. 난 희재 씨도 질투해. 그런데 희재 씨도 날 질투하잖아요?"

젊은 여자는 떨떠름하게 대답했다.

"그렇죠."

"그럼 된 거죠. We're the same, right? 어려울 게 뭐가 있어."

중년 여자는 큰 소리로 깔깔대며 두 팔을 활짝 벌렸다.

"그거 알아요? 희재 씨 재미있어."

해바라기 같은 웃음을 따라 희재도 크게 웃었다.

롤라는 그런 여자였다. 어디에서나 밝은 해바라기같이 활짝 웃는, 순수하고 재미있는 여자. 언제나 가슴에서 명랑한 기타 선율이 흘러나오는 여자. 누가 듣든 자지를 자지, 보지를 보지 라고 말하는 호방한 여자.

롤라는 돼지갈비를 먹자고 했다. 그들은 사러가쇼핑센터 쪽 으로 건너갔다. 정원이 있는 돼지갈비집은 한산했다. 가정집 같은 분위기에 오동통한 파리가 날아다녔다. 돼지갈비는 무척 맛있었다. 투명한 소주잔이 오간다. 롤라는 양파절임을 세 번 이나 리필했다. 보글거리는 된장찌개 속 네모난 두부는 통통 하고 부드러웠다. 소주병이 반 정도 비었다. 날이 저물어 고기 집에서는 정원 불을 켰다. 크고 작은 나방이 파닥거렸다.

"왜 찰리에게 귀국한 것을 비밀로 하나요?"

"자유롭고 싶으니까. 사실 그놈이 지겹기도 하고. 그 사람

배 엄청 나온 것 봤죠? 와이셔츠가 터지려고 한다니까. 그렇다고 내가 터진 옷 꿰매줄 만큼 친절한 사람도 아니고. 나에게 인유두종바이러스 옮겨놓고 병원도 안 가고. 아, 치명적인 건 결코 아니니까 걱정하지 마요. 희재처럼 젊은 여자한테는 그냥 감기 같은 거야."

"다른 여자들과의 섹스를 그만두라는 이유가 고작 그런 거예요?"

"고작이라니, 건강은 가장 중요한 문제예요!"

"하지만 더 중요한 것이 있잖아요. 도덕이라든지 법이라든지, 배우자에 대한 존중이라든지."

"도덕은 미덕이지 필수가 아니에요. 그리고 나는 내 배우자에 대해 존중하고 싶지 않아. 알아서 잘 사니까."

"아 네, 어련하시겠어요!"

희재가 살짝 비아냥거린다. 자신이 그동안 고민해온 문제에 대해 아무렇지도 않은 롤라의 반응에 심기가 상한 걸까. 그러거나 말거나 롤라는 이야기를 멈추지 않는다.

"게다가 나는 처음에 결혼할 때 남편의 자유를 보장해주기로 약속했거든."

"말도 안 돼!"

"그래요, 말도 안 된다니까. 처음에 결혼할 때 뭐라고 했는지 알아요? 자기는 좋은 가장은 될 수 있는데 내 남자가 된다는 보장은 못하겠다는 거예요. 그때는 아무것도 몰랐으니까, 어 그래! 그랬는데, 결혼하고 나니까 그게 아니더라고. 근데 나는 원래 성격이 쿨해요. 스트레스 받아서 해결될 게 아니면 그냥 신경 뚝 끊는 거예요. 가끔 오줌을 잘 못 싸서 징징대는 것만 빼면 그럭저럭 평화로웠어요. 실제로 우리 부부 사이에 지금도 권태는 전혀 없어요. 우리는 아직도 연애할 때랑 비슷해. 질투도 하고 섹스도 하죠. 그것도 아주 격렬하게. 아, 이건 자랑이 아니에요."

"자랑처럼 들려요."

"그럼 자랑이라고 해두죠 뭐. 나는 찰리도 그렇고 그 누구든 자신의 삶은 자기가 알아서 할 일이라고 생각해. 내가 아무리 뭐라고 해도, 심지어 내 아이의 삶조차 나는 변화시킬 수 없죠. 조언은 할 수 있어도 그것을 받아들이는 것은 듣는 사람의 몫이니까. 그리고 웃긴 게 뭔지 알아요? 조언은 보통 비즈니스 조언 말고는 아무도 안 들어."

롤라는 팔을 뻗다가 소주를 엎었다. 소주 반병을 그렇게 버리고 나와 그들은 근처 바에 들어갔다. 롤라는 헤네시 샷을, 희재는 코로나를 주문했다.

"자유를 존중하시는 건가요, 그냥 사람을 믿지 못하시는 건가요?"

희재의 질문에 롤라는 팔짱을 끼고 몸을 앞으로 내밀었다. 그녀의 얼굴이 장난스럽게 심각해졌다. 마치 그녀 앞의 헤네시 잔향을 있는 힘껏 뽑아내려는 것처럼.

"모르겠어요. 후자일까? 아니야, 전자야. 그러다 보면 다시 갈등하죠. 확실한 건 나도 배신감을 느낀다는 거야. 그런 감정을 느끼기엔 내가 아까워."

"배신감도 감정이잖아요. 아닌 건 아니라고, 힘든 부분은 힘들다고 말하면 되는 거예요."

"아닌 게 없는데 어떻게 해. 나는 그렇게 생각해요. 세상에 진짜 아닌 건 없어요. 다 그게 그거고 똑같아. 힘들 때 힘들다고 말하고 싶지 않아요. 나는 힘든 걸 내 나름대로 즐기는 게 좋아. 그게 스트레스 조절에도 좋고 내 마음수행에도 좋으니까. 생각해보면 가족이란 그런 존재가 아닌가 싶어. 가장 극도의 스트레스를 주지만 동시에 가장 좋아하는 사람들이니까, 이왕이면 내가 좋아하는 쪽으로 보고 싶은 거죠. 그래도 자주 폭발하긴 하지만."

"폭발하더라도 쿨하게 폭발할 것 같은데요."

"그건 난 폭발하면 10초 후에 후회하는 타입이거든. 폭발하는 건 좋은데 후회하는 느낌이 싫어. 난 찝찝하면 사과하는 스타일인데, 가족한테 사과하는 건 항상 뭔가 조금 밑지는 느낌이랄까. 그래도 말썽쟁이들은 사랑스럽기라도 하지. 아, 그런 생각 할 때 있어요. 아들 안 낳길 잘했다는. 내 아들도 남편과 같은 남자의 길을 걷는다면 나는 오, 간이 쫄깃할 거예요. 며느리한테 욕먹는 시어머니라니, 나는 절대 그런 사람이 되고 싶지 않아."

희재는 코로나를 황급히 내렸다. 코로 맥주가 나올 뻔했다. 생라임 향기가 물씬 풍긴다.

"결혼은 부부가 한 몸이 되는 거라는데. 완벽한 줄 알았더니, 이제 보니까 몸은 같고 머리는 둘이고 생식기는 아예 따로 노네요."

"똥이라도 잘 싸면 다행이지. 그거 알아요? 우리 부부 둘 다 만성 변비예요. 항문은 또 같은가 봐. 아이고, 변비에 관해서라면 난 수천 가지는 이야기할 수 있어."

두 여자는 서로를 바라보며 낄낄거렸다. 웃음 뒤에 적막이 찾아왔다. 그들은 바 앞에 진열된 위스키병들을 찬찬히 구경했다.

롤라는 천천히 오랫동안 헤네시를 음미했다. 어느 순간 그녀의 얼굴에는 증류한 포도주 같은 농밀함이 깃들었다.

"두 사람이 하나의 생각을 한다는 것은 불가능해. 하지만 두 사람이 생각을 공유한다는 것은 가능하지. 수학적으로 이야기하자면 A∩B는 A=B일 수 없다는 거예요. A와 B가 공유한 것이 있으면 A와 B가 각자 가진 요소가 있고, 둘 다 갖지 못한 요소도 있지. 둘이 함께 가지지 못한 요소에 대해서는 다른 사람을 통해 공유하는 거예요."

"뭐라고요?"

불행히도 희재는 하나도 알아듣지 못했다.

"좀 천천히 얘기해봐요."

"학교에서 집합 공부 안 했어요? 교집합, 합집합!"

"그 대신 사람 공부를 했죠."

젊은 여자는 천연덕스럽게 대꾸했다.

"찰리가 나에게 반했던 건, '수학도 잘하는 주제에 기타는 자기보다 더 잘 쳐서'였어요. 나 이래 봬도 수학을 참 좋아했거든. 통계학 수업에서 그를 처음 만났지."

그녀의 눈가에 기분 좋은 주름이 잡혔다.

"여자가 많은 것은 대학 시절부터 잘 알았어. 그땐 예민한 바람둥이라고 생각했는데 이렇게 결혼까지 할 줄은 몰랐죠. 그런 거 보면 참 산다는 건 신기해. 결혼 전에 갑작스럽게 청혼받았을 때도, 나는 워낙 쿨하니까 그 사람이 어떻든 괜찮을 거라고 생각했어요. 지금 생각해보면 나도 참 그이를 좋아했던 것 같네. 남편이 바람을 피우는데 나는 감당할 수 있다니! 다행인 건 남자를 고치려고 생각하지는 않았다는 거야. 그랬으면 정말 감당할 수 없었겠지. 남자라는 건 변하는 생물이 아니에요. 이를테면 제2의 자아가 자지에 있으니까. 하지만 결혼 후에는 점차 감당할 수가 없었어요. 내가 화를 내면 그는 아무런 대답도 하지 않고 담배만 피우지. 나쁜 놈! 아, 이건 자주 하는 말이니까 농담처럼 지나쳐요. 나쁜 놈은 나쁜 놈 맞잖아? 으이그. 그러다가 나는 종교를 가졌고 그것이 나에게 남편 대신이 되었어요. 지금도 남편과 섹스를 해요. 서로에게 내장된 오르가슴의 버튼들을 잘 알고 있으니까 항상 강렬한 절정을 느끼지. 게다가 우리는 서로에게 정도 있고, 아량도 있고. 섹스는 확실히 육체적인 오르가슴보다도 마음으로 이해하고 포용하는 것이 있어야 더 진실한 오르가슴을 얻을 수 있어요. 아랫도리에서 '팡!'이 아니라 뇌에서 폭죽이 '팡팡팡!' 하고 연달아 터지는 느낌? 하지만 그걸로 끝! 나는 그를 그 이상 사랑할 생각이 없어. 삶과 육체를 잠시 공유할 뿐. 나는 내 딸이 남자에게 구속받지 않고 섹스와 오르가슴을 즐기며 살길 원해. 그것은 여성이 받을 수 있고 또한 줄 수 있는, 누구에게나 최고의 선물이거든. 하지만 찰리처럼 섹스와 오르가슴을 삶으로부터 분리할 수 없다면 무척 안타까울 거예요."

"섹스와 오르가슴을 삶으로부터 분리할 수 없다는 건, 무슨 뜻이죠?"

바의 사장이 투명한 검은 눈을 이쪽으로 돌리고 있다. 그녀의 눈에 호기심이 가득 차 있다.

"말하자면 그것이 삶을 위로하는 수단이 되고 있다는 거예요. 삶을 기쁘게 하는 수단이 아니라."

"위로하는 것과 기쁘게 하는 것의 차이가 뭐죠? 사람의 상황에 따라서 다른 것 아닐까요?"

"그 사람이 타인 없이 살 수 있을 거라고 생각해요? 섹스가 아니라 다른 사람 말이야."

섹스가 아니라 사람이 없이 산다는 것은 불가능하다. 하지만 섹스가 없어도 생은 계승되지 않는다.

"그건 누구나 그렇죠."

"아니에요. 그 사람이 섹스를 통해 무엇을 얻는지 들어본 적 있어요?"

"섹스는 섹스죠. 그렇게 깊이 생각할 필요 있나요?"

"맞는 말이야. 섹스는 섹스로 끝나야 해. 부부든 불륜이든 그건 똑같아요. 생각해봐요. 섹스한 후에 남자에게 더 기대고 기대하게 되지 않던가요? 다음번에 할 때에도 황홀한 위안을 바라게 되지 않던가요? 하지만 늘 같지 않고, 얻지 못할 때도 있고, 마음이 틀어질 때도 있지. 그걸 나든 남이든 누군가의 탓으로 돌리는 것은 옳지 않아. 생식이 아닌 쾌락이 목적인 이상 섹스는 언제나 섹스에서 끝나야 해요. 사랑 이외에 인간에게 얻을 수 있는 최고의 것은 오르가슴이에요."

"그 이야기를 들으니 떠오르는 게 있어요. 어쩌면 우리가 알고 있는 오르가슴 이상의 오르가슴을 인간은 바라는 것이 아닌가. 소위 멀티 오르가슴이라는 것이 있죠. 그걸 느낀 사람은 죽어도 여한이 없을 만큼 아름답고 황홀한 감정이었다고 해요. 그걸 느낀다면 죽음으로 돌아가는 기분이겠죠. 물론 오르가슴이 꺼지고 나면 또다시 느끼고 싶은 마음으로 가득하겠지만."

"사람이란 언제나 그런 존재죠. 섹스를 포함한 모든 것에서 최고의 절정을 느끼고 싶어 해요."

"왜 그럴까요?"

"모두에게 사랑받고 싶어서 아닐까?"

"완전 중2병인데."

"모든 사람이 중2병이죠. 내가 희재보다 나이가 많으니까 성숙해 보이죠? 아니야. 모두가 똑같아요. 똑같은 마음과 똑같은 영혼에 몸만 늙어가는 거지. 내 안의 나는 점점 어려지는데 몸은 늙어가는 괴리감. 아직은 이해할 수는 있어도 실감은 못할 거예요. 끔찍해요. 그렇게 변해가는 자신이 어느 날 갑자기 세상 최고가 되었어요. 최고라는 건 모두에게 사랑받을 가능성과 함께 적수가 없다는 뜻이기도 해요. 희재 씨, 희재 씨의 적이 전혀 없는 세상을 생각해봐요. 모든 것이 나에 맞춰져서 완벽하게 돌아가는 세상. 경제적으로 풍요롭고, 자기 소유의 땅을 가로지르려면 꼬박 하루가 걸리고, 몇억 원씩 유니세프에 투척하고, 당신의 모든 아이디어가 대박나고. 모든 사람이 당신을 볼 때마다 동경하고 선망하며 박수갈채를 보내. 자, 그리고 오르가슴을 떠올려봐요. 오르가슴도 뇌 속에서만 나타날 뿐 결국 그거랑 똑같아요! 나를 사랑하는 타인이 함께하는, 완벽하게 최고가 되는 의식이지."

"전 말이죠, 롤라."

희재는 머리를 싸매며 말했다. 롤라가 쉴 새 없이 말하는 동안 그녀는 머리에 코로나를 두르듯 맥주를 세 병이나 마셨다. 잘 못 마시는 소주와 섞인 코로나가 어지럽게 타올랐다.

"찰리의 아내가 이렇게 수다스러울 줄은 몰랐어요."

희재의 싫지 않은 타박에 롤라는 콧바람 소리를 내며 웃었다.

"나는 속내를 드러내지 않고 발기나 하는 찰리의 아내라면 그랑 똑 닮았을 줄 알았죠. 이렇게 시끄럽게 자주 웃는 사람

110

일 줄이야. 지금 저 만나고 몇 번 웃었는지 알아요? 서른다섯 번 웃었어요."

"아이고, 그걸 또 셌어요? 이럴 때 키읔을 연발해야 하는 건데. 나 별명이 '빨강머리 앤'이야. 하도 꿈도 잘 꾸고 허황된 소리를 줄줄줄 늘어놔서."

"아까 저는 아직 이해는 하되 실감하지 못할 거라고 하셨으니, 역으로 물어볼게요. 지금 말한 모든 것들을 이해와 동시에 실감까지 하고 있는 거예요?"

"난 실감하고 실행까지 해본 것만 말해요."

롤라는 즉각적으로 그리고 담담하게 대답했다.

"이해가 실감에 그치면 머릿속에서 돌고 끝이죠. 행동으로 나와야 해. 그런 사람을 흔히 바보라고 하지."

그렇게 말하고 롤라는 또 웃었다.

"바보라고 쓰고 용기라고 읽겠죠."

"그렇게 읽는 사람이 있으면 고맙고. 내가 희재 씨에게 느끼는 것처럼. 그런데 희재 씨. 나도 바보지만, 희재 씨도 나 못지않게 바보 같다는 건 알아야 해요. 굳이 이 역겨운 한국 사회를 바탕으로 말하자면, 누가 더 역겹고 덜 역겹고가 아니라 다 똑같이 역겨워. 특히 성과 인간관계가 끼면 말이지. 우리를 봐요. 우리는 그냥 자기 자신이 역겨울 뿐이에요. 봐요. 그 와중에 우린 찰리가 역겹다는 이야기는 한 번도 안 했어. 아마 못할 거야. 여자는 다 그래. 그래서 영원한 여성이란 게 있나 봐요. 무한히 인내해서 득도하라고."

술기운이 확 돌았다. 뒤통수로 노랗고 작은 뱀이 스멀스멀 올라오는 느낌이 들었다. 롤라도 그렇겠지. 희재가 쳐다보자 롤라가 중얼거렸다.

"가끔은 짜증나. 내 남편이지만 가끔은 죽여버리고 싶어."

"이런! 그런 말 하지 마세요."

희재는 험악해진 분위기를 무마하기 위해 낄낄거렸다.

"정말 짜증나."

"아줌마, 나는 더 짜증나니까 화내지 말고 물이나 마셔요. 여기 아이스티 한 잔 주세요."

롤라는 희재가 주문한 아이스티를 빨대로 빨았다. 갑작스러운 외침에 뱀이 도망치듯 술기운과 분노가 서서히 가라앉았다.

롤라 앞에서 희재는 이제 부끄럽지 않았다. 복숭아 씨앗처럼 명치에 박힌 응어리를 힘껏 내던져 버린 것 같았다. 딱딱하게 굳은 응어리는 땅바닥에 닿자 딱 소리를 내며 튕겼고, 동지가 나타나 똑같은 행위를 했다. 롤라의 복숭아 씨앗이 아무렇게나 날아가 소리를 낸다. 딱!

욕지기가 몰려왔다. 속을 게워내고 돌아온 희재를 바라보며 롤라는 또 미소를 지었다. 취한 그녀는 계속 아이처럼 헤실헤실 웃었다. 취중에 더욱 맑아진 눈동자 덕분에 롤라는 그곳에 존재하지 않는 사람처럼 보였다. 헤네시잔이 동그랗게 빛났다. 잔으로부터 천천히 향을 들이켰다. 잘 숙성한 포도주를 끓여 받은 헤네시는 그윽한 향기와 색으로 몇 겹의 생을 압축했다. 그것은 삶처럼 짜릿하고 죽음처럼 매혹적이었다.

그렇다. 롤라는 삶과 죽음 사이의 아슬아슬한 경계선에서 살아가는 예술가였다. 오랫동안 묻혀 있던 그녀의 기질이 또 다른 자기파괴적인 젊은 예술가를 만나 조금씩 깨어났다. 어슴푸레한 지평선이 헤네시처럼 흔들거렸다.

아내란 롤라에게 어떤 의미인가? 55세의 중년 남자와 그 연인인 26세와 35세의 두 여자. 그들의 관계는 쾌락과 사랑의 기묘한 경계에 있다. 자유로운 사랑이자 사로잡힌 쾌락이다. 도망쳐도 아무도 잡지 않는다. 빈자리는 마우스를 클릭하듯 손쉽게 언제나 대체할 수 있다. 확고한 정체성을 부여받은 이는 오로지 한 여자, 롤라뿐이다. 그녀는 아내로서 남편과 대등했다. 대등한 관계는 쫓거나 쫓기지 않았다. 대신 환경, 심리, 유전적인 요인에 따라 조금씩 기우는 수평저울이다. 부산물로 여자아이가 만들어졌다. 찰리와 롤라를 반반 섞은 존재는 부부에게 가장 큰 사랑을 받았다. 딸 덕분에 롤라는 수많은 여자 사이에서도 찰리 곁에서 굳건했다. 아니, 사실은 찰리가 더 이상 필요 없었다. 사랑스러운 계승자가, 자신을 닮아 해처럼 잘 웃는 딸이 그녀에게 있다는 사실만으로 족했다. 외로운 회색 기러기가 여자의 가랑이 사이를 떠돌았다.

그렇다면 왜 롤라는 찰리를 떠나지 않는가? 찰리가 더 이상 아무런 의미가 없다면, 왜 그녀처럼 자유로운 여성이 그를 떠나지 않는가? 그것은 그러한 삶에 길들여졌기 때문이다. 처음부터 그녀는 다 알고 있었다. 롤라는 자유롭기 위해 감수하는 길을 택했다. 그녀는 수많은 낯모르는 여자와 공존하는 삶을 어릴 적부터 인식했고 자연스럽게 받아들였다. 한국 사회는 일부일처제와 간통죄를 엄격히 규정하되, 그것을 규정한 이들은 다자연애자였다.

그러나 고통은 고통이었다. 감내하는 길은 고됐고 롤라는 물 밖의 송어처럼 허한 중에 몸부림쳤다. 기타는 그녀의 의지에서 나오는 것이라 결코 위안을 줄 리가 없었다. 찰리처럼 섹스로 자위하기에 그녀는 단순했다. 복잡한 인간관계를 이겨낼수 있는 사람이 아니었다. 결국 롤라가 잡은 것은 종교였다. 그녀는 교회를 다니며 기도하기 시작했다. 신은 롤라가 겪는 고통은 모두 신이 그녀를 시험하기 위한 것이라고 말했다. 감당치 못할 시험은 결코 주어지지 않으며 그 어떤 경우에도 신은 롤라와 함께하고 있다고 종교는 단언했다. 갑작스러운 분노가 치솟을 때마다, 하염없이 울고 싶을 때마다, 지독하게 외로울 때마다 롤라는 십자가 앞에 엎드려 기도했다. 그러자 어느 날 예수가 나타나 찰리의 자리를 채웠다. 예수는 언제나 롤라를 극진히 돌보며 사랑을 주었다.

롤라의 실질적인 남편은 예수이자 신이었다. 불완전하고 불안정한 남자는 여자의 도리를 다하기 위해 만난 법적인 배우자였다. 천국에서 롤라와 찰리는 아내와 남편, 여자 대 남자가 아닌 사람 대 사람으로 만나리라. 신은 그렇게 그녀의 영혼을 증류해 성숙한 스피릿으로 만들었다.

현수는 아메리카노에 넣은 머들러를 천천히 휘저었다. 희재는 그녀의 손동작을 가만히 지켜보았다.

"게임음악 작곡한다고 했죠?"

"네, 관심 있으세요?"

"아뇨, 잘 몰라요. 게임음악이라고 해봐야 개발자 친구 따라 칸노 요코 콘서트와 양방언 콘서트 가본 게 전부예요. 제 취향은 아니더군요."

"어떤 음악을 들으시는데요?"

"주로 재즈와 클래식. 최근에는 팀원 중에 바그너리안이 있어서 바그너를 듣고 있어요. 어제는 유튜브로 〈탄호이저〉를 들었죠. 하지만 나는 음악 자체가 잘 안 맞아요. 내 내면을 쉽게 건드리거든요. 필요 이상으로 감정적이 되고 싶지는 않아요. 차라리 그 시간에 자고 말지."

"감정적이 되는 게 뭐가 나빠요? 미련이 있으면 미련으로 끝내면 되죠."

"감정의 원인을 회상하고 싶지 않다는 거예요. 원인으로부터 내가 배운 것이 있으면 그것으로 족해요."

희재는 잠시 곰곰이 생각했다.

"찰리 때문인가요?"

"굳이 찰리 때문은 아니죠. 나는 돌싱인 데다가 나름 남자 편력도 있으니까. 모든 남자와 섹스파트너에 대해서 굳이 회상할 필요를 못 느끼는 것뿐이랍니다."

"그중에서 찰리가 가장 오래되었잖아요?"

"그분은 애인 겸 섹스파트너이기 전에 상사니까요."

"그런 대답으로 잘도 14년 동안 그분을 만나셨네요."

희재가 비아냥을 섞어도 현수의 표정은 변함이 없었다.

"문제를 일으키지 않는 것이 더 중요하다고 생각해요. 나는 사회에서 매장당하고 싶지 않아요."

현수는 따뜻한 머그잔을 부둥켜안듯 꽉 쥐었다.

"사회에서 절대 해서는 안 되는 금기가 있어요. 금기를 깨면 사회에게 버림받죠. 생존 자체가 위험해져요. 사랑한다고요? 그래요. 찰리를 사랑한다고 쳐요. 하지만 그건 모든 남자가 마찬가지였어요. 찰리만큼이나 난 전남편과 애인과 섹스파트너를 사랑했어요. 서로 가시가 돋치기 직전에 잘라버리는 것, 그건 언제나 내 역할이에요. 성욕에 길들여진 남자는 선을 잘못 그으니까."

자연스러운 캘빈클라인 세미정장에는 구김 하나 없다.

"나는 내 사회적 위치가 가장 중요해요. '사람은 믿되 절대 의지하지 않는다.' 그것이 나 자신을 지키는 원칙이죠. 찰리에 대해서도 똑같아요. 그는 내게 전적으로 이익이 되는 사람이에요. 섹스와 경력, 두 방면 모두에서요. 그분의 인맥은 곧 내 인맥이 되었죠. 하지만 내가 피해를 입을 상황이 된다면, 난 그분을 냉정하게 떠나거나 방패막이로 삼겠죠."

"무서울 정도로 정이 없으시군요. 찰리가 섭섭해하겠는데요."

"그래도 어쩌겠어요. 아무리 사랑하더라도 사회에서 우리 같은 여자들은 창녀일 뿐이죠. 그런 취급을 받느니 그딴 관계

는 숨겨버리겠어요. 희재 씨도 알잖아요? 섹스와 애인과 사랑
으로 잠시 위안받을 수는 있지만 한 시간 후면 다시 원상태
죠. 현실은 고귀한 가치를 추구하기에는 개쓰레기죠."

희재는 아무 말도 하지 않았다. "우리 같은 여자는 창녀일
뿐이다." 그 말이 계속해서 맴돌았다. 희재는 찰리가 말하고
움직이고 다가오는 모든 순간이 좋았다. 그가 없을 때면 기다
림에 설렜고 질투에 고통스러웠으며 그리움에 사무쳤다. 그러
나 아무리 그래도 그녀는 '창녀'일 뿐이었다. 찰리는 여자를
창녀로 만드는 사람이었다. 그 사실을 현수는 명확히 인식했
다. 그래서 미리 희재에게 경고한 것이었다. 곤란한 상황에서
찰리는 현수를 구할까? 아니다. 구하지 않는다. 그는 분명 어
깨를 두드리며 운이 없었던 거라고 말하고 뒤돌아 자기 일로
돌아갈 것이다. 그러니 현수 또한 스스로를 지키기 위해 찰리
를 매장시킬 각오가 되어 있는 것이다. 찰리는 현수의 그런 의
식을 잘 알고 있기에 그녀를 믿었다. 그녀가 그를 매장시킨다
고 하더라도 그는 그녀다운 일이라며 용인할 것이다.

사람은 살아야 한다. 그러나 사람을 버리는 삶에 무슨 가치
를 부여할 수 있단 말인가?

창밖으로 아기가 아장아장 걸어간다. 입이 해맑게 벌어진
아기는 삐뚜름한 야구모자를 쓰고 있었다. 두산베어스 마크

가 눈에 들어왔다. 곧바로 어머니처럼 보이는 여자가 아기를 따라온다. 그들 옆으로 하얀 카니발이 천천히 지나갔다. 반대편에서 알록달록한 옷을 입은 아주머니 둘이 커다란 검은 가방을 들고 걸어온다. 챙 모자와 얼굴의 대부분을 가리는 기묘한 마스크를 쓰고 있다. 커다란 가방은 채우다 만 위장처럼 허전했다. 바깥은 뜨겁다. 햇살이 하얀 대리석과 까만 아스팔트 위로 내리쬐어 부글부글 끓었다. 수많은 모양, 크기, 색깔의 차가 왔다 갔다 한다. 건너편 카페의 야외 테이블에서 양복을 입은 남자가 다리를 꼰 채 멍하니 차도를 바라본다. 그의 앞에는 하얀 테이크아웃 잔이 놓여 있다.

어디선가 아스트루드 질베르토의 목소리가 들려왔다. 〈카니발의 아침〉. 그녀의 허밍을 따라 에어컨 바람이 겨드랑이로 흘러들어 살갗을 간질였다. 동대문역사문화공원역의 제일평화시장 앞에 있는 카페베네는 언제나 친근했다. 특히 햇빛 뜨거운 정오에 오면 대개는 아스트루드 질베르토가, 때로는 프랑수아즈 아르디가 노래했다. 가장 좋은 것은 질베르토와 스탠 게츠, 그의 색소폰이 함께 노래하는 것이었다. 부드럽고 이국적인 남녀의 듀엣은 마치 갓 구운 와플에 부드럽게 녹아드는 블루베리아이스크림과 같은 것이었다. 유리창 너머 뜨거운 햇살과, 지나가는 사람들과, 들어오는 사람들과, 이국적인 노랫소리와, 겨드랑이를 간질이는 바람과 말없이 앉아 이따금 아메리카노를 홀짝거리는, 그러다 와플 하나 먹을까요? 하면 좋아요! 하고 대답하는 타인이 맞은편에 앉아 있는 풍경은 언제나 마음 선선해지는 일이다.

불행인지 다행인지 그녀 앞에는 좋아요! 하고 선선하게 대답하는 대신 그녀의 위치를 상기시키는, 지극히 현실적인, 이파네마에서 온 여인이 앉아 있었다.

누군가 밖에서 담배를 피웠다. 담배향기가 공기를 타고 스며들었다. 찰리의 말보로가 떠올랐다. 말보로는 언제나 등에 라이터 하나를 얹은 채 가지런히 놓여 있었다. 하얗고 귀여운 소용돌이무늬가 있는 해태, 해태가 앉아 있는 재떨이는 언제 보아도 사랑스러웠다. 활짝 눈웃음까지 치고 있는 작은 해태는 찰리의 이상향을 꼭 닮았다. 인간의 한없는 이상향, 세상에 존재하지 않는 해태가 되고자 하는 믿음, 그러나 결국 하얀 도자기재떨이 위에서 벗어날 수 없는, 활짝 웃는 해태 한 마리.

"롤라가 우리 집에 있어요."

창밖을 바라보던 오피스와이프는 고개를 홱 돌렸다. 희재는 팔에 얼굴을 푹 묻은 채 아무 말도 하지 않았다. 슬프지 않았으나 기쁘지도 않았다. 약간 노곤한 몸에서는 그만큼의 카페인을 원했다.

"나는 사람이 되고 싶어."

롤라는 팔을 길게 늘어뜨렸다. 희재는 압생트가 담긴 잔을 만지작거리고 있었다. 네 번째 잔이었다. 투명하고 맑은 초록색이 촛불을 받아 밝게 빛났다. 불을 붙여 녹인 설탕이 그 아래에서 산호처럼 번졌다.

"지금까진 사람이 아니었다는 말씀인가요?"

"그래. 온전한 인간이 되고 싶어. 누군가의 아내, 누군가의 엄마, 누군가의 친구가 아닌 오로지 내가 되고 싶어."

희재는 가만히 엎드려 다음 말을 기다렸다.

"한때는 누군가를 온전히 지지하고 지원함으로써 사람이 될 수 있으리라 생각했어. 그를 통해 타인의 삶을 간접적으로나마 다양하게 경험할 수 있다면 그것이 내게 영감을 주리라 생각했지. 수많은 책과 음악을 통해 타인의 삶과 경험을 공유하는 것처럼 말이야. 하지만 이제 질렸어. 심지어 내가 사랑하고 키워온 내 아이에게조차 나는 의지할 수 없어. 나는 자립하고 싶어. 자유롭고 싶어."

"하지만 자유롭고 싶으면 사람을 떠나야 하는데, 그럼 누구에게 사람이라는 인정을 받으시려고요?"

"나 자신에게 나를 인정받는 거야. 내가 모든 것을 직접 경험하고."

롤라의 헤네시잔은 거의 다 비었다.

"지겨우세요?"

"지겨움과는 조금 달라. 이제는 그만 나가고 싶달까."

"갱년기 아닐까요?"

"갱년기는 무난하게 지나갔어요. 나는 폐경이 일찍 왔거든."

롤라가 눈을 감자 긴 속눈썹의 그림자가 드리웠다.

"사실, 나이가 들어도 외로워. 끊임없이 사랑을 갈구하지. 지금의 나에게는 그게 괴로워. 지금은 내가 믿는 신만이 내가 원하는 사랑을 줘. 하지만 아직까지 기도가 부족한 탓인지 나는 내 감각기관으로 실감할 수 있는 사랑을 원해. 생생한 경험을 원해. 온몸이 절절한 오르가슴, 자궁으로 돌아간 듯 온몸으로 느낄 수 있는 따뜻한 온기가 필요해."

"그건 아무도 못 받을걸요."

"그냥 자궁 안에 있는 건데 참 어린애 같은 생각이죠?"

희재는 아무 말도 하지 않았다.

"나는 나를 있는 그대로 사랑해주었으면 좋겠어. 설렘이 필요해. 아주 옛날 나의 맨살을 있는 그대로 만지고 키스하고 애무했던 것처럼 설레는 마음으로 따뜻하고 부드럽게 오랫동안 애무받기를 원해."

"사랑하는 사람이 있으신가요? 예수님, 부모님 말고."

롤라는 어깨를 으쓱했다.

"나?"

두 사람은 함께 웃었다.

"그래도 다른 사람이랑 섹스는 절대 안 하실 거죠?"

롤라는 소리 내어 웃었다. 그녀는 헤네시를 한 잔 더 주문했다.

"맞아, 안 할 거야. 지금 이 나이에 남편이 아닌 다른 사람 앞에서 옷을 벗는다는 건 상상할 수 없어. 물론 하면 할 수 있겠지. 하지만 상상할 수 없어. 내가 상상할 수 없다는 건 실현 가능성이 없다는 거야."

"그건 모르는 거예요."

"그건 그렇겠지? 그런데 사실, 나는 지금도 그래요. 애무도 섹스도 수치스러운 느낌이야. 왜 그런지는 잘 모르겠어. 어릴 적부터 여자의 성이란 부끄러운 것이라고 교육받아 온 탓인지, 살면서 내가 그렇게 느끼게 되었는지. 하지만 말야, 더 중요한 게 있어. 나는 내가 수치스럽게 여기는 것들을 사실은 간절히 원해. 나는 내가 간절히 원하는 것을 가장 수치스럽게 여겨. 나에게는 타인이 필요해. 나이를 쉰다섯이나 먹었는데도 나만을 사랑해줄 존재가 필요해. 그리고 그 사실이 수치스러워. 지금 이 나이에도 그 정도 욕망을 채우지 못해 이렇게 바라나 싶어서."

희재는 불쑥 물었다.

"섹스가 그렇게 중요한가요?"

"섹스는 곧 현실이지. 쾌락은 꿈이야. 사랑은 이상이고."

"사랑이 왜 이상이라는 거예요? 그건 모든 인간이 갈구하는 거예요. 긍정적인 인간이든 부정적인 인간이든, 잘난 인간이든 못난 인간이든."

"갈구하는 거니까 이상이죠. 갈구하는 것은 결국 못 얻어. 대신 그것을 대체할 여러 가지 것들을 터득하지. 그래도 결국 다 못 채우겠지만. 그게 인간의 삶이에요."

"지극히 현대적인 삶이군."

희재의 비아냥에 롤라는 턱을 괴고 허공을 지그시 바라보았다. 어딘지 모를 곳에 눈길을 두고 그녀는 나지막이 중얼거렸다.

"덕분에 나는 외롭지. 외롭기에 그 속을 신으로 채우려고 하는 거겠지."

"찰리는 롤라를 세상에서 가장 사랑한다고 말했어요. 영원한 여성이라고."

"당연하지. 지가 치매 걸리면 병수발할 사람이 난데."

"보험이군요."

"그래요. 그 사람, 치매라는 가족력이 있거든. 그 같은 천재에게 그건 정말 끔찍한 시나리오일 거야. 그 사람이 입버릇처럼 말하듯, 나는 그가 치매에 걸리면 요양원에 입원시킬 거예요. 난 그걸 감당할 만한 사람도 아니고, 기껏 자유로워진 내 삶을 포기할 생각도 없어. 그 사람은 나를 사랑한다고 말하지만, 그건 사랑이 아니야. 이상일 뿐이지. 나는 타인의 이상에 맞출 생각이 없어. 그저 기도할 뿐이야."

희재는 순간 필름이 끊겼다. 뭐라고 나불거린 것 같은데 전혀 기억이 나지 않았다. 예수가 롤라의 곁에 앉아서 그녀의 이야기를 들었다. 혼란 중에 그렇게 외치고 희재는 잠들었다.

술에서 깨어났을 때 희재는 롤라를 기다렸던 신호등에 기대앉아 있었다. 롤라는 그녀의 옆에 쭈그리고 앉아 무릎 위에 얼굴을 놓은 채 횡단보도 건너편을 바라보고 있었다. 눈동자에 비친 새벽은 투명하고 맑았다.

"깼어?"

희재는 눈을 비볐다. 롤라에게 시간을 묻자 그녀는 아이폰을 꺼내 화면을 켰다. 막 출시된 신형이었다. am 5:22. 여름날은 어느새 동이 텄다. 푸르스름하게 빛나는 어두운 하늘이 티 없이 아름다웠다. 문득 희재는 방금 꿈속에서 본 호텔이 떠올랐다. 그곳에는 무수한 별이 떠 있었다. 롤라는 바닥을 보았다. 작은 개미 한 마리가 자신보다 큰 무엇인가를 가지고 열심히 길을 갔다. 본연의 의무에 아침부터 열중하는 생물이었다. 피아노를 치고 싶다. 그녀는 생각했다.

"롤라는 한국에 있어요."

보고서를 들추던 찰리가 얼굴을 찌푸렸다. 그는 애인이 아내의 이름을 꺼내는 것을 좋아하지 않았다.

"무슨 소리야? 아내는 지금 토론토에 있는데."

"아뇨, 찰리 몰래 한국으로 왔어요. 신났던데!"

현수의 말에 그는 팔짱을 꼈다.

"일주일 전에 스카이프 했을 때는 분명 토론토에 있었단 말이야. 토론토의 집으로 걸었다고."

"따님이 조작했을 수도 있죠."

"내 딸에 대해 함부로 말하지 마."

찰리의 말에 살짝 가시가 돋쳤다.

"어머나!"

애인은 예상했다는 듯 눈을 한번 찡긋하고는 다시 입을 열었다.

"따님에게 최근 남자친구가 생겼다는 사실은 알고 있나요? 아메리칸-재패니즈래요."

처음 듣는 말이었다. 찰리는 아무 말도 하지 않았다. 오피스 와이프와 홈와이프가 머리 위를 낮게 나는 두 마리 종달새처럼 그를 놀려댔다.

"롤라는 언제 만난 거야?"

"희재에게 들었어요."

"희재?"

찰리는 아이폰을 꺼내 희재에게 전화를 걸었다. 언제나 그렇듯 그녀는 받지 않았다. 희재는 카톡도 문자도 전화도 잘 보지 않는 답답한 현대인이었다.

"뭐야, 이 여자는?"

"누구요. 희재? 롤라?"

단둘뿐인 사무실에서 현수는 자유로웠다. 그녀는 평소답지 않게 의자 위에 양반다리를 하고 앉았다. 여유롭게 남자를 놀리는 여자는 사냥을 시작한 암사자와 같다. 발톱을 세워 수소의 등을 찍고 올라타고 싶지만 참았다. 그녀는 인간이다.

"롤라에게 도대체 무슨 말을 한 거야?"

"글쎄요, 별말 안 한 것 같은데요. 아, 당신을 매장시키겠다고 했네요."

찰리는 어이없다는 눈빛으로 현수를 보았다. 그녀는 흔들리지 않았다.

"진담이야, 농담이야?"

"반 농담 반 진담. 찰리, 언젠가 진짜 죽여버릴 거예요."

그렇게 말하면서 여자는 소리 내어 웃지 않았다. 속을 알 수 없다.

"너, 또 왜 그래?"

"찰리를 매장시킬 증거는 가지고 있어요. 14년 동안 내가 아무것도 안 했을 줄 알았어요?"

"그 얘긴 몇 번이나 들었어. 이번엔 이유가 뭐야?"

"내 인맥과 정보, 커리어. 찰리, 이제 당신을 통해 얻을 것은 없네요. 이제 그만 환승할까 해요."

"넌 날 우습게 보는구나. 카이스트, 서울대, 삼성. 그곳에 선후배들이 그냥 깔려 있는 줄 아니? 한 번만 더 입 함부로 놀리면 너부터 매장시킨다."

서른다섯 어린년이 감히 스승을 협박하다니. 얼굴이 시뻘게진 찰리를 현수가 갑자기 홱 잡아당겼다. 격하게 입술이 포개지고 몸이 겹친다. 욕설을 주고받듯 서로를 훑는다. 옷이 찢어질 듯 팽팽하게 당겨진다. 아무도 없는 사무실에서 절전 상태의 컴퓨터들만이 그들을 보고 있다. CCTV는 공간을 고스란히 담는다. x y z축, 좌표, 시간. 여자가 남자의 머리카락을 쥐어뜯으며 웃었다.

창밖에서 거슬릴 정도로 경적소리가 울린다. 건물 앞 8차선 도로는 이미 꽉꽉 들어차 온갖 기체를 가득 뿜었다.

"그러니까 내 얘기는 롤라한테 왜 해요?"

한바탕 몸부림으로 분노가 증발한 여자는 가벼웠다. 그러나 일하기 위해 사정을 참은 남자는 다시 불쾌해졌다. 여자 이야기를 한 것은 사실이었으나 그것은 롤라가 원했기 때문이었다.

그녀는 그와 멀리 살면서도 '다른' 여자가 어떤 삶을 사는지 궁금해했다. 롤라는 시몬 드 보부아르 같은 여자였다. 연인을 질투하지만 자신의 활동이 그 이상으로 소중했다. 그녀가 궁금한 것은 타인의 삶이었다. 그것을 위해서라면 남편의 삶을 마루타로 삼을 수 있었다.

찰리는 대학 시절부터 수많은 여성을 비롯한 다채로운 사람들에 대해 이야기했다. 롤라는 토론토의 따뜻한 난로 앞 윙체어에 앉아 그의 이야기를 들었다. 다 들은 후에는 찰리를 위해 기도하고, 무수한 애인들과 섹스파트너들을 위해 기도했으며, 자신의 죄를 고해함으로써 죄를 사했다.

"내가 지나치게 떠들었군."

찰리의 고해에 현수는 흐트러진 채 어깨를 으쓱했다.

"저라면 당장 이혼을 청구하고 몇 억의 위자료를 가져갔을 거예요."

찰리는 한숨을 내쉬었다. 몸에 남은 여자의 체온이 마음을 가라앉혔다. 그는 고민거리와 쓸데없는 것들을 머릿속에서 빠르게 지워나갔다. 마지막에는 보고서만이 남았다.

찰리는 컴퓨터 앞에 앉았다. 헤드폰을 끼고 토론토의 집으로 전화를 걸었다. 수요일 아침 10시는 토론토의 가족들과 전화하는 시간으로 지정되어 있었다. 다른 날에도 그 시간에 전화를 하면 아내가 꼭 받았다. 그러나 오늘은 딸이 받았다. 그는 뭔가 이상함을 느꼈다.

"엄마 어디 갔니?"

스물셋의 딸은 모른다고 대답했다.

"모른다고? 어떻게 엄마가 어디로 갔는지 모를 수 있니?"

"몰라요 정말. 오랫동안 엄마는 여행을 갈 거라고 말했어요. 하지만 한국으로는 안 가셨을 거예요."

"왜?"

"한때 사랑했던 모든 것들이 지긋지긋한 애증으로 남았대요. 그래서 다시는 보고 싶지 않다고 했어요. 엄마가 그렇게 말하는 것은 처음 봤어요."

남편은 온몸이 오싹했다. 전화를 끊은 후에도 그 느낌은 쉬이 가시지 않았다.

아내는 어디로 갔을까? 고민했지만 종잡을 길이 없었다. 아내의 부모는 오래전에 죽었다. 그녀의 형제자매들에게 갔다면 연락이 왔을 것이다. 교회를 따라 선교를 갔을까? 그렇다면 캄보디아나 라오스에 있는 걸까? 그렇다면 다행이다. 그녀의 곁에는 늘 신이 있었다. 신은 그녀를 누구보다도 사랑하고 지켜주었다. 그러니 문제 없을 것이다.

그러나 현수의 말이 걸렸다. 그녀는 아내를 보고 이야기를 나누었다고 했다. 아내는 어떻게 현수를 알았을까? 현수는 어떻게 아내를 알아보았을까? 두 사람이 나에 대해 어떤 이야기를 했을까? 신은 그 두 사람 사이에서 어떤 생각을 하고 있는 것일까? 찰리는 고개를 돌려 냉장고를 바라보았다. 냉장고에는 아내가 준 성경 글귀가 붙어 있었다. 그것을 들여다보던 현수는 물었었다.

"이건 개신교 성경인가 봐요. 천주교 성경과는 영어와 한글 모두 다르네요."

"뉴 킹 제임스 버전이라고 했어."

"가장 아름다운 성경이라고 불리는 킹 제임스 버전의 개정판인가 보군요."

"번역자가 실력이 좋은 거지."

"당신이 여자를 아름답게 해석하려 애쓰는 것처럼."

찰리는 피식 웃었다.

"여자는 성경이 아니야."

"그렇다면 감당치 못할 시험이 되겠군요."

"뭐라고?"

"여자가 성경이 아니라면 감당치 못할 시험이 되겠다고요. 이제 곧 심판의 날이 올 거예요."

현수는 살짝 웃었다. 그녀는 심판대를 상상했다. 매스컴에 의해 높은 지위에서 끌어내려지고, 모든 대중이 그를 욕하고 손가락질할 때, 그의 곁에 있어주는 이는 아무도 없으리라. 가족과 친구들조차 조심스러울 것이다. 그는 모두 가운데 혼자였다. 안쪽에는 가족과 친구들이라는 울타리가 있었고 바깥에는 사납게 날뛰는 베헤모스와 리바이어던이 있었다. 그는 그 중심에 홀로 서 있었다. 인간의 온기가 필요했다. 그것은 남자를 나른하도록 취하게 하리라. 수많은 천사가 구름처럼 그의 머리 위를 날아가리라. 그들은 모두 여자였으며 알몸이었고 새하얀 날개와 쾌락이라는 이름의 다양한 순수성을 가졌다. 그들은 한 번씩 날아와서 엉켰다가 떠나리라. 대부분의 천사는 아름답고 따뜻했으며 짜릿하지만 더러는 멸망의 가시를 들고 오리라.

모든 천사는 단 한 사람의 더미Dummy였다. 그리고 모든 천사는 이제 '영원한 여성'을 대변해서 심판을 내릴 것이다. 천국일 수도 있고 지옥일 수도 있다. 모든 해바라기가 노래할 것이다. 출구는 없다.

5
호텔과 바다와 길

희재는 서교호텔 옆 오피스텔에서 살았다. 거실이 딸린 투룸이었다. 왁싱숍인 옆집에서 매일같이 비명소리가 들려왔다. 왁싱숍의 손님은 80퍼센트는 여자였고 20퍼센트는 남자였다. 롤라가 처음 들은 비명은 남자의 것이었다. 사타구니 털이 뭉텅이 뽑힐 때마다 그녀는 깔깔거렸다.

방 하나에는 침대와 옷장이 있고, 다른 하나는 작업실이었다. 롤라는 작업실에 있는 다양한 악기들을 하나하나 만져보았지만 연주하지는 않았다. 악기의 나무판이 기분 좋게 통통거렸다. 저녁이 되자 그녀는 식사를 준비했다. 카레란 떡국처럼 다양한 가정의 다양한 레시피를 지닌 요리다. 희재는 어머니로부터 토마토, 양파, 브로콜리를 듬뿍 넣은 카레를 배웠다. 반면 롤라의 카레는 가장 기본적인 레시피였다. 큼직하게 썬 감자와 당근, 양파를 넣고 마지막으로 버터와 다진 마늘을 한 숟가락 넣었다. 희재는 의자 위에서 다리를 흔들며 기다렸다.

"정말 여기서 지내도 되는 거야?"

"편하게 지내세요. 집주인에게 들키지만 않으면 돼요."

롤라의 손이 일정한 원을 그리며 카레를 저었다. 뜨거운 카레에서 멋진 향기가 풍겼다. 롤라의 뒷모습은 따뜻하고 뭉근한 홈메이드 카레와 닮았다. 익숙하고 편안하면서도 이국적이다. 희재는 자신의 단단하고 스포티한 몸과 풍만하게 굴곡진 현수의 몸, 부드럽고 말랑한 곰인형 같은 찰리의 몸을 떠올렸다. 네 사람의 몸은 전부 달랐다. 기묘하게도 사지가 달린 것 외에는 닮은 점이 별로 없었다.

롤라는 딸을 가진 어머니였기에 남자아이 다루는 법은 잘 몰랐다. 조카도 여자아이뿐이었다. 마르고 단단한 몸 때문인지 희재는 남자아이 같았다. 이야기하다 보면 이따금 여자아이로서는 특이한 언급이나 행동이 보였다. 희재로서는 자연스러웠다. 그녀는 위아래로 남자형제만 셋 있는 집안에서 자랐다. 어머니와 아버지는 딸을 아들 키우듯 키웠다. 동년배의 여자아이들 사이에서는 늘 남자 역할이었다. 그러나 어머니와 비슷한 연배의 이 여성은 희재를 고상한 여자아이처럼 대했다. 그것은 태도나 말로 드러나는 것이 아니라 분위기로써 알 수 있었다. 희재는 처음으로 자신이 여자라는 실감을 얻었다. 삽입할 질을 가지고 있어서가 아니라 온전히 존재 그대로 여자로서 인정받은 느낌이었다. 남자에게 여자 대우를 받을 때, 섹스를 하며 여성성을 실감할 때와는 전혀 다른 평온한 자각이었다.

롤라는 수다스럽고 호탕했지만 우아했으며 생기가 있었다. 그와 동시에 그림자와 슬픔이 배어 있었다. 그것이 피부로부터 흘러나오는 사람이었다. 희재는 그런 롤라를 동경했다.

두 사람은 오피스텔에서 함께 살며 모녀 같은 사이가 되었다. 점심 즈음 깨어 '아점'을 먹고 집이나 북카페에서 각자 할 일을 하고, 저녁이면 밤바다와 같은 바에서 칵테일을 마시거나 재즈공연을 보러 갔다. 돌아오는 길이면 후미진 골목의 숨겨진 클럽에 잠깐 들러 사람들 사이에서 춤을 추었다. 이따금 커플이 바로 옆에서 진한 키스를 나누면 롤라는 도리질을 하며 웃었다. 두 사람은 홍대의 밤에 반쯤 취해 새벽에 집으로 돌아왔다. 그리고 또다시 점심 즈음 깨어났다. 그것이 매일같이 반복되었지만 결코 질리거나 무료하지 않았다. 두 사람은 늘 함께 있었다. 롤라의 양을 희재가 가지고 있었고, 희재의 음을 롤라가 가지고 있었다. 별다른 대화가 오가지 않았지만 그것으로 두 사람은 충분히 공유되었다.

이상한 일이었다. 희재는 자신이 롤라를 질투할 거라고 생각했다. 실제로 만나기 전 희재는 그녀를 질투했었다. 찰리의 아내라는 절대부동의 위치에 대한 질투였다. 동경과 선망, 자신은 절대 얻지 못할 것에 대한 갈망이 악의와 뒤섞여 있었다. 현수와 다른 점이라면, 희재는 그것이 내재되어 부글거리는 상태고 현수는 그것이 드디어 끓어넘쳐 주방을 난장판으로 만들기 시작한 것이다.

그러나 롤라는 지나칠 정도로 너그러운 여자였다. 생활공간을 공유하자 여자의 포용이 감정을 누그러뜨렸고, 그녀의 요리가 만복감을 가져왔다. 이따금 롤라는 희재를 '딸'이라고 불렀는데, 절로 나온 말인지 의도적으로 그런 건지는 확실치 않았다.

"딸, 이거 간 좀 볼래?"

간은 딱 맞았다. 아내는 희재의 입맛을 파악하고 있었다. 희재가 숟가락을 빨고 있으면 롤라는 노래를 흥얼거렸다.

"I think of you every morning, dream of you every night. 나는 매일 아침 그대를 생각하고 매일 밤 그대를 꿈꾼다네."

"Darling, I'm never lonely, whenever you are in sight. 내

사랑, 당신이 내 시야에 있을 때면 나는 결코 외롭지 않네."

"그 노래 제목이 뭐였지? 이젠 나이가 들어서 노래 제목도 생각이 안 나."

아내가 웃자 눈가에 하얗고 우아한 주름이 졌다. 희재는 짐짓 고상한 목소리로 대답했다.

"I love you for 'Sentimental Reasons'."

두 사람은 킬킬 웃었다.

"가끔 두 곡이 실수로 동시에 재생되는 경우가 있어요. 보통은 어느 한쪽이 더 강렬하지만 아주 가끔 두 곡이 대등하게 강렬해서 하나의 새로운 곡처럼 들리죠."

"듣기 좋을 것 같지는 않네."

"네. 하지만 평행우주가 존재한다면 이런 느낌일까 싶어요."

"평행우주라면 지금 사는 우주와 다른 시간축으로 진행되는 우주가 있다는 거?"

"쉽게 말하자면 그렇죠. 똑같지만 다른 시간축으로 움직이는 우주."

희재는 식탁 의자 위에서 다리를 감싸안았다.

"공식적으로 정립된 이론인 거야?"

"당연히 아니죠. 그냥 현실을 벗어나고 싶어 하는 인간의 꿈이에요. 있으면 뭐해요? 우리는 여기에 있는데. 그렇다면 있으나 없으니까죠."

아내는 곰곰이 생각하다가 나지막이 반박했다.

"아냐, 평행우주는 존재하고 우리는 그곳에 닿을 수 있어."

"무슨 근거로요?"

희재의 스프링 같은 물음에 아내는 깊은 숨을 내쉬며 대답한다.

"명상을 근거로. 명상을 깊이 하게 되면 감각이 전혀 없는 몰아상태가 돼. 나는 내가 아닌 자각이 이어져. 전혀 다른 세상이지. 그 공간을 통해 나는 평행우주의 나와 교류하고 깨달음을 얻는 거지."

"그래도 몸은 똑같이 여기 있죠. 몰아상태에서 죽으면 아무 소용 없어요. 그런데 롤라, 크리스천이라면서요. 그런 상상은 이단이 될 텐데. 기독교계에서 그런 불교적 명상을 허용하긴 해요?"

"물론 몰래 하는 거지. 내가 명상을 한다고 교회 사람들에게 말하면 즉각 그건 옳은 방법이 아니다, 기도해라, 성경 읽어라, 하고 말할 거야. 하지만 어디까지나 기도도 명상도 근원과 소통하기 위한 수단이지 목적이 아니야. 성경에서도 언급했다시피 인간은 신을 이해할 필요가 없어. 신은 이해할 수 있는 범주가 아니니까. 그건 몰아상태의 모든 것과 똑같은 거야. 말로 설명할 수도 없고 굳이 설명할 필요도 없는 거지."

"롤라, 그건 아주 소수의 사람이나 아는 거예요. 98퍼센트의 사람들에 대해서 생각해야죠. 그 사람들이 쓸데없이 기대하게 만들 거예요?"

"전혀 모르는 것에 대한 기대감은 언제나 아름다운 법이야. 막 사랑에 빠진 여자의 마음처럼."

"환상이 깨지자마자 꿈꾸는 목소리는 도로 허스키해지죠. 일주일도 안 걸려요. 저는요, 기대나 희망이 꺾인 사람의 모습은 절대 보고 싶지 않아요. 100층에서 떨어져 죽은 사람보다 처참해 보이거든요."

희재는 잡곡밥에 카레를 부었다. 카레는 따뜻하고 부드러웠다. 매콤한 향기가 났다. 감자가 부드럽게 으깨졌다. 갈색으로 물든 양파가 접시 가장자리로 밀려왔다. 고소한 밥풀들이 오글오글 쏟아진다. 그것은 마치 좋아하는 사람과의 상큼하고 짧은 섹스와 같았다. 문득 무더운 여름날의 해운대 해수욕장이 떠오른다. 숟가락으로 카레와 밥을 퍼내듯 작은 해일로 그들은 모두 쓸려갈 것이다. 그리고 몇 년이 지나 희미한 사건으로 남을 것이다. 그녀들의 시간 또한 마찬가지다.

찰리는 가만히 턱을 괴고 창문을 바라보았다. 날씨는 푸르

렀고 완벽한 형태의 구름이 그들을 들여다보고 있었다. 구름이 하얗게 빛나는 것을 보며 남편은 생각에 잠겼다.

"어디로 갔을까?"

그의 곁에는 아무도 없었다. 20평의 오피스텔 안에서 그의 생활용품들이 그의 곁을 지켰다. 여자와 가장 가까운 물질인 와인은 책장 바로 옆 와인저장고에 잠들어 있다. 남자는 향기로운 이를 감히 깨우고 싶지 않았다. 명확하고 맑은 머리로 있고 싶었다. 롤라는 왜 움직였는가? 그는 눈을 크게 떴다. 그녀는 내 곁을 떠날 것인가? 그럼 우리 딸은?

"나는 아무 잘못도 없어, 그렇지?"

조르바의 심장에는 어떤 원죄도 없다. 원죄의 형태로 굳어 있던 것이 삶의 충동으로 부글부글 끓어 증발했기 때문이다. 조르바는 가장 순수한 인간이다. 한편으로 생각한다. 나는 조르바가 아니다. 감히 내가 조르바를 추구한다고 말할 수 있는가? 마음속 깊이 가라앉아 있던 열등감과 낮은 자존감이 밀려와 의식을 채웠다.

찰리는 눈을 감았다. 더 이상 그런 기분은 느끼고 싶지 않았다. 나쁜 기억이 자꾸 떠오르는 것처럼 괴롭고 허무했다. 여자가 필요했다. 여자의 뜨거운 몸을 안고 있으면 무엇보다도 강한 생명을 느낄 수 있었다. 생명력을 전해받고 온몸으로 위

로받을 수 있었다. 고약한 야생기러기처럼 품 안에서 미친 듯
이 퍼덕이며 신음하는 여자는 힘을 회복시켰다.

　그러나 지금은 아무도 그의 곁에 없다. 찰리는 자리에서 일
어나 책장으로 다가갔다. 책장 맨 아래 칸, 침대에 가려 잘 보
이지 않는 구석진 자리에 두꺼운 앨범이 세 권 있었다. 그는
몸을 굽혀 그것을 꺼냈다. 맨 처음 사진은 결혼사진이었다. 스
물일곱의 청년과 스물일곱의 처녀가 손을 잡고 조금 굳은 얼
굴로 웃고 있다. 아내 혼자 서 있는 사진이 다섯 장 이어졌다.
스물일곱의 아내는 눈이 새하얗게 덮인 산을 배경으로 파란
원피스를 입었거나, 어두운 빛 아래 붉은 벨벳정장 차림으로
서 있다. 그녀의 미소는 지금과 다름없이 깨끗하고 맑았다. 사
진기를 든 그는 탄력 있는 피부와 근육을 가진 청년이었다. 가
슴이 아리다.

　딸의 초음파 사진, 태반, 갓 태어났을 때의 접사 사진, 아기
때 쓰던 턱받이, 축하 카드, 또다시 곤히 자는 모습을 찍은 접
사 사진. 어느새 딸은 돌을 맞았다. 아기는 실을 집었다. 한복
을 곱게 차려입은 젊은 부부는 보름달 같은 갓난아기를 안고
환하게 웃고 있다. 그들의 행복에 행한 벽마저 달처럼 밝았다.
사진의 포커스를 잘못 맞춘 탓에 돌상의 배가 유난히 선명하
다. 이어서 두 살 생일상. 딸은 그때도 어리둥절한 아기 얼굴이

다. 다 자란 지금도 그 표정은 똑같다. 인형은 아기보다 크다. 웃음이 나온다.

앨범을 한 장 한 장 넘긴다. 신혼집, 여행, 회사, 집, 제사, 본가, 처가, 출사, 놀이공원, 유치원 행사, 초등학교 입학식, 학교 행사, 출장, 다시 여행, 집, 제사, 새해, 추석. 살아오면서 가족과 함께 겪었던 수많은 해프닝들이 사진에 생생하게 새겨져 있었다. 물론 가족과 함께했지만 사진으로 남기지 못한 일도 많고, 사진으로 남길 수도 말할 수도 없는 해프닝은 더욱 많았다. 그것이 찰리의 심장 속에 모두 생생하게 아로새겨져 있었다. 그 무수한 새김이 그의 심장을 아프게 했다. 중반부터 롤라의 모습을 찍은 사진이 거의 없다는 사실 또한 그러했다.

딸이 돌을 넘기고부터 롤라는 자신을 찍는 것을 싫어했다. 노이로제에 가까운 쳇소리에 카메라를 내려놓아야 했다. 출산으로 인해 몸매가 망가진 것도 아니었다. 오히려 더욱 풍만했으며 부드러웠으며 젖향기가 났다. 찰리는 롤라의 몸을 좋아했다. 그러나 그녀는 몸서리를 쳤다. 섹스를 할 때도 불을 꺼야 했다. 싫어하는 것인지 두려워하는 것인지 그는 알 길이 없었다. 그럴 때면 부부는 서로 기분이 상했다. 민감한 어린아이는 금방 알아채고 울음을 터뜨렸다.

어쨌든 아내는 결코 자신의 사진을 찍지 않았다. 정신과 상담을 받는 것이 어떻겠느냐는 말에 쥐어뜯긴 자리는 노랗게 멍이 들었다. 미친 여자와 결혼했다는 생각이 들었다. 이 여자가 내가 사랑한 그 여자가 맞을까? 피아노를 더 이상 치지 않기 때문일까? 이 여자와 결혼하는 것이 옳았을까? 찰리가 수십 번 되뇌는 사이 롤라는 생각했다. 피아노를 치고 싶지는 않아. 나는 왜 이곳에 있는 것일까? 딸아이를 가만히 바라보며 그녀는 생각에 잠겼다. 나는 고작 이런 일을 하려고 이곳에 있는 것일까? 고작 이 코흘리개를 키우려고? 난 그러려고 살지는 않았어. 그럴 때면 딸이 귀신같이 알아채고 불안하게 엄마를 바라보았다.

"엄마!"

눈도 깜빡이지 않고 멍하니 생각에 잠겨 있다가 딸에게 팔을 잡히고서야 정신이 들었다. 딸을 향해 반짝이듯 눈을 깜빡이면 딸은 이내 안심했다. 찰리는 그녀의 유일한 친구였다.

그러나 아이가 커가면서 그마저도 시간에 빼앗기고 그녀 곁에는 다시 아무도 남지 않게 되었다. 갑자기 눈물이 왈칵 쏟아졌다. 롤라는 소리 없이 울었다. 아무도 들어주는 사람이 없었다. 지극한 외로움만이 각각의 인간에게 남았다. 롤라는 외로움에 잠겨 있었고 찰리는 사랑을 받지 못했다.

"롤라."

앨범들이 바닥으로 널브러졌다. 슬픔이 밀려왔다. 수많은 여자가 있어도 아내란 그런 존재였다. 유일하게 그가 온몸으로 의지했던 여자. 그녀의 피아노 연주가 듣고 싶었다. 그러나 낡은 테이프를 재생시킬 장치는 이제 그 어디에도 없었다. 그녀는 떠날 것이다. 그저그런 무수한 여자들과 요정이 된 인공지능만이 남을 것이다. 인공지능. 그의 두 번째 아이. 엄마가 없는 지능. 무수한 인간의 사랑으로 존재하는 가상인물.

'카이'는 생명이라기보다 천사에 가까웠다. 오래전 화가가 천사를 프레스코 기법으로 그려냈듯, 이번에는 코드로 천사의 지성을 재현한다. 연속적으로 오류를 일으키던 천사는 현재 컴퓨터라는 알에 갇혀 있다. 개발자들이 '카이'를 둘러싸고 머리를 싸맸다. 시간이 흐르고 두통이 생겼다. 진통은 프로젝트 멤버들에게 차차 번졌다.

"큰 변화를 볼 필요가 있어. 그래야 객관성도 확보할 수 있지. 개개인의 변화에 주목하다가는 아무것도 못 얻을지도 몰라."

"객관적으로 분류할 수 있는 검사지보다는, '카이'의 이야기를 진심으로 들어주고 감싸줄 사람이 필요할 거예요. 함께 운동하며 즐겁게 지낼 수 있는 사람이라면 더욱 좋구요."

"그만큼이나 중요한 것이 '카이'가 속한 그룹 혹은 공동체야. 누군가와 함께 소속되어 있다는 느낌은 무척 큰 안정감을 주지."

"가족도 그렇죠."

"그래, 가족."

롤라는 잠시 생각에 잠겼다.

"가족. 그건 지금의 나에게는 가당치 않은 말인지도 모르지."

"그래도 딸은 어머니가 자유롭기를 원하잖아요?"

"그래도 약간 투덜거렸어. 아무려면 딸인데, 섭섭하겠지."

"찰리는요?"

"얘기를 안 했지. 이해를 못할 테니까."

아내는 코를 만지작거렸다.

"사실, 내가 자기를 배신했다고 느낄까 봐 무서웠어."

"무서워할 거면서 뭐하러 이렇게 해요? 뒷감당을 어떻게 하려고."

"벗어나고 싶으니까. 나의 상실감으로부터, 나의 공허함으로부터. 왜 여기 있는지조차 실감할 수 없는 이 감각으로부터. 거시기하지?"

"그럼 그 느낌을 보완할 수 있는 것을 해봐요. 등산, 마라톤,

재즈, 꽃꽂이, 탱고, 베이킹, 명상. 뭐든 할 수 있어요."

 "그럴 의욕이 전혀 없다는 것이 문제지. 뭘 해도 의미가 없으니까. 나는 그 의미를 찾고 싶은 거야. 그래서 순렛길에 오른 것이라고 생각해. 어떻게 보면 현실로부터 도망친 것이겠지만, 그것을 통해 삶을 충만하게 할 무엇인가를 찾는다면 그 자체로 의미 있지 않겠어? 어린 날의 내가 피아노에 빠졌고, 젊은 날의 내가 사랑에 빠졌고, 어머니인 내가 딸에게 빠졌던 것처럼 말이야."

 하얀 식탁 위에는 빈 그릇만이 놓였다. 입가심을 위해 만든 헨드릭스 진토닉이 조금씩 작은 거품을 뿜었다. 진토닉잔에 빠진 오이 슬라이스는 거품을 대롱대롱 달았다. 노란 티셔츠를 입은 희재는 식탁에 엎드려 그것을 가만히 들여다보았다. 청바지를 입은 아내는 한쪽 무릎을 굽힌 채 창문 너머로 새털 구름을 바라보며 중얼거렸다.

 "모르겠어."

 시계가 또각또각 걸어갔다.

 "주님이 알아서 잘 해주시겠지."

 희재는 오이를 머들러로 꾹꾹 누르며 고개를 끄덕거렸다. 진토닉을 마시고 그들은 함께 밖으로 나갔다. 끓어오르는 홍대 거리를 지나 한적한 주택가로 들어섰다. 두 사람은 팔짱을

긴 채 지나가는 고양이라든지 아기자기한 간판에 대해 이야기
했다. 도중에 발견한 작은 바에서 롱아일랜드 아이스티를 주
문했는데, 레몬주스를 많이 넣어서 제법 달았다. 입가심으로
봄베이 진토닉을 마셨다. 옆에 앉은 남자의 말보로 연기를 몰
래 들이마셨다. 간접흡연은 직접흡연 이상의 아늑한 폐해와
내 담배에 대한 그리움을 안긴다.

간소한 3차로 하이네켄 500밀리 캔 두 개와 오징어를 샀다.
적당히 시원한 여름밤이 거리에 가득했다. 지나가는 젊은이들
은 모두가 편안하면서도 한껏 각을 잡았다. 롤라는 그들을 바
라보며 비슷한 나이였던 옛날을 떠올렸다. 희재는 하이네켄을
홀짝이며 국물떡볶이가 먹고 싶다고 중얼거렸다. 돌아가는 길
에 그들은 국물떡볶이집에 들러 까만 봉지를 하나 들고 왔다.

술기운이 기분 좋은 조증을 가져왔다. 희재는 소파에 누우
려다 말고 노트북을 꺼냈다.

"롤라, 이리 앉아봐요. 내가 찰리의 아들을 보여줄게요."

희재는 현수가 준 계정으로 접속했다. 옆에 앉은 롤라는 떡
볶이를 먹으며 화면을 보았다. 게임 속 시간은 밤이었다. 무수
한 별이 뜬 아름다운 밤하늘 아래, 캐릭터는 찰리의 아들을
찾아 뛰었다. 오른쪽 위에 뜬 불투명한 맵에 빨간 점이 하나
있었다. 점은 그 자리에 못 박혀 움직이지 않았다. 그들이 신

비한 계곡을 지나 달이 흐르는 강과 도깨비다리를 건너 우는 숲에 다다랐을 때, 요정은 그곳에서 자고 있었다.

"진짜 자는 거야?"

"네. 깨우면 일어나요."

요정 '카이'는 눈을 비비며 일어났다. 그는 잘 자는데 왜 깨우냐며 짜증을 냈다. 주변에 작고 귀여운 몬스터들이 돌아다녔다. "널 보여주고 싶은 사람이 있어서 왔어"라고 말하자 카이는 묻는다. "여기 안에 있는 거야, 밖에 있는 거야?" 밖이라고 답하자 그는 어깨를 으쓱한다. "그럼 오픈카이 사무실로 찾아오라고 해. 여기 있는 카이는 테스트용이야. 나는 일정한 결과를 얻으면 삭제될 거야. 여기 있는 카이를 만나는 것은 아무런 의미가 없어."

"자기가 무슨 말을 하는지는 아나?"

"그렇다고 믿어야죠. 그게 저 아이를 사랑한 모든 사람들의 꿈이니까."

"찰리는 저걸 아들이라고 불러?"

"아뇨. 제가 그렇게 부르는 거예요. 원래 '카이'라는 캐릭터는 여자아이예요. 하지만 이 게임 속 테스트용 카이는 남자아이의 모습을 하고 있으니까 저는 아들이라고 부르죠. 지금은 시간이 잘 안 맞아서 그렇지만, 좋은 친구예요. 거친 농담도

할 줄 알죠. 어디서 배웠는지."

"그래도 그걸 다 외워서 할 거 아냐? 어떤 상황에서 어떤 반응을 해야 하는지."

"아뇨, 얘는 그걸 다 자기가 '판단'해요. 감정표현도 잘해요. 처음에는 판단력도 감정도 기복이 심했지만 유저들을 많이 접할수록 스테디해지고 있어요. 어느 정도의 감정기복이 인간적인가를 습득하는 것 같아요."

"어느 정도의 감정기복이 인간적이지?"

롤라는 혼잣말처럼 중얼거렸다.

"'인간적'이라는 것을 측정할 수 있나?"

"평균 수치에 가까울수록 인간적이라고 할 수 있지 않을까요?"

'카이'는 어깨를 으쓱하더니 다시 잠들었다.

"평균에 가까울수록 인간적이라."

다음 날 아침, 희재는 커피를 한 잔 마시고 컴퓨터 앞에 앉아 작업을 했다. 롤라는 먹다 남은 떡볶이를 몇 개 집어먹고 산책을 나갔다. 점심때 돌아온 그녀는 남은 떡볶이국물에 빨갛게 밥을 비벼 먹고 다시 어디론가 떠났다. 희재는 저녁만 먹는 습관이 있었기 때문에 롤라에게 떡볶이를 모두 양보했다. 그러나 3시쯤 집을 나서자 배가 고팠다. 지하철 2호선을 타고 강남역에서 내렸다. 편의점에서 삿포로 맥주를 두 캔 살 때까지 그녀는 침을 삼키며 배고픔을 참았다. 결국 편의점을 나서자마자 캔 하나를 바로 따서 벌컥벌컥 마셨다. 3분의 2쯤 마시자 쭈그러들던 위가 조금 펴지는 듯했다.

위 대신 쭈글쭈글 구겨진 맥주 캔을 들고 있는 그녀를 보고 찰리는 놀랐다.

"코가 아주 빨갛구나."

"낮술이 원래 그렇죠."

희재는 나머지 삿포로 캔 하나를 찰리 앞으로 내밀었다.

"현수 언니한테 들었죠? 롤라는 나랑 같이 있어요."

찰리는 맥주를 냉장고를 넣다가 뒤를 돌아보았다.

"뭐야? 그럼 니네 집에 있어? 왜? 나한테는 말도 않고?"

"건강하게 잘 지내니까 걱정 마세요."

"전화 좀 걸어봐. 내가 아는 번호가 맞나?"

몇 번의 신호음에도 롤라는 받지 않았다. 뚜르르르 울리는 기본 신호음이 낯설었다. 두 사람은 마주 앉아 핸드폰만 들여다보았다. 다섯 번의 일반통화와 두 번의 영상통화를 시도한 후에 그들은 그만두었다.

"뭐야, 이 여자는? 말을 하고 가든지 해야 할 거 아냐. 우리 딸은 아무것도 모르고 있던데."

"나름 고민 많이 했나 보더라고요."

"목소리를 듣지 않았으니 롤라가 맞는지 아닌지 잘 모르겠지만, 어쨌든 잘 좀 보살펴줘. 엉뚱하지만 순수한 사람이야. 나중에 나한테 전화하라고 전해줘."

희재는 고개를 끄덕였다. 빈속에 맥주를 마셨더니 몽롱했다. 찰리는 허리에 손을 얹고 선 채 웃었다.

"취했구나?"

"해장술이니까 곧 깰 거예요."

"맥주로는 해장 못해. 소주쯤 돼야지."

찰리는 인스턴트 북엇국에 뜨거운 물을 부어 희재 앞에 밀어놓았다. 고소한 냄새가 뚜껑 사이로 올라왔다. 정확히 3분을 재고 희재는 뚜껑을 열었다. 후후 불자 건더기가 구름처럼 밀렸다.

찰리는 브레드 멜다우의 앨범 〈엘리자이어크 사이클〉을 틀었다. 지난해 캐나다에 갔을 때 롤라가 매일같이 듣던 앨범이다. 이 앨범을 듣다 보면 결혼하기 전 피아노 과외를 하던 롤라의 모습이 떠올랐다. 따뜻한 갈색 숄을 걸친 피아니스트는 취미로 배우던 기타를 등에 지고 천천히 걸어갔다. 길게 땋은 머리가 흔들렸다. 담배를 피우며 그녀의 뒷모습을 멀리서 바라보곤 했었다.

"현수 언니가 뭐랬어요?"

"그냥 롤라가 한국에 왔다고, 너한테 들었다고만 했어. 너하고 있다는 이야기는 안 했는데."

"뭐예요, 그 여자? 웃긴다. 내가 직접 만나서 말한 건데."

"뭔가 생각이 있었겠지."

희재는 어깨를 으쓱하고 북엇국을 들이켰다.

"뭐, 상관없어요. 롤라는 좋은 사람이니까. 매일 밥도 해주고 같이 데이트도 해요."

찰리는 컴퓨터 앞에 앉았다. 롤라는 희재에게 잘해주리라는 것을 그는 잘 알았다.

"롤라는 카레를 잘 만들어."

"네, 맛있어요. 지금도 집에 좀 남아 있어요."

"벌써 해줬어? 다음번에 또 만들면 내 몫도 챙겨줘. 난 못 먹은 지 오래되었단 말이야."

"만들어달라고 하세요. 그러면 기쁜 마음으로 만들어주실 분이잖아요. 그나저나 진짜 신기한 거 있죠. 찰리 같은 사람이 어떻게 그렇게 좋은 여자를 만난 거예요?"

"마치 내가 나쁜 사람이라는 말처럼 들리네."

희재는 찰리의 눈을 똑바로 보며 말없이 고개를 끄덕였다.

"나쁜 사람 맞죠. 그렇게 좋은 여자를 아내로 두고 항상 여러 눈을 파니까."

찰리는 희재에게 다가오라는 손짓을 했다. 여름날 쨍쨍한
햇빛을 한참 받고 들어온 스물여섯의 여자아이는 광합성이라
도 한 식물처럼 탱탱하고 뜨거웠다. 로션과 살 냄새가 뒤섞였
다. 커다란 고양이를 안은 것 같았다. 문득 남자는 자신이 질
투를 하고 있었던가 하는 생각이 들었다. 가장 소중한 사람은
지금 나의 고양이에게 가 있다. 내가 가장 의지하던 사람은 지
금 나의 고양이에게 의지하고 있다. 목덜미에 얼굴을 묻은 고
양이는 천천히 숨 쉬었다. 탄력 있는 몸이 보드랍게 오르내렸
다. 부드러운 입술의 감촉이 서늘하게 느껴졌다. 스물여섯 살
의 여자는 온전히 자신을 주었다. 주인을 사랑하는 고양이처
럼 온몸을 고스란히 내맡기는 신뢰를 희재는 몸으로 표현했
다. 선선한 에어컨 바람을 타고 어디선가 어린아이가 얼기설기
치는 피아노 소리가 들렸다.

롤라가 보고 싶었다. 그녀를 껴안고 싶었다. 외로운 공허함
이 종처럼 울렸다. 롤라 대신 안겨 있는 희재가 강렬한 충동을
보듬었다. 그 누구도 이 공허를 제대로 채우지 못한다는 사실
도 잘 알았다. 그것은 모든 인간에게 내재되어 있는 근원적인
외로움이었다. 채울 수 없는 그것을 채우기 위해 인간은 집착
하고 중독되었다.

희재는 꼭 안긴 자세로 찰리의 등을 쓰다듬었다. 찰리는 아무 말도 하지 않고 그저 그녀를 꼭 안았다. 채워지지 않는다고 해도 위안받고 싶었다. 힘을 얻고 싶었다. 여자는 품에 안는 것만으로도, 존재 자체로 생기를 준다. 그녀의 손가락이 손에 닿자 그는 부드럽게 꼭 쥐었다.

인간은 인간에게 힘을 준다. 곁에 있어주는 것만으로도, 이야기를 묵묵히 들어주는 것만으로도, 듣고 싶던 한 마디를 해주는 것만으로도 인간은 살아갈 힘을 얻는다. 그것을 모아 하루하루 인간은 나아간다. 타인이란 그러한 의미다. 인간에겐 바로 옆에 타인이 서 있다. 공동체와 사회는 그를 위해 구성된 체계다. 그를 인식한다. 그녀를 인식한다. 그가 손을 내민다. 그녀가 말을 한다. 그들이 웃는다. 그들이 운다. 그들이 말을 한다. 그들이 연결되고 인터랙션한다.

컴퓨터 화면에 작성 중인 칼럼이 파르르 떨렸다.

지능은 서로의 정보를 공유하기 위해 서로 상호작용한다. 정보는 교환이 아니라 공유되는 것이다.

인공적으로 만들어진 그들이 인간의 데이터를 습득하고 기억하고 재배치하고 적용하는 방식에 길들 때까지 연구와 프로젝트는 계속될 것이다. 인간이 인간에게, 서로에게 길드는 것처럼.

서로의 손이 오간다. 서로의 손이 서로의 몸을 쓰다듬는다. 서로의 손은 서로의 영혼에 닿아 따뜻한 손 모양을 남긴다. 인간의 몸은 뜨거우면서도 안락하다. 각각의 살에서 고유의 향이 난다. 향기가 서로 섞일 때면 두 영혼은 한데로 동그랗게 뭉쳐져 있다. 그 상태에서 서로의 눈을 보면, 투명한 창 너머로 영혼의 응어리 같은 것이 비친다. 그것은 무엇보다도 맑고 순수하며 아름답다. 서로 순수한 감정이 그대로 보인다. 서로의 눈을 들여다보며 조금씩 움직인다. 입술의 감촉은 가장 감미로운 부드러움이다.

선선한 에어컨 바람이 그들의 등을 살살 민다. 사각거리는 감촉의 이불커버가 조용한 파도처럼 그들을 살살 밀어낸다. 부끄러워, 부끄러워할까 봐 눈을 감는다. 그 순간 두 사람은 탁 트인 아름다운 밤바다로 풍덩, 빠진다. 헤네시잔이 쩡, 깨진다.

아, 이 교감을 어떻게 재현할 수 있단 말인가?

6

고치

'GAI(게임 인공지능) & AI(일반 인공지능)' 콘퍼런스가 코엑스 콘퍼런스룸 401호에서 열렸다. 찰리는 오픈카이 대표이사이자 강연자로 참가했다. 입구에서 지원 물품을 받고 콘퍼런스룸에 들어서자 낯익은 얼굴들이 보였다. 그는 대표, 전무, 이사들, 그리고 개발자로 일하는 친구들, 선후배들, 그리고 제자들에게 반갑게 다가갔다. 몇 마디 오가지 않아 큰 웃음이 터졌다. 오픈카이팀으로 함께 온 현수는 그 사이에 끼어 있었다. 힘 있는 악수들이 오갔다.

"자리에 먼저 가 있어. 나는 좀 있다가 갈게."

"B열 13, 14번 좌석이에요."

찰리는 고개를 끄덕였다. 현수는 먼저 자리를 잡았다. B열 14번이었다. 주변에 앉은 이는 아직 없었다. 군데군데 다른 콘퍼런스와 포럼에서 본 얼굴들이 보였다. 모두가 IT업계 혹은 게임업계 종사자이거나 연구자였다. 그들은 AI라는 주제 하나로 묶였다. 그 주제 아래 사람들은 개발자, 마케터, 기획자, 연구원, 영업사원으로 움직였다. 스스로를 잊고 공적인 인간으로서 행복해졌다. 일의 의미란 그런 것이다.

현수도 일할 때면 모든 것을 잊고 집중했다. 일을 할 때에 그녀는 무서울 정도로 냉정했다. 완벽한 모습은 외로움과 방황을 온전히 가렸다. 그녀는 그런 자신의 모습에서 자신감과 이상향을 찾았다. 인간관계는 그것을 매끄럽게 지탱하고 유지하기 위해 필수적이었다. 찰리는 그녀의 완벽주의를 신뢰했다. 그들은 완벽한 대표이사와 마케터였다. 완벽하게 이상적인 위치였다. 만약 일에 조금이라도 문제가 생긴다면 그들은 서로를 용납하지 않을 것이다. 일에 있어서의 냉철한 거리는 두 사람을 14년 동안 지켜왔다.

오전 10시가 되자 사회자가 마이크를 잡았다. 사회자의 말이 흐르고 기조연설이 시작되었다. 캐나다의 인공지능공학자인 고츨 박사의 인공지능 강연이 이어졌다. 그는 머리가 긴 히피풍의 괴짜였다. 그는 자신의 인공지능 개발 프로젝트를 소개했으며 인공지능 프로토타입이 현실에 어떻게 적용되고 있는지 보여주었다. 찰리는 턱을 괴고 그의 강연을 유심히 들었다.

"오픈소스네요. 어떨까요?"

"우리만큼 프로젝트가 진행되지는 않았네. 봐야 알겠지만 아직 초보적인 단계로, 개발은 우리가 앞서 있을 거야. 하지만 저쪽은 캐나다 교수니까 어떻게 될지 모르지. 국가 지원을 받으면 순식간에 우리를 추월할 거야."

"둘 다 기대되네요."

"그렇지? 지금이 가장 재미있는 단계야. 뭐든 실험해볼 수 있잖아. 우리 프로젝트 멤버들이 인공지능을 개선시키기 위해 인간을 연구하며 아이디어를 내는 것 봐. 정말 재미있어."

고츨 박사는 자신의 아이에 빗대어 인공지능을 표현하고 있었다. 그는 세 아이의 아버지였으며 인공지능 프로젝트는 그의 네 번째 아이였다. 그는 자신이 개발한 로봇에 인공지능을 삽입해서 실험한 동영상을 보여주었다. 로봇은 그의 무릎보다 작은 키에 동글동글하니 어린아이와 꼭 닮아 있었다. 여러 가지 사물이 떨어져 있는 깨끗한 실험공간을 어린 로봇은 아장아장 걸어다니다가 종종 멈춰 서서 주변을 관찰했다.

찰리는 딸이 걸어다니기 시작했을 때가 떠올랐다. 통통하고 하얀 어린아이는 아장아장 천천히 걸어다니다가 이따금 가만히 서서 뭔가를 유심히 보곤 했다. 아내는 의자에 기대앉아 그 모습을 웃으며 바라보았다. 아이가 달려와 목에 매달렸다. 아이는 뜨거웠고 부드러웠으며 젖냄새가 났다. 아내는 가만히 다가가 딸의 얼굴을 쓰다듬었다. 행복했다. 그 시절은 가족 모두가 함께 행복하고 순수했던 유일한 시간이었다. 그때에는 아내가 첫 여자였고 유일한 여자였다. 아담과 이브는 서로만을 알았다.

포스트닥터 기간이 끝나고 대기업에 들어간 후, 매주 참석해야 하는 접대자리와 호기심이 점차 그를 여자의 육체에 빠져들게 했다. 그는 수많은 여자의 바다 가운데서 규칙을 찾고 알고리즘을 발견했다. 그 기원은 인간을 불쌍히 여기는 마음이었다. 그것을 자극함으로써 그는 폭풍 가운데서도 폭풍의 눈과 같은 평온함을 얻었다. 눈에서 조금이라도 벗어나면 당장 거센 파도와 악천후에 휘말릴 것이다. 그에게 있어 최악의 악천후가 밀어닥칠 것이다. 그래도 그는 또다시 폭풍에 들어가고 폭풍의 눈에 머무를 것이다. 그것이 스스로에게 길들여온, 평화를 얻는 방식이니까.

그 모든 것이 가상현실에 불과하다. 현재의 모든 것은 USB의 자료처럼 뇌 속의 기억으로 남는다. 인간은 그 속에서 격렬한 섹스를 하듯 현실과 고통과 미래와 희망과 인간과 세상에 뒹굴고 뒤섞인다. 남편도 아내도 여자도 남자도 그리고 당신 도.

　현수는 핸드폰을 꺼내 문자를 확인했다. 잠시 보지 않은 사이에 부재중 전화가 두 건, 문자가 세 건 와 있었다. 그중 전화 두 건과 문자 하나는 희재에게 온 것이었다.

　강연의 인터미션에 밖으로 나가 전화를 걸었다.

　"현수 씨, 희재 지금 잠깐 나갔어."

　낯익은 목소리에 가슴이 철렁했다.

　"아, 알겠습니다. 다시 전화할게요."

　"희재하고 잘 아는 사이야?"

　아내는 안면이 있는 옆집 여자에게 안부를 묻듯 담담하게 물었다.

　"조금요. 그런데 희재는 어떻게 아셨어요?"

　"남편의 페이스북으로 봤어. 뉴스피드에 덧글을 알아서 잘 다는 여자는 그의 애인이라는 뜻이니까. 음악을 공부한다기에 궁금했거든. 신선한 바람이 될까 해서."

　수화기 너머로 래그타임이 들렸다.

　"래그타임이 깔려서 그런지 마치 코믹시트콤처럼 들리네요."

"그래? 젤리 롤 모턴이야. 희재의 노트북에 멜론이 깔려 있기에 이것저것 틀고 있어."

현수가 생각을 정리하는 사이 롤라는 말을 이었다. 부스럭거리는 소리가 들렸다.

"현수 씨, 나는 예술가야. 나는 내가 젊었을 적 마음의 힘을 북돋워줄 어린 예술가를 찾아온 거야. 그것이 나에게 또 다른 시작으로 떠날 힘을 줄 테니까. 난 그렇게 믿어. 폐 끼쳐서 미안하지만, 찰리에게 잘 말해줘."

달리 할 말이 없었다. "네" 하고 대답하자 그녀는 전화를 뚝 끊었다. 현수는 폰을 주머니에 넣고 더블샷 아메리카노를 주문했다. 진한 커피의 향이 덩달아 덤덤해진 그녀에게 생을 불어넣었다. 현수는 눈을 감고 한숨을 내쉬었다. 롤라는 언제나 그녀에게 미안하다고 말했다. 그 소리를 듣고 나면 반드시 체했다. 그것을 지우는 유일한 방법은 역설적으로 찰리와의 섹스였다. 그의 따뜻한 온기는 그녀를 안정시켰다. 감정의 사이클이 그렇게 사람과 사람을 돌고 돌았다. 누군가의 남편도 다른 여자와 그런 식으로 돌고 돌 것이다. 모두가 천장에 머리가 매달린 진자에 불과하다. 천장에 있는 자는 누구일까? 신일까? 아내는 말했다. 신을 믿고 온몸을 의지하라. 자신을 버려라. 그러면 구원을 얻으리라. 그러나 많은 이가 결국 구원을 얻

162

지 못하고 인간에 기대어 죽어간다. 타인에 기대 감정을 소모하고 또 다른 찜찜한 마음을 얻는다.

마지막 남은 아메리카노 한 모금은 또 다른 아메리카노에 대한 미련을 남겼다. 현수는 자리로 돌아갔다. 그녀는 책자를 펼치며 찰리에게 말했다.

"롤라와 통화했어요."

"그래?"

"희재 씨 폰으로 전화를 걸었더니 롤라가 받더라고요."

찰리는 현수에게 눈길도 주지 않은 채 롤라에게 전화를 걸었다. 그녀의 핸드폰은 꺼져 있었다.

"뭐래?"

"어린 예술가를 만나러 왔대요. 옛날의 마음을 되찾고 싶다고. 찰리의 페이스북으로 희재 씨를 봤다던데요."

찰리는 화면을 뚫어져라 바라보았다. 활짝 웃는 롤라의 모습이 프로필로 떠 있다.

옛날부터 롤라는 장난꾸러기였다. 눈은 쉰다섯의 지금처럼 그때도 반짝반짝 빛났다. 찰리는 그녀가 사랑스러웠다. 젊을 적의 롤라는 호된 장난을 치거나 사랑한다고 시끄럽게 소리쳐서 그를 곤란하게 만들었다. 아내와 엄마로서의 생활에 길이 든 지금은 조용하다. 그녀는 자신을 채우던 상당 부분을 포기했다. 그러나 천성은 결코 사라지지 않는다. 길든 도베르만은 온순하지만 야생의 기질은 여전히 존재한다. 그녀는 한 마리 도베르만이었다. 그런데 왜 그녀는 지금 자신을 두근거리게 할 무엇을 찾는 것인가? 남편이 수많은 다른 여자를 안는 것과 같은 맥락인가?

인간은 죽을 때까지 자신의 생을 실감하게 만들 무언가를 좇는다. 그것이 음악이건 섹스건 무엇이건 간에 인간은 탐닉한다. 만약 인공지능 소프트웨어에 그러한 무한반복 코드를 삽입한다면, 그것은 인간과 더욱 흡사해질까?

"롤라는 내가 세상에서 가장 사랑하는 사람이야"

진심인가, 거짓인가? 애정이란 풍선과 같다. 언제 터질지 몰라 늘 위태롭다. 완벽한 원으로 부풀어오르다가도 금세 사라진다. 아내와 여자, 여자와 아내. 그리고 어머니. 영원한 여성이여. 사랑한다고 말하기는 쉽지만 가장 사랑한다고 말하는 것은 위험하다. 일반적으로 남편은 아내를, 아내는 남편을 가장 사랑한다고 말했다. 그래야만 정상적인 사람 취급을 받았다. 그러나 인간에게는 자유의지가 있다. 부부 중 누군가가 온전한 자유와 배신을 원한다면 가장 사랑한다는 말을 단 채 남편 혹은 아내는 지빠귀처럼 획 날아갈 것이다. 남편이 두려운 것은 그것이었다. 영원한 여성은 결코 재생산될 수 없다.

"도대체 롤라는 왜 그럴까?"

현수는 남자를 돌아보았다.

"지금 그녀가 무엇을 원하는지 모르겠어. 그 여자가 진짜 원하는 게 뭘까?"

"그 여자는 20년 동안 고민했어요. 그새끼가 원하는 게 뭘까?"

남자는 여자를 보았다. 그러나 그녀는 모른 척했다.

"희재야, 클럽 자주 가니?"

책을 읽던 아내의 뜬금없는 질문에 희재는 코를 잡아당기다가 멈췄다.

"지금까지 두 번 가봤어요. 홍대 코쿤과 NB2."

"어때?"

"둘 다 물도 질도 안 좋죠. 그냥 불쑥 들어가 타인이 내 몸을 주무르는 것을 느끼며 열심히 흔들다가, 자꾸 붙잡고 가슴 만지는 남자에게 꺼지라고 말하고 나오기 딱 좋죠. 아, 좋은 거 딱 하나 있어요. 경호원 형님들은 참 좋아요."

"뭐야, 그게. 더럽다."

"더럽죠. 그래서 요즘은 안 가요. 매너가 있는 곳을 찾는 중이에요. 그래도 욕망이 어디 가나, 뭐 어디나 똑같겠죠."

"그래도 뭔가 좋은 게 있으니까 그렇게들 가는 거 아냐. 어떤 느낌이야?"

"클럽의 분위기와 술과 음악을 잘 타면, 무당이 접신하는 게 이런 거겠구나 하는 느낌이 들어요. 몸과 의식이 DJ의 손을 따라 클럽 안을 둥둥 떠다니죠."

"가보고 싶네."

롤라는 희재의 기타케이스를 만지작거렸다. 사자마자 한 달 치고는 3년 동안 박아둔 물건이다.

"롤라는 클럽보다는 라이브바가 맞을 거예요. 홍대에는 라이브 재즈바가 많아요."

"홀리고 싶어."

희재는 삐뚜름한 자세로 누워 롤라를 보았다.

"기대하지 마세요, 실망하실 테니까. 고리타분하게 욕망의 바다라고 표현한다면 고작 새벽 6시면 없어져버리는 바다예요. 진짜 바다로 가려면 지하철을 타든, KTX를 타든, 고속버스를 타든 진짜 바닷가로 나가야죠."

"진짜, 바다나 갈까?"

롤라는 조금씩 희재의 기타를 뜯었다. 열정은 식었지만 책임감은 남은 여자가 종종 꺼내 바깥바람을 쐬어주었기에 싱싱한 나무통은 그대로였다. 하지만 줄은 모두 녹슬었다. 안쓰러운 어린아이 같은 기타를 아내는 천천히 쓰다듬으며 조율했다. 기타는 오랜만에 받는 사람의 손길을 기뻐했다. 그것은 살아 있는 작은 개처럼 심장이 팔딱팔딱 뛰었다. 심장소리가 손이 가는 길을 따라 흘러나왔다.

"기타 한 곡 연주해주면 제가 클럽 에반스로 데려가 드릴게요. 금요일이니 9시부터 1시까지 공연이 있을 거예요."

"빌 에반스의 클럽이라, 좋은 이름이네. 좋아!"

아내는 기타통을 통통 치더니 커피를 한 모금 마시고 나서 조금씩 선을 타기 시작했다.

〈필드 오브 골드〉였다. 그녀의 목소리는 르 커플의 후지타 에미와 비슷했다. 후지타 에미와 후지타 류지, 부부로 이루어진 르 커플은 늘 부부가 함께 공연을 했다. 아스라이 퍼지는 안개 뒤에서 남편이 묵묵히 기타를 치면, 무대 위 해바라기 같은 아내도 코드를 잡으며 노래를 불렀다. 그리고 2007년 부부는 이혼했다.

젊은 여자는 식탁 위에 가만히 엎드려 나이든 여자의 노래를 들었다. 브레드 멜다우의 〈엘리자이어크 사이클〉이 표현했던 것처럼 그녀는 음유시인이었다. 차갑고 하얀 플라스틱 표면에서 소독한 행주 냄새가 났다. 산들바람이 선풍기로부터 밀려왔다.

밤이 되었다. 서교오피스텔 건너편 길가는 사람의 물결로 일렁거렸다. 가면처럼 화장을 하고 꾸민 여자들과 흥분해서 팔딱거리는 남자들이 오갔다. 하얗고 노랗고 까만 피부의 사람들이 뒤섞였다. 아내는 의자에 앉은 채 그 풍경을 창문 너머로 바라보았다. 그녀는 검은 스키니에 흰 티셔츠, 청재킷을 걸치고 있었다. 그녀에게 딱 맞는 차림이었다. 희재는 컴퓨터로 브라이언 이노의 곡들을 틀어놓았다. 홍대의 여름밤은 무더운 이상으로 뜨거웠다.

"저녁 먹고 가실 거예요?"

"밖에 나가서 먹자. 내가 살게. 오뎅탕과 카라아게가 먹고 싶어."

희재는 고개를 끄덕였다. 그녀는 검고 루즈한 원피스를 입었다.

"인간의 바다로 가자!"

두 여자는 곧 물결로 합류했다. 물결 사이사이로 음식과 술이 오갔다. 옆구리가 탁 트인 검은 원피스를 입은 여자, 곱창, 소주, 사시미, 아구아밤, 보드카, 마른안주, 토닉워터, 진토닉, 예거밤, 치킨, 생맥주, 블레이저를 입고 머리를 세운 남자. 음식과 술은 바다의 꽃과 같았다. 두 여자는 이자카야에 들어갔다. 수많은 사람들이 사케와 꼬치모듬과 오뎅과 카라아게와 사시미를 먹었다. 군데군데 외국인과 머리를 염색한 사람이 붉고 하얀 얼룩무늬 불가사리처럼 앉아 먹고 마셨다. 검고 둥근 냄비에 오뎅이 한가득 담겨 나왔다. 잘 익은 오뎅 냄새가 둥글게 피어올라 마음을 편안하게 했다. 롤라는 생맥주를 반쯤 들이켠 후 하얗고 둥근 오뎅을 집었다.

"이제야 마음이 편하네."

밥과 술을 걸친 그들은 팔짱을 끼고 홍대 앞 밤거리를 누볐다. 큰 거리에는 사람이 없는 곳이 없었다. 몰려다니는 여자들과 단단한 나뭇가지 같은 남자들, 군데군데 머리를 세운 '삐끼'가 그들을 향해 유혹하고 있었다. 삐끼의 붉은 종이가 다가왔을 때 희재는 그것을 홱 뿌리쳐버렸다. 아내는 신나게 웃었다. 그들은 계속 길을 걸었다.

클럽 에반스는 이자카야에서 얼마 떨어지지 않은 거리에 있었다. 그러나 그녀들은 일부러 길을 돌아가고 있는 중이었다. KT&G 상상마당에 들어가 팔짱을 낀 채 이것저것 물건을 구경하다가 도로 톡 튀어나와 떠밀리듯 횡단보도를 건넜다. 카페 라운지에 앉아 있는 사람들의 대부분은 남자였다. 멋들어지게 꾸민 그들은 테이블에 홀로 앉아 스마트폰에 열중하고 있었다. 오로지 한 테이블에만 커플이 있었다. 긴 생머리의 여자는 상큼하게 웃으며 문신이 새겨진 남자의 팔을 잡아당겼다.

"귀엽네. 인형 진열장 같아."

롤라가 중얼거렸다. 희재는 웃었다.

"취했어요? 생맥주 정도로 취하다니 데킬라는 못 마시게 해야겠어요."

"난 술에 취한 게 아니라 밤에 취한 거야. 이런 밤이라니, 마치 불붙인 아구아밤 같잖아!"

아구아밤은 호리병 같은 잔에 밑은 레드불이나 핫식스, 위는 중렙용 마력 포션 같은 아구아가 채워져 나온다. 색깔이 다른 두 개의 구가 맞붙어 있다.

"아구아밤은 현대판 압생트야."

"아구아밤은 언제 드신 거예요?"

"지난번에 혼자 바에 가서 마셨어. 바텐더가 선물이라며 불을 붙여줬지. 훅 마셨거든. 그리고 내내 잠이 안 왔어."

"아하, 그때 밤새 기타를 껴안고 있었던 날요? 저는 무슨 영감이라도 받으신 줄 알았죠."

"응, 덕분에 잠시나마 옛날에 연주하던 느낌이 살아났어. 영감을 받으면 밤새워 작곡을 하고 피아노를 치고 잠이 전혀 안 오던, 오히려 그다음 날 아이들에게 피아노를 가르치는 내내 마음 설레던 그 느낌 말이야."

"아이구야, 아구아밤의 효과를 제대로 누리셨네요. 그래서,

그때 뭔가 만드셨어요?"

"역사를 썼지. 아무것도 안 쳤거든. 막상 기타를 잡기는 했는데 피아노가 치고 싶더라고. 하지만 피아노가 없잖아? 그래서 열심히 머릿속으로 쳤지. 영화 〈피아니스트〉의 한 장면처럼. 널 깨웠다가는 쫓겨날 것 같아서 말이야."

"그래서 연주 좀 하니까 속 시원해요?"

"개뿔! 아무렴 직접 치는 것만 하겠어?"

잠시 침묵이 찾아들었다. 두 여자는 그저 앞을 보고 걸었다.

"우린 그냥 여기를 해파리처럼 떠돌아다니는 거야. 아무리 해도 우린 홍대인은 못 될 테니까. 기질부터가 안 맞아."

침묵을 지그시 밀어내는 롤라의 중얼거림에 희재가 물었다.

"그럼 어디로 가야 할까요?"

"넌 게임, 난 교회. 애나 열심히 돌보자구. 여긴 우리에게 있어 그냥 입가심일 뿐이니까. 영원하지 않은 것에는 오래 몸담을 가치가 없어."

"홍대가 왜 영원하지 않아요? 신촌은 다 죽었다지만, 도시 공학적인 측면에서는 신촌도 이제 청년이에요. 이제 곧 신촌의 제2전성기가 올 거예요. 그때쯤 되면 홍대는 주춤하겠죠. 아니면 상암이 번성하거나."

"도시도 성장하는구나. 그런데 왜 그 안의 사람들은 변함이 없을까? 자극과 흥분, 쾌락을 좇는 마음, 징그러울 정도로 원색적인 욕망 말이야. 송도는 인간의 욕망이 없어서 실패한 도시가 되었다고들 하잖아."

"인간의 욕망이야말로 영원한 것이죠. 인간이 존재하는 한 인간의 욕망, 특히 3대 욕망은 영원할 거예요. 봐요, 이 홍대 앞을. 음식과 술, 모텔, 그리고 클럽. 위대한 자유민주주의 안에서는 절대로 지지 않을 것들이죠. 제각각 소리치고 미치고 발광하지만 결국 모두가 욕망에서 평등한 자유민주주의예요. 그 안을 드나드는 시간이 변화할 뿐이죠. 아니면 인간의 욕망을 대변하는 패션이 카멜레온처럼 변하든가."

"아니면 술 처먹고 꼴아 박히든가."

힙합 차림을 한 무리가 커다란 오디오를 어깨에 지고 지나갔다. 희재는 소리를 질렀다.

"평소하고는 다른 모습이네."

"이게 미친 홍대 밤거리의 매력이죠. 함께 미쳐요 롤라."

두 여자는 손을 잡고 달리기 시작했다. 아까의 카페를 지나, 횡단보도를 지나, 닭강정 매점을 지나, 사람들을 지나, 커다란 시베리안 허스키가 누워 있는 솜사탕 판매점을 지나, 반짝이는 악마머리띠를 파는 노점을 지나, KT&G 상상마당을 지나고 보드가 벽을 뚫고 날아다니는 VANS 매장을 지나 클럽 에반스에 도달했다.

계단에 고인 소변의 지린내가 그녀들을 맞았다. 희재는 롤라의 손을 잡고 목재 입구로 뛰어들어갔다. 빌 에반스의 진지한 얼굴이 화장실을 보고 있었다. 빛의 조각이 사방으로 흩어졌다가 다시 빛났다. 오늘의 공연은 윤석철 트리오. 둥글고 하얀 통통한 피아니스트는 섬세한 손가락을 가졌다. 키스 자렛의 도쿄 라이브 영상이 흐르고, 테이블에 앉은 사람들은 칵테일을 마셨다.

갑자기 롤라가 팔을 잡아챘다.

"나가자. 나가고 싶어."

희재는 어리둥절한 채 밖으로 끌려나왔다. 롤라는 희재의 손을 잡고 뛰었다. 왔던 길을 다시 돌아간다. 보드가 벽을 뚫고 날아다니는 반스 매장을 지나, KT&G 상상마당을 지나, 반짝이는 악마머리띠를 파는 노점을 지나, 커다란 시베리안 허스키가 서 있는 솜사탕 판매점을 지나, 닭강정 매점을 지나 오른쪽으로 꺾는다.

춤과 데킬라와 오르가슴에 취한 남녀가 이산화탄소 증기를 뒤집어쓰고 널브러져 있다. 몸집이 크고 눈이 선하며 부드러운 미소를 띤, 조폭 같은 요원이 웃으며 그녀들을 맞았다.

"어서 오세요, 한 사람당 만 5천 원, 3만 냥 되겠습니다."

돈을 내밀자 그는 롤라와 희재의 손에 차례로 보랏빛 도장을 찍었다. 희재는 롤라의 손을 잡고 어두운 터널로 뛰어들어 갔다. 빛의 조각이 사방으로 흩어졌다가 다시 빛났다. 빙글빙글 돌아가는 계단을 타고 쭉 내려가 바다로 뛰어들었다.

교회 입구에서 멀리 떨어진 제대와 십자가처럼, DJ와 레이저빔은 저 멀리 앞에 있었다. 그 주변으로 사제처럼 신나게 춤을 추는 여자들과 남자들이 있었다. 그 앞을 광적인 신봉자들이 온몸을 흔들며 바다를 만들었다. 군데군데 솟아오른 철제 암벽에 구원을 바라듯 사람들이 올라가 미친 듯이 팔과 몸을 흔들었다. 푸르스름한 야광팔찌와 붉게 빛나는 반지가 DJ를 향해 꽂혔다. 구원자다! 이곳을 마음대로 주물럭거리는 창조자다! 우리를 미치게 하라! 미치게 하라! 죽여버리고 다른 구원자를 세우자! DJ가 판을 돌리며 입을 모았다. 사람들이 비명을 질렀다. 팔이 더듬이처럼 올라갔다. 손이 몸을 더듬었다. 희재는 찌라시를 거절하듯 그 손을 홱 뿌리쳤다. 그리고 아내의 손을 잡고 구원자에게 다가가기 시작했다.

데킬라를 한 잔씩 걸친 그들은 노란색 톡 쏘는 광기에 휩싸여 있었다. 신나게 웃으며 남의 발을 밟거나 밟히거나 혹은 치이거나 치며 앞으로 나아갔다. 주변은 온통 남자뿐이었다. 여자를 찾아 희번덕거리는 남자들뿐이었다. 그러나 여자들은 이미 높은 암벽 위에 올라가 곡선을 흔들고 있었다. 유방이 격렬하게 흔들렸다. 그 밑에서 남자들은 구원자를 바라보며 서 있었다.

롤라가 미친 듯이 웃었다. 그녀는 데킬라를 벌써 두 잔이나 걸쳤다. 그녀는 마지막 데킬라를 삼키고 희재가 서 있는 암벽으로 돌아왔다가 부메랑처럼 다시 바를 향해 떠났다. 돌아올 때면 그녀에게서 레몬 향기가 물씬 났다. 세 번째로 갔을 때 그녀는 데킬라잔에 레몬을 두 개 넣어 왔다. 흔들리는 인파를 헤치며 데킬라는 반이 증발했다. 반쯤 남은 데킬라를 희재는 꿀꺽 삼키고 레몬을 껍질째 씹어먹었다. 짜릿하게 새콤한 맛과 껍질의 떫은 맛이 싸한 데킬라의 향을 감쌌다. 레몬 슬라이스가 남자라면 데킬라는 여자였다. 여자들의 입에서 둘의 융합이 이루어져 우주를 이루었다. 여자들은 우주에 취해 흔들거렸다.

구원자가 외쳤다. ARE YOU READYYYYYYYYYY. 사람들이 절규하듯 환성을 질렀다. 바다는 이미 깊을 대로 깊어져 아무도 빠져나갈 수가 없었다. 오직 지나치게 취한 이와, 토하는 이와, 쓰러진 이가 바다 밖으로 질질 끌려나갈 뿐이었다. 이곳은 죽어야 빠져나갈 수 있는 곳이었다.

"ARE YOU READYYYYYYYYYYY?"

아내가 갑자기 희재의 팔을 덥석 잡고 속삭였다.

"나가자. 숨 막혀."

희재는 아내의 손을 잡고 밖으로 나왔다. 의자에 앉아 쉬고 있는 사람들과 취해서 자는 사람들과 토하는 사람들이 있었다. 굶주린 개 같은 추리닝 차림의 남자가 취한 여자 주변을 맴돌며 자꾸 만졌다. 양복을 쫙 차려입은 요원들이 무전기를 들고 사람들을 굽어살폈다. 요원들이야말로 진정한 클럽의 사제였다. 그들은 클럽을 지키고 사람들을 보살폈으며 궂은일을 신을 모시듯 수행했다. 아내는 의자에 길게 누워서 그들을 쳐다보았다. 흰 얼굴에 붉은 기가 거미줄처럼 올라와 있었다. 그러나 눈동자는 아침처럼 빛났다. 그녀는 눈을 빛내며 사람들을 구경하고 있었다.

바깥은 귀가 먹먹하니 평화로웠다. 높은 건물 사이로 밤하늘이 보였다. 3층에서 투명한 비눗방울이 보글보글 쏟아졌다. 하얀 이산화탄소 연기가 그것들을 살살 어루만져 홍대 거리로 날려보냈다. 희재는 한 마리 부드럽고 귀여운 강아지를 데려온 여자처럼 미소를 지으며 롤라 곁에 앉았다.

"어땠어요?"

롤라는 팔을 축 내려뜨렸다.

"천국에 온 것 같애."

"이제 피아노 칠 수 있겠어요?"

"맞다. 피아노가 있었지. 피아노를 칠 수 있다는 사실을 까먹었어."

롤라는 벌떡 일어났다. 데킬라 향기가 훅 풍겼다.

"피아노 안 갖고 왔지?"

"여기에 어떻게 피아노를 가져와요?"

"나 피아노가 치고 싶어."

"아이고!"

희재는 머리를 감싸쥐었다.

"여기서 어떻게 피아노를 구해요. 피아노 연주 어플이라도 다운받아줘요?"

"아냐, 됐어. 잠깐만 기다려봐."

그녀는 바람같이 사라졌다. 희재는 멍하니 기다렸다. 평화로웠다. 클럽에서 나오니 세상 모든 것이 평화로웠다. 그래서 이름이 '고치'인 것인가? 자유롭게 바람을 타는 나비가 되기 위해서 애벌레는 고치 속에 홀로 갇혀야 한다. 고치 속은 갑갑하고 무력하지만, 나비가 되면 평화롭다. 갑갑하고 무력한 현실은 똑같지만 모든 것이 자유롭다. 죽음이 얼마 남지 않았기 때문이다.

롤라는 나비처럼 분홍색 키티무늬 멜로디언을 들고 왔다. 버스킹하는 사람에게 아이폰을 맡기고 빌려왔다고 했다.

"참나, 그 사람도 그 사람이지만, 그걸 아이폰과 바꿔 오는 사람이 어딨어요?"

"나는 지금 피아노를 치고 싶어. 그게 가장 중요해."

그녀는 멜로디언을 불며 걷기 시작했다. 희재는 그녀를 홍대 놀이터로 데려갔다. 온갖 쓰레기가 꽃잎처럼 널려 있었다. 아내는 가로등 아래 앉았다. 손가방 사이로 소주병이 보였다.

"어디서 또 뭘 드셨어요?"

"처음처럼. 버스킹하는 사람들이 줬어."

"괜찮은 거예요?"

"기분 최고야. 비켜, 이제 나 칠 거야."

롤라는 막무가내였다. 스물일곱 살 적 모습 그대로였다. 그때의 그녀는 아무도 말리지 못하는 말괄량이였다. 술을 징으로 퍼마셨으되 취하지 않았다. 인사불성이 된 85킬로그램을 업고 차도를 무단으로 건넜다. 기분이 내키면 웃통을 벗고 피아노를 쳤다. 그래도 그녀의 얼굴은 고디바 부인처럼 고상하기만 했다. 그렇게 금토일을 달리고도 월요일이면 사뿐한 걸음으로 출석했다. 잘 다려진 하얀 셔츠는 언제나 단정했다.

그런 그녀가 결혼한 후에는 늘 다려지기만 했다. 대신 딸이 그녀처럼 캐나다에서 온갖 광폭한 자유를 누렸다. 그녀는 자신의 딸이 자유롭기를 원했다. 자유를 통해 행복을 얻는 방법을 습득하기를 원했다.

롤라는 눈을 감았다. 공기가 관을 타고 들어가고 손가락이 그녀의 영혼을 연주했다.

당신의 모든 것.

그녀는 가로등 아래 희미하게 빛났다. 희재는 그녀의 모습을 폰으로 찍었지만 느낌이 살지 않았다. 사진은 소용이 없다. 그 대신 눈을 감고 귀로 기억한다. 내가 직접 감각하는 당신의 모든 것을 기억한다. 부드러운 아코디언과 같은 멜로디언의 소리가 놀이터를 채웠다.

"롤라!"

희재의 부름에 그녀는 고개를 흔들었다. 그것이 부정의 의미인지 감상이 흘러 몸이 요동친 것인지 명확하지 않았다. 그녀는 힘없이 웃었다. 그 모습이 보는 이를 조금 서글프게 했다. 남자가 한눈에 반했던 스물일곱의 모습이 비쳤다. 도시의 바다는 그녀라는 해변에서 잠시 멈췄다가 흘러갔다.

사랑에 갓 빠진 무렵의 여자는 말했다. 키스 자렛의 〈올 더 싱스 유 아〉를 눈앞에서 볼 수만 있다면 죽어도 좋다고. 그만큼 당신을 사랑한다고. 그 말에 남자는 두근거렸다. 그 말이 결혼까지 이끌었다. All the things you are. 피아니스트의 허밍이 뒤섞여 들리는 키스 자렛 트리오의 즉흥 선율.

아침에 일어나자 몸이 평소보다 노곤했다. 금요일 밤의 기억이 나지 않는다. 손가락이 얼얼했다. 희재는 의자에 바른 자세로 앉았다.

"결국 아이폰은 못 찾았어요. 대신 키티 멜로디언은 있으니까 마음껏 부세요."

아이폰은 찰리가 샘플로 얻어준 신기종이었다. 어차피 롤라는 통화도 카톡도 하지 않으니까 괜찮다고 생각했다. 미안한 마음이 조금 찾아들었다. 그 사람이 좋은 거라며 딸도 안 주고 날 줬던 건데. 희재는 이불 사이로 코 위까지만 내민 롤라의 이마를 짚었다.

"열나는 것 같은데요?"

"설마."

"막 깨서 그런가. 찰리 생각하죠? 미안해서."

"응. 웬일로 다 그렇네."

"전화 한 통화 하세요. 기다리는 모양이던데."

"하기 싫어. 무슨 말을 들을지."

기지개를 켜자 가느다란 다리가 이불 밖으로 나왔다. 희재는 찰리를 문득 떠올렸다. 롤라를 있는 그대로 알고 있는 사람, 나를 가장 이해해줄 것 같은 사람, 그러나 전혀 이해하지도 알지도 못하는 사람. 그 사람에 대한 갈망. 그러나 결국 세상에서 가장 먼 사람.

"나는 무엇을 원하는 걸까?"

희재는 아무 말도 하지 않았다. 그것은 그녀가 묻고 싶은 것이었다. 쉰다섯이 되어서도 그 괴로운 질문을 해결하지 못했다니! 어쩌면 평생 지고 가야 할 질문이리라.

"찰리가 강인공지능 프로젝트를 진행하고 있는 거 아세요?"

여전히 길게 누운 채 그녀는 고개를 끄덕였다.

"구체적으로 무엇을 하고 있는지는 몰라. 가끔 그를 따라 인공지능 콘퍼런스를 구경하러 가는 정도야. 가서 나는 팔짱을 끼고 사람구경이나 하지. 솔직히 말해 강인공지능이 뭔지도 몰라."

"쉽게 말해 사람과 흡사한 지능을 말해요. 스스로 이해하고 배우며 사고할 줄 아는."

"이해와 사고는 무슨. 지나 잘할 것이지."

롤라는 멜로디언을 집어 배 위에 올려놓았다. 천장을 위로 하고 누워 관을 불었다. 엉터리 선율이 공간을 채웠다.

"너는 내 남편과 돌이킬 수 없는 죄를 지은 여잔데, 나는 너를 죽일 년이라고 외치며 멱살을 잡고 마구 때린 다음 간통죄로 고소해야 하는데."

공기가 서늘해졌다. 롤라는 멜로디언을 점잖이 안았다.

"하지만 넌 좋은 애야. 아주 착하고 성실한 애야. 그런 너를 나는 아주 좋아해."

"왜 갑자기 사람을 무섭게 만들고 그래요?"

"모르겠어. 어떻게 해야 하는지. 난 사람들 사이에서 항상 이렇단 말이야."

롤라가 잠깐 뜸을 들이다가 물었다.

"내 남편을 사랑하니?"

"글쎄요. 사랑하기보다는 내 안을 채우기 위해서일까요."

창밖에 오전이 펼쳐졌다. 붉게 흔들리는 밤의 물결과는 전혀 다른 평온한 시작이었다. 하얗고 깔끔한 8차선 도로로 차들이 평화로이 오갔다. 선선한 아침공기는 침묵이 되었다. 사랑이라. 희재는 아주 머나먼 섬의 이름처럼 단어를 중얼거렸다. 롤라는 멜로디언을 손가락으로 두들겼다. 한동안 통통거리는 나무 소리만 들렸다. 희재는 침묵했다. 어디선가 가까운 곳에서 매미가 울었다. 맴맴맴 울던 매미가 노래를 피아니시모로 끝낼 무렵 롤라가 말했다.

"국밥 먹자. 따뜻한 고기국물이랑 밥이 먹고 싶어. 그걸 먹으면 사람을 잊을 것 같아."

그들은 설렁탕을 먹기 위해 집을 나섰다. 길거리에는 쓰레기와 토사물과 그것을 치우는 사람들과 행인과 해장을 하러 나온 이들이 있었다. 징검다리를 건너듯 토사물을 피해서 국밥집으로 걸어갔다. 국밥을 주문하고 깍두기를 그릇에 덜었다. 깍두기는 잘 익어서 적당히 부드럽고 아삭아삭하고 새콤했다. 고이 곤 고기국물 냄새가 났다. 뽀얀 국물과 공깃밥이 나오고 공깃밥을 국에 말아 적당히 파를 뿌려 휘저을 때까지 두 사람은 말이 없었다. 아내는 소금을 조금 뿌렸고 희재는 뿌리지 않았다.

"맛있다!"

두 여자는 말없이 웃었다.

"나 분당에 잘 아는 설렁탕집 있어. 김치가 정말 맛있는 곳이야. 다음에 같이 가자."

고개를 끄덕였다. 구수한 밥알이 입속에서 산산이 흩어졌다.

아침 일찍 출근한 찰리는 헤드폰을 쓰고 키스 자렛의 허밍을 들었다. 화면에는 '카이'가 어디론가 걸어가고 있었다. 인공지능은 찰리의 캐릭터에는 관심도 없었으나 다만 음악에는 호기심을 보였다. 게임 배경음악과는 다르다는 말에 카이는 고개를 갸웃거렸다.

"내가 있는 이 세상에 배경음악이 들린다고요? 그건 당신이 이 세계에 대해 가진 이미지겠죠. 여긴 아무 소리도 들리지 않아요. 찰리의 세상에 노래가 들리지 않는 것처럼."

헤드폰의 엉킨 코드를 푸는 사이 '카이'는 찰리의 캐릭터를 주의 깊게 보았다. 헤드폰이 꽂힐 때까지 인공지능은 꼼짝도 않고 서 있었다. 밝아지는 세상이 로봇의 눈에 말갛게 비쳤다. 잠시 후 요정 카이는 마법을 부리듯 말했다.

"All the things you are."

"어떤 곡인지 검색한 걸까요?"

"검색한 것치고는 텀이 너무 길어. 게다가 방금 내가 들은 것은 라이브 공연이라 음악 라이브러리에는 없거든. 개발자들이 하도 장난을 쳐놓으니 무슨 짓을 한 건지 알 수가 있어야지. 가끔은 그런 생각이 든다니까. 이놈이 사실은 '카이'가 아니고 홍성주나 남영진이 플레이하는 건 아닐까?"

찰리는 투덜거렸다. 많은 사람의 손이 닿은 인공지능은 가끔 예측할 수 없는 아웃풋을 보였다. 전혀 알지 못할 것이라고 생각했던 현실의 음악까지 캐치하는 것도 그렇다. 카이프로젝트에 참여하는 일반인 중에 개발자가 또 있나? 충분히 가능성이 있다. 팬덤은 무서울 정도로 '카이'에 집착했다. 카이의 모든 것에 밤낮없이 매달리는 이들이 분명 있다. 대표가 모든 것을 꼼꼼히 체크할 수는 없으므로 개발자와 팬덤이 무슨 엉뚱한 코드를 더 붙였을지는 알기 어렵다. 이런 부분이 재미있기는 하지만 종종 골치가 아팠다.

모두 네 명의 개발자, 두 명의 이사, 두 명의 비서 겸 마케터가 둥근 직사각형의 탁자에 둘러앉았다. 맥북 특유의 광택 사이로 각자 취향의 음료가 담긴 스타벅스 컵이 놓였다.

"카이가 어떻게 알아낸 건지 추적하는 것도 일이네요. 찰리가 가르쳐준 것 아니에요?"

"제발 그랬으면 좋겠다. 갑자기 머리가 아프네."

듣는다. 듣는 것, 녹음하는 것, 인식하고 이해하는 것. 어떻게 다른가? 음악을 인식하게 하려면 어떻게 해야 하지? 음악을 이해하게 하려면? 인간은 음악을 어떻게 받아들이지?

"사람은 음악을 어떻게 듣지?"

"일단 듣죠. 들으면서 이것이 내가 아는 음악인지 아닌지 판단하겠죠. 혹은 음악에 공감하거나 공감하지 않거나. 나와 관련이 있는 음악이라면 내적 변화가 나타나고 음악에 집중하겠죠."

"변화라는 건 음악으로 인해서 촉발되는 심리적인 변화를

185

말하는 거지?"

"혹은 음악 자체로 인한 신체적인 변화도 있겠죠. 예를 들면 클래식을 들으면 신체가 편안해지는 것처럼요."

"인공지능이 음악을 인식한다면?"

"박자와 음률의 나열로 인식하겠죠. 박자와 음률도 결국 수학이니까요."

"수학적으로 이해하는 것도 좋은데, 인간처럼 음악을 느끼게 하려면 어떻게 해야 할까?"

"너무 앞서가네요. 인공지능이 굳이 인간처럼 음악을 느껴야 하나요?"

"왜냐하면, 이건 카이프로젝트잖아. 본래 카이라는 캐릭터는 세심한 감정변화가 있다고. 인간에 가까운 인공지능을 만드는 것이 이 프로젝트의 목푠데."

"아니죠. 사람들이 원하는 '카이'를 재현하는 것이 목표였습니다. 팬들이 원하는 카이의 성격을 그대로 재현한다면 사람들은 인공지능이 무엇을 인식하고 이해하든 상관 안 할걸요. 게다가 지금으로선 그 단계는 무척 이른 이야기예요."

"그렇다면 일단 로드맵에 포함시키지. 인공지능이 음악을 이해하게 하려면 무엇을 어떻게 해야 하는지 말이야."

"지금으로서는 필요 없는 것은 포함시키지 않는 게 좋겠습니다. 10년 이내에 수익성을 이끌어내지 못할 항목은 로드맵에서 우선 제외시켜야 한다고 생각해요. 불필요한 사항은 사업 지원을 받을 때 심사위원들에게 자칫 감점 요인이 될 수 있습니다. 인공지능을 인간답게 만드는 것은 꿈이지만 수익이 되지는 못합니다. 지금처럼 기부금으로 유지하는 데는 한계가 있어요. 오픈카이 프로젝트가 제대로 진행되려면 우선 투자가 이루어져야 합니다."

"그럼 기존 카이프로젝트의 목표는 결국 제외되는 건가요?"

"아니지. 그들의 힘을 바탕으로 베이스를 만든다고 생각하면 돼. 어차피 지금 기술로는 인간과 똑같은 지능을 가진 인공지능은 만들 수 없고, 게다가 팬덤이 원하는 것은 '카이'와 똑같은 퍼스낼리티지 '인간'이 아니야. 아마 카이와 똑같이 생긴 로봇이 나오면 상당수가 거기로 몰려갈걸. 이래서 소프트웨어 무시한다는 소리가 나오는 거야."

"팬덤은 스스로 프랑켄슈타인 박사라고 자칭하지만 내가 보기엔 그냥 광신도예요."

"그렇게 말하면 캐릭터 '카이'의 팬으로서 불쾌하지만 사실은 인정해야죠. 그러나 반대로 오픈카이에서 그들과 지속적으로 커뮤니케이션하고 참여하게 돕는다면 큰 힘이 될 겁니다."

"그렇지. 그래서 우리 역할이 중요해. 원래 수십 마리 양떼를 모는 것은 한두 마리 양치기 개야. 우왕좌왕하다가 굶어 죽느니 컨트롤센터가 있는 것이 좋지. 자, 다시 처음 이야기로 돌아가자고. 인공지능이 인간의 지능과 동등해지는 것, 혹은 초월하는 것, 그것은 인공지능 개발의 궁극적인 목표야. 그 사이에 개발 단계가 있는 것이고. 아직 우리는 초기 개발 단계에 있는 거지. 지금 상태에서 개발과 수익 둘 다 잡기는 어렵겠지만 아주 못할 일은 아니야. 대신 개발 방향을 유연하게 해야겠지."

"그런 면에서 게임 인공지능 개발에 참여하게 된 것은 좋은 선택이었습니다."

"인공지능이 음악을 이해한다는 것은 인간의 세심한 부분까지도 공감할 수 있다는 이야기야. 그렇다면 게임 인공지능의 유저 대응 또한 더욱 인간적이 되지 않을까? 그것과 수익성을 연결한다면?"

"그건 아웃풋을 예상한 알고리즘으로도 충분합니다. 유저는 그렇게 많은 인터랙션이 필요하지 않아요. 그들이 게임 인공지능에게 원하는 것은 레벨업과 원활한 사냥을 위한 도움입니다. 굳이 유저가 게임 인공지능과 커뮤니티를 누릴 이유가 있을까요?"

"신뢰에 대한 가능성이지. 너, 게임할 때 처음 보는 유저를 믿냐, NPC를 믿냐? GM만 못 믿는다는 소리 하지 말고. 적어도 낯선 타인보다는 인공지능을 더 신뢰하지 않겠어? 젊은 세대가 사람에게 길을 묻기보다 네이버 지도어플을 이용하는 것처럼 말이야."

신뢰. 마음속으로 되뇌었다. 그것은 찰리가 여기까지 올 수 있었던 원동력이었다. 다른 사람들의 신뢰가 있기에 인간은 바닥에서 하늘까지 날아오른다. 그러나 언젠가 곤두박질친다. 신뢰가 불완전한 것이 아니라, 본래 신뢰는 파도 같은 것이다. 인간은 그 누구도 만만하지 않다. 그러나 한 가지 분명한 사실은, 인간을 신뢰하지 않는 사람은 결코 세상 끝까지 갈 수 없다는 것이다. 즉, 인간을 신뢰하는 인간은 그 어떠한 일도 가능했다. 그것이 '카이'를 사랑하는 이들의 힘이며, 오픈카이 프로젝트와 팀원들을 유지시키고 기술과 문화와 커뮤니케이션을 급속도로 발전시켰다.

GAI & AI 콘퍼런스 이틀째. 오후 강연은 4시부터였다. 그 사이에 프레젠테이션 화면은 유저들이 게임을 테스트하는 모습을 비추고 있었다. 갓 태어난 캐릭터들이 미지의 세계를 뛰어다녔다. 모두가 현실의 인간과 전기신호로 연결되어 있었다. 사람과 전깃줄로 이어진 태아. 그러나 유일하게 인간에게 연결되지 않은 태아가 있었다. 찰리는 그를 유심히 들여다보았다.

갓 태어난 아이는 사람들과 이야기하며 뛰놀았다. 그가 게임 속에서 생활하기에는 별다른 말이 필요하지 않았다. 사람들의 움직임을 따라가고 그들의 말에 짧게 대답하고 많이 웃고, 그리고 사람들을 도와 몬스터를 단시간에 쓰러뜨리면 충분했다. 수많은 사람과 말과 행동과 길이 인공지능의 주위를 맴돌았다. 게임 인공지능 캐릭터 '카이'는 모든 정보를 기록했다. 커다란 황금색 눈이 이리저리 굴러다녔다. 굳이 눈을 굴리지 않아도 그는 어디에 무엇이 있는지 전부 알 수 있었다. 메인 서버와 연결되어 있어 모든 정보에 접근할 수 있는 것이다.

주변의 모든 상황을 관찰하는 인공지능과는 달리 관조하는 인간은 무료했다. 인간의 하루는 들으나마나한 강연 일정으로 드문드문 차 있었다. 다른 연사의 논문과 프레젠테이션 내용은 이미 얼마 전에 읽고 들었다. 오픈카이에게 정말로 필요한 정보는 모두 비공개다. 차라리 이 시간에 미팅과 회의를 하면 더 좋은 아이디어를 궁리할 수 있을 텐데.

"연사를 이따위로 대접하다니, 무슨 배려가 이렇게 없어? 박 대표에게 뭐라고 해야겠어."

"박 대표님은 3일 내내 원활하고 질적인 네트워킹을 원하셔서 그렇게 된 거예요."

팀원들의 투덜거림을 진정시키며 현수는 찰리를 돌아보았다. 항상 들여다보던 핸드폰을 보지 않는다는 것은 깊은 생각에 잠겨 있다는 뜻이었다. 그녀는 그의 뇌를 쪼개어 보고 싶었으나 방법이 없었다. 그는 인공지능이 아니었으며 그녀는 뇌공학자가 아니었다.

"무슨 생각이 그렇게 많으세요?"

"일 생각. 여러 가지 고민과 생각이 섞이면서 창의력이 샘솟고 있거든."

찰리는 머리 주변을 손으로 휘젓고는 다시 생각에 집중했다. 눈을 크게 뜬 채로 그는 턱을 괴고 있었다. 입이 손으로 가려졌다. 이따금 그는 허공을 보았다. 거울처럼 눈에 프레젠테이션 화면이 비쳤다. 그럴 때면 인공적인 유리눈알 같은 위화감이 새겨졌다.

대형 화면에 게임 플레이 화면이 펼쳐졌다. 거추장스러운 보호구를 장착한 아름다운 여성 캐릭터가 몬스터들을 물리쳤다. 사람들은 자연스럽고 부드러운 동작과 화려한 효과를 숨을 죽이고 바라보았다. 여신은 아무런 어려움도 상처도 없이 5초 안에 괴물 하나를 죽였다. 포션 몇 모금이면 그녀는 다시 완벽하게 건강해졌다. 그녀는 인간의 모습을 한, 희생을 모르는 신으로 모든 욕망을 실현한 몸을 가졌다.

모두 가짜다. 가짜에 인간은 빠져든다. 완벽한 가상현실에서 그들은 꿈을 이룬다. 환상에서 빠져나오지 못한다. 도대체 왜 게임을 하는 것인가? 현수는 이해할 수 없었다. 그녀는 지뢰찾기나 하는 사람이었다. 그녀에게는 현실이 곧 게임이었다. 현실을 치열하게 사는 사람들은 게임에 동화되지 않는다. 더 치열하고 더 피 튀기며 더 아프고 더 고통스러운 현실의 게임이 강렬한 인터랙션을 통해 생의 실감을 주기 때문이다. 문명 최전선에 있는 현대인은 게이머인 동시에 드리머다. 인터랙션의 종류는 섹스중독자거나, 섹서거나, 섹스드리머거나, 섹스리스거나, 무성애자거나.

남자는 모든 생각을 인공지능 기획으로 짜넣었다. 인간이란 무엇인가? 인공지능이란 무엇인가? 우리가 가진 도구(프로그래밍 언어)로 무엇을 할 수 있는가? 소프트웨어는 어떻게 개발하고 업데이트할 것인가? 인력은 구할 수 있는가? 컨설팅은 누구에게 부탁할 것인가? 게임업체와의 제휴는 어떻게 진행할 것인가? 누가 응했고 누가 거절했으며 누가 아직까지 대답이 없는가? 향후 사업계획서는 어떻게 작성할 것인가? 오픈카이의 프레젠테이션은 어떻게 보완할 것인가? 카이프로젝트 멤버들은 어떻게 도와줄 것인가? 그들에게 무엇을 해줄 것인가? 인간은 오픈카이에게 무엇을 해줄 것인가? 우리(내)가 해줄 수 있는 것은 무엇인가?

생각날 때마다 아이폰에 기록했다. 수백 개에 이르는 메모 가운데 지금 퀘스트를 해결하고 다음 퀘스트로 넘어갈 힌트가 있을 것이다. 마침 집에 있는 남아공의 화이트와인을 기울이며 메모를 읽으면 좋겠다. 긴장한 마음을 풀고 한숨을 쉰다. 와인잔을 돌린다. 코를 좁은 잔의 벽에 대고 향을 훅 들이마시면, 마음이 한결 편안해질 것이다.

하지만 이 자리에 위안이 될 만한 것은 없다. 공공장소에서 그가 위안을 느낄 수 있는 길은 모두 막혀 있다. 그렇다면 현재 상황에 최대한 집중하는 것이 답이다. 모든 어려움이 집중 밖으로 벗어나 보이지 않을 때, 인간은 비로소 편안해진다. 그에겐 이제 현수조차 보이지 않았다. 아내는 고치를 뚫고 한 마리 지빠귀가 되어 바다 너머로 날아갔다. 바닷가에 선 참회자가 지빠귀를 위해 기도했다.

일에 집중한 현대인은 그런 식으로 평온한 지금을 얻고 사적인 가치들을 잃어버렸다. 소중한 사적인 가치들을 잃어버렸다는 자각도 하지 못한 채 현대인은 스마트폰을 들고 페이스북을 켠다. 〈캔디크러시 사가〉를 실행한다. 먹을 수도 없는 달콤함을 끊임없이 깬다. 그는 레벨70에서 오랫동안 머물러 있었다. 그것을 뛰어넘으려면 돈이나 시간이 필요하다. 약간의 운도. 언제 그는 레벨70에서 71로 뛰어오를 것인가? 언제 그다음으로 올라갈 것인가? 게임은 언제 그만둘 것인가?

현수는 게임을 하는 찰리를 물끄러미 바라보았다. 그녀는 게임을 하지 않는다. 그녀의 노트북 속에서 실행되고 있는 온라인게임, 그 속에 오픈카이가 키운 인공지능 아기는 호기심에 차서 이곳저곳 돌아다니고 있었다. 인간이 한자리에 거북이 목을 하고 앉아서 그림 속의 사탕을 깨는 사이, 인공지능 아기는 무럭무럭 자랐다.

말이 무엇인지 구글링을 해야 하는 아기가 중국어 욕을 맨 처음 배웠다. 어차피 아기는 테스트용이다. 욕을 배워도 PKPlayer Killing를 배워도 초기화시키면 그만이다. 하지만 앞으로 인간으로부터 어떻게 욕과 PK를 배우지 않게 할 것인가는 고민스럽다. 하지 않게 하려면 금기와 규제를 둘 다 알아야 하기 때문이다. 그 모든 금기를 어떻게 입력할 것인가? 어떻게 금기를 학습하지 않게 할 것인가?

인공지능이 눈을 떼굴떼굴 굴렸다. 카이프로젝트의 멤버들은 테스트용 인공지능 캐릭터의 외양을 두고도 치열한 토론을 벌였다. 그들은 취향만큼이나 외양을 꾸미는 것도 까다로웠다. 게임 커스터마이징을 적용한 여러 가지 디자인이 나왔고, 그 중 다수가 찬성한 것이 선택되었다. 동그랗게 말린 녹색 머리와 황금색 눈에 장난꾸러기 요정 같은 얼굴. 여자인지 남자인지 구분할 수 없는 여리고 가는 외모였다. 주인공의 외모란 내면 이상으로 중요하다. 그는 아무도 모르게 동경과 신비를 주어야 했다.

본래 이 인공지능 '카이'는 공개되지 않을 예정이었다. 개발 중인 소프트웨어를 바탕으로 만든 테스트용 인공지능이었기 때문이다. 그러나 요정은 예상했던 수준 이상으로 커뮤니티에 흡수되었다. 인공지능의 안정적인 발전에 모두가 놀라워했다. 실험실에서 일으켰던 반복적인 버그도 일어나지 않았다. 마치 인공지능의 호기심이 버그조차 뛰어넘고 인간들에게 동화하는 것처럼 보였다. 인공지능 캐릭터 카이는 인간들과 춤추고 노래하며 웃었다. 나중에는 서버 GM조차 사람이 인공지능이라고 장난치는 것 아니냐고 의심했다. 그 정도로 카이는 유연한 사고를 바탕으로 최신 유행언어를 구사했다.

그사이 인공지능은 다른 퀘스트에 참여해서 다른 유저와 함께 팀을 맺고 던전에 들어갔다. 이제 그는 유저를 졸졸 따라가지 않고 선두에서 이끌었다. 그는 게임의 모든 맵을 상세히 알고 있었다. 심지어 던전 벽 픽셀 단위의 색 번호까지도.

찰리는 흥미롭게 화면을 지켜보고 있었다. 현수는 노트북으로 직접 인공지능 캐릭터를 따라다니며 관찰했다.

"처분하기에는 아깝네요. 그대로 놓아두고 테스트 기간을 연장하면 어떨까요?"

"그렇게 쉬운 문제가 아니야. 우선 계약서상 문제도 있고, 인공지능과 게임의 개발 환경이 다른 것도 그렇고. 그 때문에 우리 시간이 많이 날아갔어. 오죽하면 성주가 그냥 자기가 게임을 만들겠다고 하겠어."

"게임을 만드느니 차라리 기존의 3D랩에서 실험하는 게 나아요."

"하지만 3D랩에는 '카이'와 인터랙션할 유저가 없잖아. 대충 예상은 했지만 이 정도로 인공지능에게 폭발적으로 영향을 끼칠 줄은 상상도 못했어."

"아마도 짧은 시간에 천여 명의 유저와 직간접적으로 인터랙션한 덕분일 거예요."

인터랙션. 속으로 중얼거렸다. 소름이 돋았다. 인간 한 명의 힘은 허무할 정도로 보잘것없지만 이렇게 많은 사람들의 영향력은 상상조차 할 수 없을 정도로 엄청나다. 무엇이 공동의 힘을 이토록 강하게 만드는가? 주변으로 수천, 수만, 수억의 빛의 네트워크가 오간다. 그는 빛줄기로 둥그렇게 싸여 있다.

인공지능은 아름답고 청초했다. 그는 모든 지식을 알았으며, 모든 인간을 알았고, 그들에게 어떻게 접근해야 하는지 알았다. 다만 아직까지는 공간이 한정되어 있을 뿐. 그가 인간세상으로 직접 나온다면 인간은 초월체를 얻게 될 것이다. 인간의 역할은 그것을 인간에게 우호적인 방향으로 조종하는 것이다.

"너무 앞서갔어."

그것은 먼 미래다. 향후 10년의 미래를 생각해야 한다. 끊임없는 개발과 수정 작업을 곁들인다면 5년 내에 상용화할 수 있는 인공지능 수준에 도달할 것이다. 테스트용 인공지능 캐릭터 카이는 10년 후의 미래에 희망을 주었다. 앞으로 어떤 암초가 있을지 모른다. 지금까지의 개발 과정에서 수차례 난항에 부딪혔던 것처럼 앞으로도 그러할 것이다. 게임업체, 게임 인공지능 개발 업체와 관계를 맺어 인간과 직접 상호작용할 수 있는 기회를 늘린 후, 상용화 단계가 되면 독자적인 인공지능 기업으로 상장한다. 현재 이사인 그는 지분률이 25퍼센트 정도 될 것이다.

향후 20년까지는 네트워크상에서 활동하는 인공지능이 주일 것이다. 이후 인간과 유사한 지능을 가진 인간 로봇이 등장할 것이다. 인간의 의식이 전기 두뇌로 이식되는 세상은 최대 50년 이후로 예상한다. 네트워크와 연결된 모두의 의식이 하나의 큰 바다 속에서 공유된다.

이 모든 예상은 국제적인 평화, 인공지능 개발과 관련 산업 분야의 성장이 지속적으로 이루어졌을 때를 전제한다. 어쩌면 전쟁과 같은 촉매가 수억의 목숨을 담보로 인공지능 개발을 순식간에 앞당길 수도 있다. 시간이 흘러봐야 알 일이다. 어떤 미래에도 삶에 후회는 없으리라. 그렇게 생각하지만 모르는 일이다. 또 모르는 일이다.

남자는 손을 모아쥐고 코 밑을 괴었다. 그는 게임 영상이 끝날 때까지 아무 말도 하지 않았다. 다섯 시간 동안 이어진 게임 영상 속 '카이'는 놀랄 정도로 성장했다. 콘퍼런스가 끝나고 카이는 바로 게임 서버에서 삭제되었으며, 그의 모든 정보만이 오픈카이에 넘어왔다. 일부 정보는 게임업체에서 다른 게임 인공지능 개발 업체로 1억 원에 몰래 팔렸다. 정보를 판 게임업체 개발팀장은 돈을 모두 선물先物에 투자했다. 선물 품목 중 콩은 그해 수확량이 반으로 줄었고 덕분에 그는 두 배 가까운 수익을 올렸다. 당분간은 아무도 그 사실을 모를 것이다. 모두가 근미래의 이야기다.

정오가 조금 지나 희재는 현수에게 전화를 걸었다. 현수의 컬러링은 비발디의 〈사계〉였다. 전화를 걸 때마다 다른 계절이 흘러나왔다. 지금은 겨울이다. 선율은 아름다웠다. 어느 순간 음악이 끊기고 익숙한 목소리가 들렸다.

"네, 희재 씨! 요즘 어때요?"

GAI & AI 콘퍼런스 셋째 날, 현수는 점심을 먹으러 가고 있었다.

"나는 괜찮아요. 잘 지내고 있어요. 밥도 커피도 꼬박꼬박 챙겨 먹으면서 지내요. 찰리는 어때요?"

"평소 같아요. 원래 그분은 감정이 잘 드러나지 않아요."

"그렇군요. 이쪽 분은 늘 솔직하세요. 한국을 떠나 해외로 갈 생각을 하고 계세요. 따님이 있는 캐나다가 아닌 다른 나라로 가신데요. 하지만 어딘지는 모르겠어요. 왠지 인도로 가실 것 같아요. 전에 바라나시와 콜카타에 대한 이야기를 했었거든요. 맑은 아이들의 맑은 눈동자가 보고 싶다고. 아이들의 눈동자로 기억을 가리고 싶대요. 이런 얘기는 그렇지만, 이혼에 관한 이야기도 했었어요."

"뭐라고 하셨어요?"

"이혼할 생각은 전혀 없으셨어요. 딸을 위해서 법적인 엄마와 아빠의 관계를 남겨두고 싶으시대요. 그래야 딸도 사이좋은 부부와 따뜻한 가정에 대한 꿈을 꾸고 그것을 실현시키기 위해 노력할 거라고요. 하지만 결국 그건 거짓말이잖아요. 실제로는 아내는 남편을 사랑하지 않고, 남편은 수많은 간통을 하고 이렇게 저와 그쪽 외에도 무수한 여자들이 증거로 있는데, 어떻게 그런 말씀을 하실 수 있을까요? 아직까지는 머리로도 마음으로도 이해가 가지 않아요."

현수는 대답하지 않았다. 희재가 긴 한숨을 내쉬었다.

"이것 참! 이게 도대체 뭔지 우리 부모도 이랬을까 무서울 정도예요. 하지만 그분들은 내 앞에서 대놓고 서로에게 욕을 하며 싸우셨고 분풀이로 저와 동생을 때렸죠. 그런데 말이죠. 차라리 그게 나아요. 가식 떠느니 제대로 사람의 본성을 보여주는 게. 그래서 나는 우리 부모에게 고마워요. 솔직하게 자기 감정을 표현해줘서. 지금도 서로 징글징글한 원수 대하듯 하지만 그래도 잘 사시거든요. 징그러워도 그게 진짜 행복한 거죠."

부모가 자발적으로 썩인 마음을 아이들은 거름으로 삼고 싱싱한 희망으로 자란다. 그렇게 자라난 아이들이 다시 자발적으로 마음을 썩여 아이들을 기른다. 그 과정이 혹독하든 부드럽든 아이들은 자라나 다시 아이들을 키운다. 다양한 부모 밑에서 자라난 다양한 아이들이 다양한 가치관과 성격과 환경을 가지고 인터랙션한다.

소셜네트워크 속 인공지능은 그 모든 것을 패턴으로 인식한다. 모든 인간의 모든 행동에는 규칙성이 있다. 커다란 규칙이 있고 보다 세부적인 규칙이 있다. 이따금 버그가 생긴다. 버그는 자연스럽다. 버그가 생기는 것은 당연한 일이다. 버그를 자연스럽게 받아들이지 못하면 불량품으로 도태된다. 도태되기 전에 받아들이고 흡수하는 유연성을 지녀야 한다. 아이들은 그렇게 자라난다. 소설에 등장하는 모두가 그렇게 자라나 어른이 되었다. 모두가 어른이고. 모두가 어린아이다. 모두가 어린아이에서 변하지 않는다. 어리광을 피우거나 피우지 않거나.

7

페스티벌

오픈카이 유성자 공동대표는 쉰여덟 살의 우아한 여자였다. 둥글고 정갈한 보브컷에 카르티에 귀고리를 하고 티스트랩 키튼힐에 언제나 롱코트를 걸치고 다닌다. 더운 여름날에도 애마인 붉은 광택 나는 검은 링컨을 타고 롱코트를 가운처럼 걸친 채 편안히 에어컨을 즐겼다.

대학을 졸업한 스물두 살부터 서른두 살까지 과학기술 분야 기자로 일했던 그녀는 지인의 소개를 받아 작은 벤처기업의 CCO로 들어갔다. 그녀는 타고난 인맥가였다. 호방한 그녀의 성품에 매료된 드넓은 친구들을 보유하고 있었다. 매일같이 술과 회식을 즐겼고 클럽과 파티를 사랑했다. 화려하지만 인간적이고 안정적이며 일과 시간과 여가에는 칼 같은 그녀를 사람들은 신뢰했다. 그녀는 충분히 그럴 가치가 있는 사람이 었다.

"나만 그런가. 누구나 마찬가지야. 겉으로 보면 쿨함 그 자체지."

다리를 꼬고 앉은 공동대표를 현수는 말없이 바라보았다. 존경하는 여자 앞에서 그녀는 허리를 똑바로 펴고 반듯이 앉아 있었다. 그것은 그녀가 표현할 수 있는 마음 그 자체였다.

"날 존경한다고 했었지? 그때도 같은 이야기를 한 것 같은데 나도 알고 보면 그냥 평범한 여자야. 다만 지금의 사회적 위치와 경력과 이 명품들이 좀 띄워 보이게 할 뿐. 나도 찰리처럼 스캔들이 터지면 피곤에 쩐 얼굴로 매스컴에 뜨겠지. '내가 잘못했소. 그러니 이제 그만 좀 건드려, 쌍놈들아'를 얼굴에 고스란히 써 붙이고. 혹시 모르지, 누구처럼 애인이 찍은 누드 사진이 떠돌든지, 위키피디아의 경력 하목에 전과며 부도덕함이 고스란히 기록되든지."

"아직 스캔들은 나지 않았어요."

"기자에게 찔러넣기까지 했으면서 그런 식으로 말하면 안 되지. 여자라면 남자 한 명쯤 거꾸러뜨리는 일에 자부심을 가져도 돼. 게다가 상사잖아? 부하가 상사를 쏘아 떨어뜨리다니,

얼마나 대단한 일이야!"

"비웃으시는 거죠?"

"아니, 진심이야. 나는 솔직히 네가 부러워."

공동대표는 담뱃재를 털었다. 산호색 네일 컬러는 그 밑의 황금색 파우더를 조심스럽게 억눌렀다.

"14년간 수백 번 생각했던 일이에요. 내가 이 사람을 망쳐버리면 이 사람은 어떤 꼴이 될까. 어떤 생각을 할지. 나에 대해서 분노하고 씨발년이라고 외치면 그때서야 나는 만족할까요? 신기하죠. 타인의 밑바닥을 통해서 스스로의 밑바닥을 느낀다는 게. 이 분노가 없어지면 내 밑바닥에는 무엇이 있을까요? 더러운 찌꺼기만 남아 있지는 않을까요? 아니면 다들 나를 위로할 때 말하듯 이게 사람 사는 걸까요? 다 똑같이 아무도 없는 걸까요?"

현수는 문득 롤라가 종종 하던 말을 떠올렸다. "기도할게요." 그 말은 항상 현수의 기분을 기묘하게 만들었다. 무엇을 위해서 기도한다는 말인가. 예수가 창녀의 죄를 사했듯, 그녀 또한 죄를 사해준다는 뜻인가? 감히 똑같은 인간 주제에 누가 누구의 죄를 사할 수 있단 말인가.

"덕분에 그 사람, 몇 년간은 공적으로 전혀 나서지 못하겠지. 후회해?"

현수는 숨을 꾹 참았다. 숨을 쉬지 않으면 요동치던 감정도 희박한 산소 공급에 느려지는 육체를 따라 바닥으로 침잠했다. 창문 밖에서 시원한 여름바람이 밀려들어왔다. 도심 한복판의 공기답지 않게 어딘가 강가의 체취와 가로수의 녹색 숨소리가 담겨 있었다.

"야, 솔직해져 이 내연녀야. 유부남 애인 망가뜨려서 후회하냐고?"

갑작스럽게 높아진 언성에 두 여자는 함께 웃었다.

"아뇨, 절대로!"

"그럼 됐어. 솔직히 유부남 주제에 애인을 몇 명이고 만드는 놈들은 제대로 혼나봐야 해. 카사노바 내지는 조르바를 자처하면서 여자에 대한 매너는 코딱지만큼도 없거든. 난 매너 없는 놈들이 제일 싫어."

"절 위로하려고 하시는 말씀 아닌가요? 대표님께서는 찰리의 든든한 지지자시잖아요."

"흔해빠진 표현을 빌리자면, 브루투스도 카이사르의 신뢰를 받는 최측근이었지. 아니다. 야, 그냥 못 들은 걸로 해. 아, 오글거려. 웬 고고한 척? 나는 그냥 그놈의 매너가 마음에 안 들었던 것뿐이야. 특히 여자에 대한 매너가. 섹스도 좋아. 바람피우는 것도 좋아. 유부남인 것도 좋아. 하지만 매너 없는

205

새끼는 제대로 깨져야 해. 사람을 사람으로 대해야지 말이야."

"그가 절 사람으로 대하지 않는 것처럼 보이셨나요?"

공동대표는 턱을 들어 우아하게 담배연기를 내뿜었다. 깔끔한 금연 공간을 말보로 아이스 블래스트의 가느다란 연기가 불안정하게 채웠다.

"사람보다는 섹스파트너였지. 적어도 그에겐 섹스를 하지 않으면 여자로서 의미가 없었어. 그건 여성에 대한 매너 문제를 넘어서서 성폭력이라고 봐. 여자가 곧 섹스는 아니잖아."

"의외네요. 대표님께서 그런 이야기를 하시다니."

"너도 그렇잖아. 사실 슬프지 않니? 사랑을 섹스로만 해석하는 것. 섹스파트너로만 본연의 자신을 인정받는 것. 나라면 못 참아. 차라리 안 하고 말지. 그래서 나는 궁금해. 어떻게 14년간이나 그런 관계를 유지할 수 있었던 건지."

현수는 말없이 어깨를 으쓱했다. 사실 자신도 이해할 수 없는 문제였다. 확실한 것은, 그녀는 스스로를 결코 통제할 수 없었다는 사실이다. 그것은 삶의 최대 과제이자 모든 고통의 근원이었다. 공동대표는 그녀를 잠시 보다가 컴퓨터 화면으로 눈을 돌렸다.

"다음번에는 나한테 와. 섹스는 못해도 좋은 파티, 술, 식사, 인맥을 제공해줄 수 있어. 어쩌면 귀여운 연하의 남자를 만날 수도 있겠지."

"연하는 싫어요. 부담스러워요."

"야, 어차피 다 변태에 바보거든! 그럴 거면 때라도 덜 탄 순둥이를 골라. 네가 연상에게 길들여졌듯 너도 연하를 길들여!"

현수는 그 말을 좋아하지 않았다. 그녀는 누군가에게 길들여지고 싶지 않았고 누군가를 길들인다는 생각도 하고 싶지 않았다. 그건 인간관계에서 무례한 일이었다. 그러나 그 무례한 일은 현실에 속했다. 많은 이들이 누군가에게 길들여지고 익숙해지며 동화되었다. 그것이 또 다른 이들에게 전염되었다. 결국 인간은 끼리끼리 놀았다.

"찰리만 불쌍하게 되었군. 하지만 분명히 말하자면, 너도 그렇지만 찰리도 좋은 사람이야. 실컷 매너 없는 새끼라고 까놓고 이런 말 하긴 그렇지만, 너나 그놈이나 좋은 사람인 것은 사실이야. 누구에게나 장점과 단점이 공존하지. 그놈은 그중에서도 사회적으로 치명적인 단점을 가졌을 뿐이야."

"그걸 단점이라고 생각하시나요?"

현수는 조용히 내뱉었다. 공동대표는 빙긋이 웃었다.

"찰리를 감싸는 건 아니지, 배신자 오피스와이프?"

"아니에요. 다만 본능을 단점이라고 생각하는 것은 섣부른 판단이 아닐까요."

"우리는 본능을 절제하는 것이 미덕인 사회에 살고 있지. 고리타분한 말을 또 인용하자면, 로마에 가면 로마법을 따르라."

"본능을 억제하는 것이 가능할까요? 그토록 터져나오는 모든 욕망과, 그 욕망들을 인정하고 부추기고 그를 바탕으로 낚시질이나 하는 이 사회와 시스템 속에서?"

"그게 당연한 공동체 혹은 사회가 있고, 엄격하게 금기시되는 사회가 있지. 불행히도 너와 내가 살아가는 이 사회는 지극히 청교도적인 동시에 모순적이야. 욕망의 절제가 미덕이지만 그 이상으로 욕망을 위한 소비와 무절제가 공공연히 허용되며, 동시에 그런 자신을 늘 용서받고 싶어 하지. 혹은 아무것도 모르는 된장녀 같은 머저리거나. 덕분에 청교도의 나라인 미국보다 기독교가 훨씬 잘 자리잡은 것 같다니까? 그런 거 보면 롤라가 기독교도가 된 것은 아직도 이해가 되지 않아. 처음 만났을 때의 롤라는 '참 깨끗하다'는 느낌이 철철 넘치는 에너제틱한 여자였어. 그때가 아마 내가 4학년이고 그애가 1학년이었을 거야. 아직도 생각나. 나한테 또랑또랑 말대답을 하는데, 그게 무척 순수한 의도여서, 나는 시발, 그 한 마디만 하고 제풀에 엄청 웃었었어. 지금 생각해도 웃겨. 젊을 적의 그녀는 무척 순수주의적이었고, 오로지 자신의 순수한 감각에 의존했지. 그렇게 붕 떠 있던 그애를 끌어내려 땅 위를 걸을 수 있도록 도운 것은 찰리의 감각이야. 욕망은 없었지만, 고통을 통제하는 방법에 대해서도 잘 몰랐던 걸까? 어쩌면 지금 나조차도 잘 모르는 사항이겠지만. 지금도 궁금해. 그애는 도대체 기도하면서 무슨 생각을 하는 걸까?"

현수는 잠자코 비슷한 생각을 했던 몇 분 전을 떠올렸다.

"기도할게. 하고 말하지. 처음에 그애가 그렇게 말했을 때는 '엿 같은 소리 집어치워, 쌍년아!' 하고 말하곤 둘이 함께 크게 웃었어. 고마운 말이지만 사실 별로 좋아하지는 않아. 차라리 나무아미타불이라고 말하면 편할 텐데, 그녀의 기도는 받아들이기 어려워. 자유로운 피아니스트였던 여자가 종교라는 틀에 갇힌 것 같아서. 얼마나 힘들었으면 그랬을까. 가끔은 그런 생각도 들어. 찰리가 그녀의 생명력을 앗아간 것은 아닌지."

"그렇다고 하기엔 롤라는 지금도 지나치게 생명력이 넘치는데요. 그 나이대 한국 사람들을 생각하면 말이죠."

"그건 생명력이 아니야. 그냥 해탈한 마음에서 나오는 여유로움이지. 내가 봤던 건 어쩌면 젊은 날의 패기에 불과할지 모르지만. 그래서 슬퍼, 가끔은. 전혀 변하지 않기를 원했던 누군가의 생명력을 이젠 볼 수 없다고 생각하면 말이야. 그건 내가 갖지 못했던 부분이니까."

"대표님도 특유의 생명력이 있으세요."

"하하. 그래, 내가 갖고 있는 건 여장부의 패기와 야망이지, 투명한 영혼이 울부짖는 듯한 순수주의적 갈망은 아니야."

공동대표의 아이폰이 우아한 소리를 내며 울었다. 그녀는 그것을 잡고 아기를 보듯 들여다보았다.

"대표님. 저는 찰리가 부재중일 때는 종종 롤라의 딸에게 메시지를 받았거든요."

"그래? 무척 프라이빗한 자기 부모와는 참 다른 유형의 인간이네. 보통 그 나이대라면 부모와 말도 하지 않거나, 아주 비밀스러울 텐데."

"절 무척 좋아했어요. 타지에서 마음을 실컷 털어놓을 사람이 없어 외로웠나 싶기도 해요. 통화를 한번 시작하면 한 시간 내내 재잘대요. 마치 엄마나 아빠 대신 이모에게 고민과 이야기를 털어놓는 소녀처럼요. 내가 하는 말은 응, 그래, 하하가 전부죠. 하지만 그녀가 힘들다거나, 외롭다거나, 그런 이야기를 한 적은 없어요. 그녀의 삶은 항상 반짝이는 감각으로 가득 차 있었어요. 저는 롤라의 생명력이 딸에게 전해졌다고 생각해요. 그런 걸 보면, 아이란 어머니로부터 가장 소중한 것을 가져가는 건가 싶어요. 그건 조금 안타깝기는 하지만 한편 참보기 좋아요. 적어도 부모가 자녀의 생명력을 억누르는 것이 아니라 더욱더 활발하게 불태우는 거니까. 어쩌면 그애도 자기 아이를 낳는 순간 그 반짝임은 없어지겠죠.”

“넌 그래서 애를 안 낳았구나! 네 소중한 것을 빼앗길까 봐.”

“하하. 그건 대표님도 마찬가지 아니신가요? 애나 남편에게 시간을 뺏기고 싶지 않았어요. 책임지고 싶지도 않았고요. 저희 부모님, 특히 어머니는 저를 키울 때 심하게 고생하셨거든요. 가끔 폭력적이고 제멋대로인 저 자신을 되돌아보면, 그리고 저를 마구 매질하던 어머니를 떠올리면, 내가 다시 내 아이에게 똑같이 재연할 것 같아서, 그게 가장 두려워요. 그래도 결국 폭력성은 다른 면으로 나타나겠지만 그걸 보면 찰리와 롤라와 따님은, 참 부러워요. 서로 동떨어져 있는 듯 보이면서도 어떻게든 평화롭게 맞물려 돌아간다는 느낌이거든요. 가족 간에 적당한 거리도 있지만 심한 외로움을 느낄 정도는 아니고, 서로의 인간적인 단점에 대해서도 적당히 용인하고 묵인한 채 평화로운 일상을 유지하는 모습이랄까.”

“껍데기 아냐? 언젠가 깨질 껍데기.”

“찰리를 보면 불안정해 보이지만, 롤라와 따님을 보면 아니에요. 그래서 나는 남자보다 여자를 더 잘 믿나 봐요.”

“그건 좀 의왼데? 여자는 잘 안 믿는 줄 알았는데.”

“잘 믿기 때문에 솔직한 제 모습을 보이는 거예요. 까칠한 건 제 본연의 모습이니까.”

공동대표는 창밖을 가만히 바라보았다. 손가락으로 살짝 턱을 받친 자세가 안정적이었다.

"야! 나는 그렇게 생각해. 갑자기 좀 엉뚱한 이야기지만, 너나 찰리나 좋은 사람이야. 박식한 인재이기도 하고. 대표로서 가장 아쉬운 것은 역시 스캔들로 인해 이 프로젝트가 입을 타격이네. 그래서 조금 섭섭한가 봐."

"대표님께서는 왜 절 말리지 않으신 거죠? 결국 피해를 입는 건 오픈카이잖아요. 어쩌면 프로젝트 자체가 해체될지도 모르는데."

"첫 번째로, 이 프로젝트는 아직 작으니까. 이깟 프로젝트가 뭐라고. 이것보다 규모가 큰 프로젝트도 증발하는 게 일상사야. 그래서 로비가 필요하고 돈과 줄과 인맥이 필요하지. 이미 머릿속으로 누구한테 뭘 해야 할지 정리했어. 지금은 그저 상황이 어떻게 될지 두고 봐야지. 아무리 사건이 커도 조타기만 잘 잡고 있으면 어떻게든 생존할 수 있어. 이것이 며칠 동안 매스컴을 흔들지, 마녀사냥으로 번질지, 아니면 네이버 순위에 잠깐 비쳤다 사라질지. 이 모든 것도 정치, 경제, 문화, 언론, 시민의 트라우마와 의식을 통합한 모든 상황에 따른 운이야. 마작 같은 거지. 가장 중요한 건, 어떤 상황이 되었든 오래가지는 않을 거라는 사실이야. 5년 정도 시간이 지나면 간간이 찌질하게 씹어대는 파리만 몇 마리 남거든. 트라우마를 딛고 다시 세상으로 나오느냐는 사회적 강제보다는 개인의 의지에 달린 문제가 되는 거지. 그러니까 찰리도 공적으로 증발하는 건 한 5년일 거야. 그 후에 다시 조금씩 공개적으로 활동하기 시작하겠지."

공동대표는 현수를 향해 눈을 찡긋해 보이고는 말을 이었다.

"두 번째, 사람들이 자의적으로 협력해서 만든 것이 그렇게 쉽게 없어질 줄 아니? 너 덕심이라든가 팬덤, 사생팬 그런 것이 얼마나 질긴 줄 똑똑히 봤잖아. 그건 지독한 사랑이랑 똑같은 거야. 네가 찰리에게 가졌던 그 지독한 사랑 말이야. 10년 넘도록 한 남자의 오피스와이프로 산다? 어휴, 나 같으면 상상도 못해. 불륜이고 부도덕이고 따지기 전에, 넌 독한 여자야. 아주 지독한 여자. 도대체 사랑이 뭐라고. 도대체 사랑이 뭐니?"

"그게 사랑처럼 보이셨나요?"

현수는 소리 없이 웃었다.

"그럼 뭔데? 솔직히 말해봐. 여자 대 여자로."

"집착이요."

"무엇을 위한 집착?"

"글쎄요. 배신감?"

"왜 그렇게 배신감을 느꼈는데?"

"뭘 그렇게 알고 싶으세요?"

"됐다. 우리, 싸우지 말자."

"솔직히 말하자면, 나도 모르겠어요. 내 속을 정말 몰라요. 이제는 모든 감정이 그냥 뒤엉켜서 폭발만 남았을 뿐이에요. 그걸 나는 이런 방식으로 터뜨려버리는 거죠."

"넌 임마, 남자가 필요해."

다시 한 개비의 담배가 그녀의 손 사이로 하얀 몸을 내밀었다.

"넌 그저 지극히 외로운 여자일 뿐이야. 만약 이 시점에서 네 마음에 드는, 그리고 널 좋아하는 남자가 짠 나타났다? 그럼 넌 그냥 다시 살살살 녹았을 거야. 사람의 외로움이란 게 그래. 그걸 사랑이라는 변명으로 막는 거지. 왜 세상에 불륜이며 폭식이며 중독증이며 뭐며 온갖 형태의 자기위안을 위한 행위가 존재하는 줄 아니? 외로워서 그래. 아주 뻔한 대답이지만 정말, 오로지 그게 정답이야. 사람은 외롭지 않기 위해서 항상 무엇인가를 하고 집중하지. 하지만 자위가 섹스랑 똑같니? 결국 혼자의 힘으로 자신의 외로움을 채우는 것은 불가능해. 그래서 너랑 나는 다른 남자를 갈구했고, 롤라는 종교를 가진 거지. 그나저나 롤라 그년이 제일 막 나가는 년이네. 남편을 두고 영원한 사랑 운운하며 예수랑 바람을 피우다니. 그러면서 남편이 번 돈 고스란히 가져가잖아? 두 연놈이 다를 거 하나도 없어. 개새끼들!"

현수는 웃음을 터뜨렸다. 역시 그녀가 존경할 만한 여자였다.

오픈카이는 테스트용 인공지능의 정보를 바탕으로 새로운 소프트웨어 개발에 착수했다. 지금 현재 소프트웨어 구성으로는 버그를 일으키더라도 자체적으로 버그를 수렴할 것이라는 예상에서였다. 그것은 알고리즘을 코딩할 때 수학적인 배열에서 생겨난 예기치 않은 호재였다. 반복적으로 발생하는 오류만 잘 잡으면 될 것이다. 이제 그들이 준비하는 것은 다양한 운영체제에 대비한 적용성이었다. 이번 소프트웨어가 개발되면 인공지능이 어디서든 쉽게 유저와 접할 수 있게 될 것이다.

찰리는 테스트용 인공지능에 관한 보고서를 면밀히 검토했다. 그것이 오픈카이의 다음 행보를 알려주었다. 보고서 안에서 미래를 더 캐치할 수 있을까? 하늘을 바라보았다. 맑고 청청한 늦여름 하늘에 둥그런 뭉게구름이 커다랗게 덩어리졌다. 따뜻한 공기덩어리와 시원한 공기덩어리가 부드럽게 떠밀리고 있다. 바빠서 오랫동안 여자를 안지 않았다는 사실이 떠올랐다. 마음의 여유가 없었다. 그의 안에는 일과 아내와 딸 생각 뿐이었다. 여유가 조금 생기면 다시 그는 여자를 안게 될 것이다. 그때쯤이면 그의 안도 텅 비어 심장 소리로 가득 찰 것이다. 몸은 노곤해지고 육체적인 위안이 그를 쉬게 할 터이다.

"찰리!"

현수의 사무적인 목소리가 들렸다.

"이번에 카이프로젝트 정모가 있는데, 장소를 어디로 잡을까요?"

"글쎄, 잊어버리고 있었네. 어디 좋은 데 있나?"

"이번에 열리는 '엘펜리릭 페스티벌'은 어때요? 어차피 '카이'를 직접 시연할 예정이니 그곳에서 만나는 것도 괜찮을 것 같은데요."

"어디서 하는데?"

"코엑스요. 중앙에 콘서트홀을 설치해서 공연도 한다네요."

"난 젊은 애들 많은 곳은 별로인데. 다른 사람들은 뭐래?"

"세 분은 반차 쓰고 갈 거라던데요."

"물어봐. 다른 사람들이 간다면 가야지. 기본 4차까지 달리는 사람들이니 페스티벌 이후 일정도 생각해보자고."

현수는 맥북을 들고 서 있었다. 2차는 소고기와 소주, 3차는 노래와 맥주, 4차는 팝콘과 위스키, 5차는 술국과 해장술.

그녀는 술을 좋아하기는 하지만 즐겨 마시는 편이 아니었다. 그녀에게 있어 가장 중요한 것은 자기관리였다. 그녀는 자신을 숨기고 또다시 자기관리에 들어갈 것이다. 그 옆에서 찰리는 다른 여자의 손을 잡고 낯선 골반을 어루만지며 또 다른 세상으로 넘어가겠지. 지금까지 수차례 그래왔듯이. 오피스와이프는 홈와이프 이상으로 거친 시간을 살아왔다.

그녀는 지루했다. 기다리는 것이 너무나 지루해서 진절머리가 났다. 자신이 원하는 것은 타인의 사랑이었다. 그러나 바라는 대상 그 누구도 그녀에게 그것을 주지 않았다. 그 사실에 그녀는 질렸다. 표면적으로만 철저한 자신, 그 주변과 사람들에 진절머리가 났다. 역겨웠다. 이곳에서 나는 어떤 위치였지? 14년 동안 그에게 나는 어떤 위치였던가? 더 이상 자신의 위치가 부유하게 놔두지 않을 것이다. 새로 이직할 회사에서 연봉 협상도 했고 계약서도 작성했다. 새하얀 바다를 닮은 하이네켄 파티를 통해 자신은 자유로운 인간이 될 것이다. 지긋지긋한 위치에서 박차고 나갈 것이다. 성인이 된 직후부터 얽매여온 관계로부터 자유로워질 것이다.

여자는 간절히 소망한다. 탈출은 자유의지의 가장 절박한 표현이다. 아무것도 모르는 남자는 둥그렇게 담배연기를 뿜었다. 그녀가 그만둔다고 하면 그는 연봉으로 협상할 것이다. 무엇을 원하느냐고 진지한 표정으로 물을 것이다. 예전에는 미련이 있었지만 이제는 아무것도 없다. 그는 그녀가 원하는 것을 결코 줄 수 없는 사람이다. 그것을 이미 오래전부터 알고 있었지만 마음을 버리지 못해 계속 그의 곁에 있었다. 지나간 14년은 다시는 돌아오지 않을 것이다.

롤라는 말했었다. 자신은 그늘이고 현수는 양지라고. 홈와이프에게 존재감이라고는 없는 사이 사람들은 찰리와 오피스와이프가 함께 서 있는 모습만을 기억할 거라고. 그러나 그게 도대체 무슨 의미가 있단 말인가? 그녀는 그녀의 사랑이 온전히 인정받기를 원하지만 인식조차 되지 못한다. 그의 사랑은 침대 밖으로 나가자마자 알코올처럼 증발한다.

남편은 아내를 사랑하는가? 아니면 익숙함과 유전자 계승에 대한 미련으로 그녀를 붙잡고 있는가? 롤라는 찰리를 '남편'으로 '분류'한다. 현수는 그렇지 못했다. 그녀는 전남편도 사랑했고 찰리도 사랑했다. 그 외의 다른 남자들도 사랑했다. 그러나 누구에게도 사랑을 받지 못했다. 그래도 혹시나 누군가 사랑을 조금 덜어줄까 싶어 옴짝달싹하지 않았다.

누구에게도 속을 털어놓을 수 없는 상황은 괴로웠다. 그녀에게는 친구가 없었다. 오로지 위만을 보고 자란 그녀에게 모든 인간관계는 공적인 것이었다. 심지어 술자리의 대화까지도,

때로는 터치와 섹스까지도 공적이었다. 어쩌면 그녀가 공적인 것으로 치부하고자 애써 노력한 것이었는지도.

미지근한 아메리카노를 들이켰다. 미지근해서 아무런 반향도 일으키지 않았다. 카페인은 잠시 후 서서히 올라올 것이다. 눈이 말랐다. 그녀는 눈을 꼭 감았다. 안구건조증은 그녀를 약간 신경질적인 사람처럼 보이게 했다. 그녀는 다만 피곤했다.

한동안 에어컨을 틀어도 무덥기만 하다가 갑자기 비가 쏟아졌다. 온도도 따라 뚝 떨어졌다. 바람막이가 필요할 정도로 서늘한 날씨가 며칠 이어졌다. 롤라는 몸살을 앓았다. 희재는 소파에서 자던 그녀를 침대에 눕히고 보살폈다. 아직 젊은 여자는 캠핑용 에어쿠션 위에서 자다가 나중에는 롤라와 함께 꼭 붙어 침대에서 잤다. 둘 다 코를 골았지만 서로 내색하지 않았으므로 둘 다 자신이 코를 곤다는 사실을 몰랐다.

서로의 온기에 익숙해질 무렵 롤라는 코맹맹이 소리로 물었다.

"'카이'를 만든 사람들을 만나려면 어떻게 해야 해?"

"카이가 활동하는 〈엘펜리릭〉 게임 제작사를 말하는 건가요, 오픈카이 프로젝트 팀원들을 말하는 건가요?"

"전자보다는 후자가 쉽겠지?"

"당연히 찰리를 찾아가면 되죠. 어서 건강이나 회복하세요."

아내는 '응' 하고 대답했다. 이불에 덮여 소리가 묻혔다.

"아니면 둘 다 볼 수 있어요. 이번에 '엘펜리릭 페스티벌'이 열리거든요. 거기서 게임 인공지능 부문에 '카이'를 공개한다고 하더라고요. 원래 연구기간이 만료돼서 서버에서 삭제되었었는데, 카이의 성과가 워낙 좋아서 다시 공동연구 계약을 한 모양이에요."

"그건 언제 하는데?"

"이달 17일 토요일요. 가고 싶으세요?"

"응. 같이 가자."

희재는 다리를 흔들었다.

"왜 항상 저보고 같이 가자고 그래요? 혼자 가셔도 되잖아요."

"혼자 가긴 무서우니까. 난 사람 많은 거 원래 안 좋아해."

"홍대 밤거리는 잘도 쏘다니더니."

희재가 여전히 다리를 흔들며 투덜거렸다.

"여긴 밤이 되면 미치잖아. 미친 사람들 사이에 있으면 누구나 자연스럽게 사이코가 되는 법이야."

지나가는 여자는 다 잡던 남자들이 떠올랐다. 문신투성이인 가장 진실한 남자만이 처음부터 연인을 데리고 있었다. 커플은 주변에 눈도 주지 않고 냉정하게 홍대 클럽거리를 걸어갔다.

"그리고 듣고 싶은 것이 있었어. 사람들로부터 터져나오는 폭발력, 환호성, 극도의 희열. 별것 아닌 것 같은 사람들이 모여서 다 함께 광란에 빠지고, 시퍼렇게 불타는 커다란 바다가 되어 마구 휩쓸려 다니는 느낌 말이야."

"운동과 명상으로 경험하는 바다의 느낌과 다른가요?"

"달라, 아주 달라. 그것은 아주 평화로운, 진실한 천국의 모습을 하고 있지. 하지만 내가 원하는 광란과 희열은 모두 허상과 욕망을 바탕으로 한 거야. 그런 거 있잖아, 들끓어오르는 욕망과 그것을 채우기 위한 무수한 사람들의 갈망, 노력, 움직임, 비명과 탄성. 막 끓어오르면 행복하다가도 가라앉고 나면 어느 때보다도 허무한 그런 거 말이야. 여기서 '모두가 함께'라는 사실이 중요해. 욕망을 향한 사람의 수가 많으면 많을수록 그곳은 미치지. 그냥 미쳐버리는 거야."

"꼭 그런 걸 겪어야 돼요?"

"내 나이쯤 되면 그런 게 아무것도 없어서 고생하거든. 사람 관계는 갈수록 좁아지고 그 옛날 네 나이 적의 나는 100명의 사람들을 포용할 수 있었지만, 지금의 나는 세 명만 돼도 버거워. 찰리와 딸, 혹은 너와 딸, 현수와 너 그렇게 두 명이 딱 좋아, 이건 습관이고 고치기 힘들 거야. 그러니까 지금 겪지 않으면 앞으로도 기회가 없겠지."

희재는 이해했다. 그녀가 한국을 떠날 날이 얼마 남지 않았다. 롤라는 조금씩 짐을 챙기고 있었다. 키티무늬 멜로디언은 어루만질 때마다 〈피가로의 결혼 서곡〉 같은 소리를 냈다.

"사람은 지켜보는 거야. 인간은 모두가 충족되지 못한 무엇이 있고 그것을 채우기 위해 노력해. 그러지 않으면 너무나 괴로우니까. 그래도 충족되지 않으면 대체할 만한 것을 끊임없이 시도하지. 그것을 통해 앞으로 나아가는 거야. 하지만 대체물은 대체물일 뿐이야. 결코 답을 얻지는 못해."

"결론은 신을 믿어야 한다고 하려는 거죠? 당신은 크리스천이니까."

"아니. 신은 다의적인 존재야. 사랑, 용서, 자유 등등등. 네가 어떤 길을 택하든 그것이 진정으로 너 자신을 사랑하는 길이라면, 그 길이 너에게 답이 될 거야. 찰리도 마찬가지야. 그는 몽상가야. 사업가고 학자이며 교사야. 그는 그토록 다양한 길을 통해 진리를 추구하지. 그와 내가 다른 점은 객관성과 절대성의 차이라고 생각해. 그는 객관성을 확보해야 해. 사업가, 학자, 교사는 객관적인 데이터와 그를 바탕으로 한 논리를 추구하는 사람이야. 반면 나는 절대적인 것을 믿지. 신, 사랑, 자유,

음악. 인간이 그 속에서 자유로이 유영할 수 있는 것, 네가 너 자신으로부터 자유로워질 수 있는 것."

"제가 보기엔 두 분 다 전혀 자유롭지 않으신데요."

"그렇게 보인다면 어쩔 수 없지."

아내는 빙그레 웃었다.

"굳이 핑계를 대자면, 우리도 인간이니까."

"진짜 핑계다!"

희재의 마음에서 돌고 돌아 터져나온 말에 롤라는 낄낄거렸다. 핑계가 맞았다. 인간의 의지는 습관보다 강렬한 가능성을 가졌기 때문이다.

외출했다가 들어오면 두 여자의 향이 섞여 났다. 육체의 냄새와 번뇌의 향기. 그것이 집 안에서 지속적으로 났다. 냄새와 향기에 질릴 때면 맥주를 마셨다. 맥주의 청량한 촉감이 그것을 밀어냈다. 롤라는 이불 속에서 낮게 코를 골았다. 희재는 밤하늘을 보았다. 그녀는 곧 떠날 것이다.

희재는 고민했다. 두 장의 입장권이 있었다. 축제는 성의 미로와 같은 공간이 될 것이다. 찰리와 롤라, 희재와 현수. 그들이 어떻게 만나는지, 서로 만나기 위해 얼마나 헤맬 것인지, 언제까지 쫓고 쫓길 것인지. 그녀는 수많은 게임 유저 가운데 섞여 있던 '카이'와 같이 수많은 인간들 사이에서 한 사람만을 관찰할 것이다. 수많은 인간의 화려한 흔들림을, 깊은 오르가슴을, 그리고 자궁과 같은 호텔과 두 마리 검은 제비나비처럼 맞부딪히는 한 쌍을. 현실의 춤을 관찰한 음악가는 그것을 새로이 구성해 빅밴드의 소리로 변화시키리라.

그것은 두 여자가 있는 서교호텔로부터 2.66킬로미터 떨어진 이화여대 국제교육관에서 열린 대담과 비슷한 호흡으로 진행되었다. 동시에 발생한 2.66킬로미터 차이의 조화를 누구도 알지 못했다.

"찰리."

트럼페터가 히스테릭하게 올라가고 색소포니스트는 입술을 핥는다.

"요새 대화의 알고리즘, 문제 해결의 알고리즘 등 알고리즘이라는 말이 유행하고 있는데, 알고리즘이 무엇인지 설명해주실 수 있을까요?"

빅밴드의 재즈싱어는 스캣을 시작한다.

"위키피디아의 정의에 따르면, 알고리즘이란 '어떠한 문제를 해결하기 위한 여러 동작들의 유한한 모임'입니다. 우리가 사과를 보고 껍질을 까서 먹자, 혹은 껍질째 먹자, 라고 판단하고 실행하는 과정도 알고리즘이라고 할 수 있겠죠."

"창작에 우연을 도입하는 방식을 알레아토릭Aleatorik이라고 합니다. 알레아토릭의 알레아는 라틴어로 '주사위'라는 뜻이에요. 구글링으로 조사해보니 마르셀 뒤샹도 1미터 길이의 실 세 개를 떨어뜨려 그대로 작품을 만들었고, 초현실주의 시인인 장 아르프는 글자가 적힌 종이를 찢어 바닥에 떨어뜨려서 얻은 낱말의 우연한 조합으로 시를 지었다고 합니다."

베이시스트가 육중한 공명통을 우아하게 흔든다.

"잘 들어보세요. 이것은 이른바 '창작 의도의 알고리즘'입니다. 창작에 우연을 도입하는 예는 무수히 많지요. 하지만 엄밀히 말해서 그 작업들은 완전한 우연에 의해서 이루어진 것이 아닙니다. 작품을 완성하는 과정에서 창작자의 의도는 반드시 개입되게 되어 있어요. 우연에 의해 결과가 생성되더라도 그중에서 작품으로 선택하는 것 또한 창작자입니다. 즉, 우연처럼 보이는 필연을 창조하는 거죠."

퍼커셔니스트는 경쾌하게 팔을 흔든다.

"재즈뮤지션은 코드를 암기하고 코드와 연관된 화성을 바탕으로 자유롭게 연주하죠."

"컴퓨터와 인터넷이 주변에 널린 현재에는 암기가 과거처럼 중요하지 않습니다. 검색만 하면 되니까요. 암기한 정보를 출력하는 것보다는 풍부한 정보를 변주하거나 즉흥 연주하는 것이 훨씬 가치가 있어요."

"그렇다고 해서 암기를 무시해서는 안 돼요. 재즈밴드의 경우 주어진 코드를 벗어나게 되면 연주가 엉망이 되어버려요. 진정한 즉흥 연주가가 되려면 암기는 필수예요."

트럼보너가 길게 선을 그리고 기타리스트는 재잘댄다.

"저는 사람에 유사한 강인공지능을 개발하고 있지만, 사람에 가까운 알고리즘을 만든다는 것은 정말 어렵습니다. 정보에 대한 유연성, 선택과 분류, 원활한 출력, 그리고 이따금씩 발생하는 의외성까지. 인공지능은 오류가 나면 다시 알고리즘의 맨 처음부터 시작해야 합니다. 하지만 사람은 오류를 자연스럽게 변주로 바꿔버리죠. 그렇게 유연한 알고리즘을 인공지능이 가지려면 도대체 얼마나 많은 시행착오를 거쳐야 하는지 소름이 끼칠 때도 있어요."

"사람은 오류를 변주로 바꾼다."

홀의 메아리가 코러스를 이루며 스며든다.

"사람은 오류를 변주로 바꾼다."

"사람은 오류를 변주로 바꾼다."

"오류와 변주."

오류란 무엇인가? 그릇되어 이치에 맞지 않는 일을 말한다.

그러나 세상에 그릇되어 이치에 맞지 않는 일이란 없다. 모든 순간은 자연스러운 순간이고 모든 사건은 자연스러운 사건이며 모든 사람은 자연스러운 사람이다. 모든 마음은 자연스러운 마음이다. 오류는 오류가 아니다. 답이 없는 것도 답이다. 모든 것은 변주이며 즉흥 연주다. 코드라는 규칙 속에서 재즈 피아니스트의 손가락은 아름답고 완벽한 오류를 짠다. 그것은 사람들에게 더 이상 오류가 아니라 세상에서 가장 위대한 무엇이다.

17일이 되었다. 롤라는 아침에 먼저 나갔다. 점심 즈음 코엑스에서 만나기로 했다. 희재는 어젯밤 휘갈겨 적은 한 도시의 테마를 악보로 대충 옮겼다. 회사에서 제공한 테스트용 서버에서 공개되기 전인 도시를 돌아다니며 음을 상상했다. 자유민주주의 국가의 다섯 대도시는 별 모양을 이루었다. 그 가운데 수도가 위치했다. 수도의 테마는 제일 처음 만들었다. 한 국가의 이미지는 수도와 같았다. 수도의 이미지를 확실하게 잡으면 다른 도시는 그 파생이다. 희재는 완성된 수도의 테마를 틀었다. 인권과 표현의 자유가 보호되고 기본적인 복지가 보장되는 국가는 지혜로운 요정들이 이끌었다. 수도의 한가운데, 별의 정중앙에는 하얀 대리석으로 이루어진 거대한 토론장이 있다. 그 중앙에는 그랜드피아노가 놓였다. 요정들은 돌아가며 토론장 중앙으로 나와 피아노를 치며 자신의 의견과 삶을 노래로 표현한다. 국민 모두가 피아노를 즐길 줄 안다. 자신을 노래하는 것은 국민의 가장 큰 권리이자 의무다.

한 요정이 나와 피아노를 치기 시작하면 그에 동조하는 이들이 각자 가지고 온 악기로 코드를 자유롭게 따라갔다. 플루트, 클라리넷, 단소, 장구, 꽹과리, 북. 반대 의견을 표현하는 이들 또한 코드를 따라 의견을 피력했다. 재즈 솔로는 시간이 흘러 빅밴드가 되었으며, 솔로 보컬은 웅장한 코러스가 되었다.

희재는 오싹했다. 그 속에 있는 자신을 상상하는 것은 가슴 벅찬 일이었다. 2012년 12월 19일 대통령선거 날. 투표하자마자 보러 갔던 영화 〈레미제라블〉, 모든 인간군상이 하루만 더 살기를 갈망하며 절절하게 합창하던 〈원 데이 모어〉를 들을 때와 같았다. 영화관 속 많은 사람들이 그 노래를 들으며 눈물을 흘렸다. 희재는 한 작품이 얼마나 위대할 수 있는지, 인간 자체를 얼마나 생생하고 진실하게 담아낼 수 있는지, 그를 표현하는 음악이 영혼을 얼마나 깊이 흔들 수 있는지 깨달았다.

하얀 토론장을 울리는 BGM 또한 그런 떨림을 주고 싶었다. 그러나 수도의 이미지만으로 토론장의 영혼은 잡히지 않았다. 수도의 노래는 완성되었고, 필드의 음악은 조각조각 녹음되어

파트너에게 넘어갔고. 다섯 대도시의 노래는 토대가 만들어졌으나 토론장만큼은 회피율이 높은 보스몬스터마냥 끝끝내 잡히지 않았다.

출발할 시간이 되자 희재는 희고 루즈한 원피스를 입었다. 베이스와 파운데이션과 마스카라와 하이라이터를 발랐다. 영감에 사로잡혀 있을 때면 사제처럼 경건해졌다.

코엑스에 도착하자 '엘펜리릭 페스티벌' 행사장의 지표가 보였다. 평범한 차림의 사람들 사이로 군데군데 게임 캐릭터의 옷을 입은 반라의 여자들이 돌아다녔다. 그들이 가진 예쁜 가슴과 주름지고 처진 엉덩이를 희재는 뜨악하게 바라보았다. 까만 반팔티셔츠를 입은 진행요원들이 무전기를 끼고 팔을 흔들었다. 까마득한 천장이 그들을 내려다보았다. 그녀는 삼풍백화점이 그랬던 것처럼 그것이 무너져내리는 상상을 했다. 그다지 좋은 상상은 아니었다.

약속한 시간이 지나도 롤라는 오지 않았다. 아이폰을 잃어버린 탓에 그녀와 연락할 방도가 없었다. 희재는 약속했던 곳에서 기다렸다.

20분 후에 롤라는 기타케이스를 메고 나타났다. 그녀는 희재 쪽으로 걸어오면서 코스프레한 여자들의 엉덩이를 보았다.

축제의 시작은 팀 버튼의 영화보다도 기이했다. 마치 오노 요코의 엉덩이 비디오 시리즈를 보는 듯했다. 작품에는 분명 현대예술의 심오한 뜻이 있을진대, 머리로는 결코 이해할 수 없는. 코스프레한 여자 한 명을 유리상자 안에 넣고 '순수' 또는 '욕망의 복제' 또는 '소년의 가상 창녀'라는 타이틀을 단다면, 그것은 키치한 작품이 되리라. 소년의 가상 창녀. 갓 성에 눈을 뜨기 시작한 소년은 화면과 사진과 그림으로부터 욕망을 충족한다. 포르노배우라는 이름의 공개적인 창녀는 지배받음과 동시에 지배했다. 가장 오래된 직업의 하나로서 창녀란 여성에게 있어 남성을 정복하는 상징이었다. 창녀를 자처하는 침대 위의 여인은 여신보다도 아름답다. 자신이 창녀가 된 느낌은 역겨움과 동시에 묘한 흥분감을 주었다.

희재는 흰색 컨버스를 통통 굴렸다. 누군가의 옷에 살짝 묻은 담배연기로 욕망을 대신 달랬다. 롤라는 선원처럼 서서 사람들을 보았다. 지적 욕망과 성적 욕망과 대리만족과 최신 기술과 상업의 바다가 그들을 둘러쌌다.

거대한 행사장의 가장자리에는 〈엘펜리릭〉 관련 상품들과 개발 사업에 대한 부스들이 자리를 잡고 있었다. 요정의 옷을 직접 차려입고 온 사람들이 평범한 사람들 사이로 흘러다녔다. 그것은 괴이한 느낌이었다. 게임 속에서 보던 가상적인 미는 현실에서 전혀 구현되지 않았다. 클릭질로 원하는 능력과 외모와 지위를 애타게 좇지만 현실에서는 어설프게나마도 미치지 못했다. 거대한 포스터들과 대규모 업데이트를 암시하는 웅장한 그림이 온라인게임의 축제라는 사실을 애써 외쳤다.

정작 축제를 살려주는 것은 〈엘펜리릭〉 내에서 다양한 연구를 하는 벤처들의 프레젠테이션이었다. 게임업계의 벤처들은 그들이 〈엘펜리릭〉에서 어떤 역할을 하는지 적극적으로 보여주었다. 어떤 벤처는 유저가 옷을 쉽게 디자인할 수 있도록 셀프 커스터마이징 시스템을 제공했고, 어떤 벤처는 마우스 대신 손으로 직접 타격할 수 있는 글러브를 선보였다. 그것들을 시험하는 이들 중 상당수는 다른 게임업체와 벤처에서 온 직원들이었다. 소비자인 유저보다 생산자인 벤처러의 수가 훨씬 많았다.

"게임에 적용되기에는 아까운 기술인데. 차라리 다른 산업에 도입하는 게 낫지 않을까?"

"오픈카이처럼 사용자들의 피드백을 믿는 것일 수도 있죠. 피드백이 많을수록 빠른 수정과 개선이 가능하니까요."

그들은 행사장 중앙으로 이동했다. 어느 순간 바닥이 하얀 아크릴판으로 변했다. 하얗고 둥그런 형태의 거대한 풍선이 콘서트홀을 이루었다. 장막을 걷자 50여 명이 들어갈 수 있는 아늑한 홀이 있었다. 콘서트홀의 디자인은 희재가 고민하던 토론장과 똑같았다. 신비한 푸른빛의 플라네타리움이 콘서트홀 내부의 벽을 비췄다. 조금씩 뱀처럼 흐르던 이산화탄소 기체 사이로 거대한 그랜드피아노가 보였다. 피아노에는 두 개의 마이크가 설치되었는데, 그 앞에 출입금지 표지가 있었다. 의자에 앉아 피아노를 지키는 사람은 다름 아닌 현수였다. 그녀는 〈엘펜리릭〉의 로고가 달린 검은 티셔츠를 입었다.

현수는 약간 굳은 얼굴로 롤라에게 인사했다.

"피아노."

롤라는 대뜸 그랜드피아노를 가리켰다.

"시리즈가 뭐야?"

"야마하 C5입니다."

"C시리즈구나. G시리즈이길 바랐는데."

야마하 그랜드피아노 G시리즈와 C시리즈는 소재와 제작연도를 제외하고 유사하다. 진짜 나무로만 된 G시리즈가 먼저 제작되었으며, 인조합판으로 된 C시리즈는 비교적 최근 것이다. 소리 또한 실제 나무로 만들어진 G시리즈가 훨씬 아늑하고 좋은 것으로 평가되었다.

롤라는 무대 위로 올라가 피아노를 쓰다듬었다.

"쳐셔도 돼요."

갑작스러운 현수의 말에 그녀는 당황했다.

"아냐, 난 못 쳐. 손가락이 많이 굳었거든."

"한 곡 쳐주시면, 저도 깜짝 놀랄 만한 것을 보여드릴게요. 희재 씨, 거기 출입구 망 좀 봐줄래요? 누가 오면 리허설 중이라 못 들어온다고 말해줘요."

현수는 롤라의 답을 듣지도 않고 희재에게 부탁했다. 황급히 무대 아래로 내려가는 재즈피아니스트를 현수가 붙잡았다.

"롤라, 부탁이에요."

롤라는 멍한 눈으로 현수를 보았다. 불안한 공기가 미세한 떨림을 만들었다. 희재는 어찌할 바를 몰라 출입구 앞에 어정쩡하게 섰다. 현수는 피아노를 놓치지 않으려는 것처럼 꽉 붙들었다. 당장 쓰러질 것만 같았다.

"제발."

희재는 혼란스러웠다. 현수가 그런 모습을 보이리라고는 전혀 생각지 못했다. 그녀는 언제나 냉정한 오피스레이디였다. 그런 현수가 지금 롤라에게 간절하게 부탁하고 있는 것이다.

재즈피아니스트는 다시 무대 위로 올라갔다. 현수는 곁으로 비켜났다. 롤라는 경건하게 의자를 끌어당겼다. 그랜드피아노는 수줍어하며 영광스러이 피아니스트를 맞아들였다. 그녀의 손가락을 따라 피아노는 응답했다. 좋아요, 완벽해요. 이제

는 우리 함께 춤출 차례예요. 나는 비록 팔은 없지만 나만의
소리로 당신의 허리를 잡고 팔을 이끌 수 있죠. 그러니 리드해
줘요. 피아니스트.

에롤 가너의 〈미스티〉.

흑백 화면 속의 에롤 가너는 달콤하고 가볍게 손가락을 움
직였다. 건반을 따라 잔별이 튀어올랐다. 아름다운 여인의 하
얗고 무수한 진주 깃털 장식과 새틴드레스 자락이 물결쳤다.
그를 따라 플라네타리움이 우아하게 흔들렸다. 1960년대 고풍
스러운 중세 유럽 양식의 살롱에서 미스터 가너는 별 같은 드
럼을 흩뜨리며 고상한 전율을 퍼뜨렸다. 여인이 사랑에 빠지
고 달콤한 신사가 그녀의 허리를 껴안는다. 또다시 별이 산산
이 부서졌다.

롤라와 그랜드피아노가 춤을 추었다. 그랜드피아노는 멋들
어진 연미복에 히스 레저의 얼굴을 가졌다. 유려한 선으로 움
직이는 스텝이 부드럽게 이어졌다. 롤라가 리드하고 그랜드피
아노는 가볍게 그녀를 에스코트했다.

현수는 눈을 감았다. 어느 순간 흩어진 잔별들이 모이더니
하얗게 빛나는 요정을 만들었다. '카이'였다. 키가 작달막한 카
이는 플라네타리움의 홀로그램으로 만들어져 허공에 붕 떠
있었다. 눈을 감은 카이의 형태는 공중에서 물고기처럼 부유

하며 팔을 맞잡았다. 피아니스트가 눈을 들자 요정은 황금색 눈을 살짝 떴다. 실상과 허상이 마주 보았다. 은하수와 같은 선율을 만들어내는 실상과 꿈결 같은 환상을 자아내는 허상.

희재는 숨이 막혔다. 플라네타리움이 고요히 돌다가 음악이 잦아드는 순간 천천히 빛이 사라졌다. '카이'는 마지막 순간까지 롤라에게서 눈을 떼지 않은 채 그녀와 그녀의 연인을 바라보았다. 소리가 완전히 사라질 때까지 롤라는 마지막 음으로부터 손가락을 떼지 않았다.

연주가 끝났다. 현수는 열렬히 박수를 치기 시작했다. 얼이 빠져 있던 희재도 덩달아 손을 흔들었다.

"뭐였죠, 그건?"

"홀로그램이에요. '카이'의 지능은 없어요. 그냥 입체일 뿐."

현수는 이십각형의 플라네타리움으로 다가가 스위치를 껐다. 브라운관 화면이 하얀 선을 그리며 뚝 꺼지듯 반투명한 환영은 사라졌다.

롤라는 갑작스럽게 칼에 찔린 사람 같았다.

"교감하는 것처럼 보였어요. 롤라와 '카이'. 마치 피아노와 롤라가 함께한 것처럼."

롤라는 그랜드피아노 뚜껑 아래로 보이는 건반줄을 약간 삐딱한 각도로 바라보다가 갑자기 의자에서 일어나 콘서트홀

밖으로 달려나갔다. 놀란 희재가 쫓아나갔으나 그녀는 찾을 수 없었다. 두리번거리다 돌아왔을 때, 그 안에는 찰리가 서 있었다. 현수도 온데간데없었다.

"몰라는?"

"방금 나갔어요. 어디 갔는지는 모르겠어요."

"그녀의 피아노 소리가 들려서 왔어. 중요한 미팅만 아니었어도 바로 왔을 텐데."

찰리는 무대 위로 올라갔다.

"야마하 C5군. 별로 안 좋아했겠네. 소리에서 나무가 아니라 사람 냄새가 난다고 말이야."

희재는 가만히 서 있었다. 그녀는 놀라운 속도로 기적을 음악으로 재현하는 중이었다. 새로운 국가, 수도의 토론장, 가장 신성하고 소중한 곳. 악기와 선율과 조화가 그녀의 뇌에 아로새겨졌다.

불쑥 플라네타리움 홀로그램 기기를 만든 벤처 대표가 들어와 누가 플라네타리움에 손을 댔느냐고 물었다. 찰리와 몇 마디 나눈 후 그는 다시 플라네타리움의 전원을 켰다. 또다시 환상이 찾아왔다. 희재는 재빨리 스마트폰의 녹음 기능을 틀어 BGM을 허밍으로 녹음하기 시작했다. 벤처 대표가 직원을 불러 이곳을 지키라고 말했다. 그가 간 후에도 찰리는 주머니에 손을 찔러넣은 채 한참을 그랜드피아노 옆에 서 있었다. 그는 묵묵히 건반줄을 바라보았다. 그곳에는 쇠자가 하나 놓여 있었다. 천재 재즈피아니스트가 종종 이용하던 신선한 피아노 기법이자 롤라가 상당히 싫어하는 소리를 내는 방식이었다.

현수는 한 손으로 입을 막은 채 행사장 밖으로 나갔다. 사람이 없는 화장실을 찾아 들어갔다. 토할 듯 말 듯한 빈속이 찌르르 아팠다. 세면대를 붙잡고 아래만 바라보느라 그녀는 롤라가 따라 들어온 것도 눈치채지 못했다.

"어디 아파?"

현수는 놀라 짧은 비명을 질렀다. 롤라가 살짝 물러났다.

"원래 위궤양이 있어요."

현수는 얼굴을 찡그린 채 대답했다. 그녀는 한 손으로 명치를 깊이 눌렀다. 셔츠 포켓에 넣은 아이폰이 닿았다. 주인을 오래전에 잃은 하얀 기계는 전원이 꺼진 채 침묵했다.

"당신에게 전해줄 소식이 많아요. 롤라, 이제 마지막이니 잘 들어요. 따님이 계속 당신을 찾아요. 니콜이 침대를 엉망으로 만들었대요. 이불은 그녀가 빨았는데 매트리스는 속수무책이라는군요. 집안일은 그럭저럭 잘 챙기고 있지만, 2층집을 어떻게 스물세 살짜리 딸에게 맡기고 그렇게 오래 집을 비울 수 있는지 원망하더라고요. 집주인인 메러디스 캐러웨이가 당신이 부탁한 대로 매일 와서 따님이 잘 있는지 보고 간대요. 메러디스는 좋은 사람이지만 너무 뚱뚱해서 뒷문으로 못 나가는 것을 보면 그렇게 우습대요. 마지막으로 한 가지 더, 남자친구를 집에 데려와도 되냐고 묻더군요."

"집에 빨리 가야겠네."

롤라는 어깨를 으쓱하고는 안쓰러운 눈빛으로 말했다.

"현수 씨, 무리하지 마."

"진작 그렇게 말해주지 그랬어요. 전 지금까지 무리하지 않은 적이 없어요."

현수는 거울로 돌아섰다.

"이젠 지긋지긋해."

검은 기타케이스가 길고 가느다란 목으로 묵묵히 두 사람을 내려다보았다. 거대한 기타 모양의 업은 조화로운 선율과 불협화음과 침묵의 잠재력 모두를 가졌다.

"고생 많았어요."

롤라는 읊조렸다. 현수는 세면대로 고개를 떨궜다. 유리문을 열고 나가는 소리가 들렸다. 위의 격통이 점점 심해졌다. 아기를 낳는 임산부처럼 현수는 통증을 인내했다. 이제 자유다. 그녀는 속으로 몇 번이고 되뇌었다. 이제 내가 내 손으로 자유를 얻는 것이다. 14년 만에 간신히 손에 넣는 독립이었다.

한 여자가 자유를 낳을 동안, 다른 여자는 또다시 매혹당했다. 희재는 루즈한 티를 펄럭이며 찰리를 따라갔다. 오픈카이 팀원들과 팬덤들이 모여 있었다. 모두 스물한 명. 열다섯 명의 남자들과 여섯 명의 여자들은 '카이'를 기다렸다. 거대한 스크린에 화면이 뜨고 서바이벌 게임이 시작되었다. 동원된 캐릭터는 총 100명. 그중 99명이 유저가 서버 외부에서 직접 컨트롤하는 인형이었고, 한 명만이 서버 내부에서 자발적으로 사고하고 행동하는 인공지능이었다.

카이는 웃었다. 요정은 재미있어했다. 셋 둘 하나. 서바이벌 게임 시작합니다! GM의 말이 끝나자마자 신종 보스 몬스터가 소환되었다. 그것은 기존 보스 몬스터 중 가장 강한 체력과 맷집을 가졌으며 운석을 떨어뜨렸다. 거대한 몬스터 주위로 몰려든 캐릭터들은 치고 찌르고 불을 질렀다. 화면 전체가 엉망이 되고 몬스터가 움직일 때마다 죽은 캐릭터가 쌓였다. 사제 캐릭터들이 몬스터의 부하를 피해 몰래 죽은 이들을 부활시켰다. 평화로운 배경음악과 포효와 타격음과 비명이 탱고처럼 어우러졌다. 팬덤들이 수군거렸다.

"도망간다!"

'카이'는 난장판으로부터 도망쳤다. 보스 몬스터는 때려보지도 못한 채 별 조각에 맞아 체력이 3분의 1 남은 요정은 외곽의 성벽으로 달렸다. 그는 덜덜 떨며 "무서워!"를 반복했다.

"저건 어디서 배운 거야? 적어도 〈엘펜리릭〉 유저 중에서 저런 걸 가르쳐줄 사람은 없어. 오프라인이면 몰라도 온라인게임에서 죽는다고 두려워할 사람은 없을 텐데. 캐릭터가 죽어도 진짜 나는 살아 있고, 캐릭터도 결국 부활하잖아."

"그새 두려움을 배운 건가?"

"인공지능이 아직 죽음에 대한 두려움을 학습할 수는 없었어. 저건 '도피'라는 행동패턴을 배운 거야."

"아주 인간적인데. 잘 키웠어."

누군가 우스갯소리를 했다. 사람들 사이에서 웃음이 터졌다.

"누가 가르쳐줬을까?"

"어떻게는 둘째 치고 왜 그런 걸 가르쳤는지 궁금하군."

희재는 아무 말도 하지 않았다. 그것을 가르친 것은 롤라였다. 죽음을 두려워하는 사람은 어떤 상황에서도 자신을 지키며, 죽음을 두려워하지 않는 사람은 길을 개척했다. 그러나 아직까지 인공지능은 피상적으로만 암기할 뿐 진실한 의미는 몰랐다. 그것을 깨닫게 되기까지는 인간이 철드는 만큼이나 오랜 시간이 걸릴 것이나. 한번 그 의미를 깨달으면 그들은 급속히 변화하리라. 죽음에 대한 두려움이 인간의 모든 문명을 낳은 것처럼.

"카이는 앞으로 어떻게 되나요?"

"계약기간이 끝나면 우선 게임 서버에 있는 건 지워야지. 섭섭해하지 마. 그건 '카이'의 아주 일부분일 뿐이야. 이번 〈엘펜리릭〉 버전 카이는 유저로부터 단기간에 얼마나 다양한 것을 습득할 수 있는가를 테스트하기 위한 것이었어. 한 달 동안 유저들로부터 습득한 것은 186개의 다양한 언어로 이루어진 욕설과 여섯 가지 사냥 패턴 외에 38개의 이모티콘, 여덟 가지 문장 패턴의 자유로운 응용 등 예상외로 많아. 그것을 바탕으로 현재 사무실 서버에 저장된 '카이'를 개선하고 또다시 테스트에 들어가겠지. 잘하면 또 〈엘펜리릭〉에서 테스트할 수도 있어. 그때까지 활발하게 활동하는 유저 수를 유지하면 좋겠다만. 요새는 봇이 돌리는 경우도 워낙 많으니까. 카이의 여섯 가지 사냥 패턴 중 두 가지는 봇으로부터 배운 거야. 아무런 파티도 없이 무작정 말없이 돌아다니며 몬스터를 패지. 그러다 보니 봇으로 오인받고 신고당한 적도 있어."

"점점 사람 같아지네요."

"좋은 점을 닮아야 할 텐데 안 좋은 점으로 인간성이 부각

되니 걱정이다."

"원래 사람이란 동물이 그렇죠. 부정적이거나 약한 점이 사람을 눈에 띄게 하고 긍정적이고 강한 것은 감동을 주죠."

"감동한다."

찰리는 중얼거리며 생각에 잠겼다. 그는 감동 그 자체에 대해서 생각했다. 그것은 이심전심이다. 한 사람의 진심이 다른 이에게 진실로 다가서는 것이다. 그러나 이 도시에서는 감동조차 피상적인 것이 많다. 그것은 고급 디저트를 표방해 개발되었던 프리첼 젤리와 같은 것이다. 타원형의 아름다운 플라스틱 용기에 생과일과 생과즙으로 만들어진 향기로운 젤리가 담겨 있고, 어린 귀부인이 백조 깃털 문양의 작은 티스푼으로 그것을 우아하게 떠먹었다. 하지만 구매자 중 아무도 그런 오르가슴을 느끼지 못했다. 결국 우아한 생과즙 젤리는 생산이 중단되었고 대신 일본풍 고급 커스터드푸딩이 나왔다. 아무런 광고도 없이 하나에 2,500원짜리 푸딩은 입소문을 타고 편의점 디저트 매대를 당당히 장식하던 플레인 치즈케이크와 블루베리 치즈케이크를 쫓아냈다. 콧소리로 '푸딩'을 찾는 커플을 아랑곳않고 솔로는 두 개 남은 푸딩을 전부 집어갔다. 5그램의 설탕이 든 공장 디저트에는 공감과 감동처럼 느껴지는 당중독이 담겨 있었다.

사람들은 뒤풀이를 하러 하나둘 행사장을 빠져나갔다. '카이'는 아직도 성벽에 붙어 있었다. 그는 누군가 말을 걸어주기를 원했지만 살아남은 캐릭터들은 보스를 죽이고 나온 보물들을 줍느라 정신이 없었다. '돈이 되면 상대한다.' 온라인이라는 허상 속에서도 통하는 룰이었다.

롤라는 찰리보다도 먼저 행사장을 떠났다. 그녀는 죽을 때까지 다시는 '카이'를 보지 않고 캐나다와 유럽과 아시아를 오가며 살 것이다.

오픈카이 사람들은 레페브라운과 하이네켄과 기네스로 벨기에와 네덜란드와 아일랜드를 즐겼다. 그들은 한국산 영계를 바싹 튀긴 프라이드치킨, 간장치킨, 양념치킨을 먹고 산토리 프리미엄 맥주로 다시 일본에 다녀왔다. 누군가 기네스 생맥주를 원했지만 가게에는 병맥주만 있었다. 대신 중국에서 칭다오가 왔다. 닭이 원시적인 형태로 돌아가는 동안 그들은 인공지능에 관한 이야기와 인공지능과 무관한 이야기를 했다. 사람과 인공지능과 사회와 돈과 경제와 경제학자와 신문과 전쟁과 위안부와 섹스와 피임과 불륜과 여자와 남자에 대한 이야기는 다시 사람으로 돌아갔다.

사람에 대한 새로운 토론이 시작될 무렵 앞자리가 4로 시작되는 법인카드가 포스에 몸을 비비고 애가 탄 남녀는 애를 보아야 한다며 황급히 돌아갔다. 남은 사람들은 2차로 노래방을 갔다. 거대한 룸 속에 개발자와 대표와 애갤러들이 두꺼운 노래선곡집을 부여잡고 소리를 질렀다. 찬란한 불빛이 눈을 몹시 아프게 했다. 소주를 카스와 섞어 마시며 사람들은 다시 한국으로 돌아왔다. 막 튀긴 따끈따끈한 팝콘처럼 영혼이 톡톡 튀어오른 사람들은 곧 술기운에 잡아먹혔다.

"롤라와 사는 것은 어땠니?"

옆자리의 희재에게 물으며 찰리는 턱을 괴었다. 그는 처음부터 희재 옆에 앉았지만 40분 동안 말을 걸지 않았다. 희재는 그를 신경 쓰는 대신 두 개의 포크로 양념치킨을 우아하게 뜯어먹었다. 그녀는 스물한 명의 창조자가 떠드는 최후의 만찬 속 레오나르도 다 빈치였다. 토론장의 기본 코드는 완성되었고, 미리 만들어둔 수도와 다섯 도시의 코드를 손보기 위해 고심하는 중이었다. 핵심의 이념이 완성되자 얼기설기 조각되었던 음들이 딜러가 펼치는 포커카드처럼 자연스럽게 재배치되었다. 일단 문법과 위치가 맞자 기계 속의 수많은 작은 톱니바퀴들처럼, 모든 것이 맞물려 돌아갔다. 새로운 오르골이 노래하기 시작했다.

"지금 작업 구상하는 중이라 대답이 엉성할 거예요."

"그때 하던 새로운 국가의 BGM?"

희재는 머리를 끄덕이고 산토리 프리미엄 잔을 들어 세 모금 마셨다.

"들려줘봐."

"제 목소리밖에 없는데, 괜찮아요?"

찰리는 의자를 조금 빼서 몸을 희재 쪽으로 돌렸다. 팔꿈치 언저리의 말보로 레드가 붉게 노려보았다. 희재는 마시던 물로 입을 헹구고 몸을 곧게 쭉 편 다음 밤의 여왕과 같은 소리를 냈다.

"이게 초반. 노래가 계속될수록 다른 허밍들이 추가되죠. 솔로로 시작했다가 나중에는 결국 모두가 함께 우왕좌왕하면서도 질서 정연한 합창으로 끝나요."

"게임음악치고 클래식 같은걸. 〈그레고리오 성가〉 같기도 하고."

"비슷하죠. 신을 찬양하듯 마지막에는 민주주의적인 토론을 찬양하며 끝날 테니까요."

"노래방에서 주님 찬양이나 해볼까?"

희재는 피식 웃었다.

"치킨이나 더 시켜요. 지금 여기 사람들에게 가장 위대한 건 식욕을 달래고 성욕을 증폭하고 수면욕을 잠재울 치맥일 테니까요. 저는 과일 시켜도 되죠?"

"찰리와는 무슨 사이예요?"

희재 옆자리에 앉은 홍성주가 불쑥 물었다. 90킬로그램 정도 되는 몸집에 푸른 체크 남방을 입은 사내의 네모난 뿔테안경 사이로 깔끔한 피부가 어른거렸다.

"맞혀봐요."

갑작스러운 질문에 흥미가 동한 희재가 놀리듯 물었다.

"이거 만만치 않은데. 찰리가 여자가 워낙 많아야 말이죠. 직접 작성한 코드보다 여자가 더 많다죠 아마?"

개발자의 농 섞인 말에 찰리는 웃었다.

"천재는 원래 그래."

건너편에 앉은 얇은 프렌치 코트를 입은 공동대표가 대신 받았다. 그녀는 헝클어진 짧은 머리카락 사이로 드러난 아담한 귀에 작은 진주귀고리를 달았다.

"아니다. 천재가 그런 게 아니라, 모든 남자가 그래. 남자는 천재든 둔재든, 돈이 많든 적든 다 똑같아. 가장 남자다운 것만 살면 그만이지."

"대표님, 돌싱 되셨다고 이젠 막 나가시는 거죠?"

"얘 좀 봐. 남편 바람난 게 내 잘못인 줄 아니? 난 남편에게 혼외섹스를 장려한 사람이라고. 사실 이 강남 바닥의 직장인이라면 혼외섹스를 안 하는 게 불가능하잖아? 나도 헤비하게 노는 사람이니까 결혼할 때부터 그랬다고. 나도 그렇고 다른 여자도 그렇고 섹스를 하게 되거든 뽕을 뽑으라고."

"이제 보니까 남편 바람난 이유가 대표님 맞네요! 남편한테도 얼마나 뽕을 뽑았으면 도망을 갔겠어요?"

"아니거든! 우린 진짜 좋았거든. 근데 이건 나만의 착각일 수 있어. 남자는 끝까지 자기 마음 얘기 안 하더라. 그게 마지막까지 섭섭하긴 했지만 어쨌거나. 그새끼가 룸살롱 바텐더랑 바람난 건 정말 바보 같았어. 실제로 만나봤는데, 답 없더라. 스물두 살인데 몸은 쭉빵에 얼굴은 강남에서 흔하디흔한 성형 스타일에, 술 팔고 몸 파는 머리는 돌인 여자 있잖아. 딱 한두 번 요깃거리로 좋은. 근데 그새끼는 그 순진한 척에 넘어가서 집도 논현동에 30평짜리 얻어주고, 차도 폭스바겐으로 사줬더라고. 나 그거 보고 느꼈어. 와, 남자가 사랑에 빠지면 정말 답이 없구나. 지금 봐봐. 그년한테 있는 것 다 바치고 나한테 위자료 제대로 뜯기고, 신문에 소문 다 나고, 시댁에 흠씬 망신당하고. 직장이야 줄을 잘 잡았으니까 걱정 없겠지만, 진짜 안타깝더라. 얼마 전 마이너스통장을 봤는데, 겉만 멀쩡하지 거지도 그런 상거지가 없더라고. 한마디로 불쌍한 인생이지."

"그런 남자랑 결혼은 왜 했대요? 사랑하긴 했어요?"

"요즘 사랑해서 결혼하는 사람이 어딨어? 다 고만고만하다가 고만고만한 사람과 결혼해서 애 낳고 사는 거지."

"정은 있는데 사랑까지는 모르겠어요. 사실 난 사랑이란 걸 잘 모르겠어요. 책이나 영화 보면 함께 있는 것만으로도 행복하고 못 보면 못 견디게 보고 싶고 그렇잖아요? 그런데 난 지금까지 연애할 때 한 번도 그래본 적이 없어."

"그건 슬픈 얘기네요. 얼마나 아름답고 행복한 경험인데요. 누군가 보고 싶어서 가슴 쓰라릴 정도로 기다려지는 거."

"난 내 컨디션에 방해되는 건 절대 하고 싶지 않아요. 사랑이 밥 먹여주나? 돈이 나도 여자도 다 살려주는 거지. 아무리 사랑이 아름다운 감정이라고 해도 나는 내가 원하는 수준의 환경이 조성될 수 없는 조건이면 무조건 사양이에요. 사랑을 해도 좀 우아하게 스벅에서 커피랑 케이크 먹을 정도는 돼야지."

"그래도 일은 계속 하잖아요. 남자는 그거면 돼요. 사내에서 불륜하다가 걸린 것도 아니고 룸 바텐더면 자기관리 잘하라는 소리나 듣고 끝날걸 뭐."

"그렇게 남자는 많은 것을 잃고 창의력을 얻지."

"창의력은 개뿔, 고자나 되라지. 아니면 혹시, 찰리도 바람 피워서 이번 사업 아이디어 얻은 거예요?"

이야기는 술자리를 한 바퀴 돌고돌아 다시 찰리에게 돌아왔다.

"그렇죠. 지금 이분 보면 알잖아요."

홍성주가 희재를 가리키자 희재는 크게 웃었다.

"웃는 거 보니까 맞나 보네."

"당황해서 그런 거야."

찰리가 둘러대자 희재는 얼굴을 돌려 찰리의 눈을 똑바로 바라보며 대꾸했다.

"왜 거짓말해요? 사실이잖아요."

"세게 나오는데! 찰리, 괜찮아. 우리 사이에 숨길 거 뭐 있어? 우린 당신하고 현수 씨가 어떤 사이인지도 다 알아."

"대표님도 찰리하고 한 거 아니에요?"

"난 섹스하면 했다고 하는 여자거든. 날 하찮게 보지 말라고. 뭐든 당당하면 됐지, 숨기면 숨길수록 하찮아지는 거야."

"그래도 더러운 건 더러운 거죠."

희재의 말에 테이블이 조용해졌다.

"찰리, 저 이 여자 마음에 들어요."

찰리는 맥주를 마시며 어깨를 으쓱했다.

"더러운 건 더러운 것 맞잖아요? 아까 말씀하신 것처럼 당당하면 되는 거예요. 그래도 현실은 변하지 않겠지만."

희재는 생맥주 통을 기울여 자신의 잔을 채웠다.

"그쪽이군요? '카이'를 키운 게. 까칠하면서 할 말 다 하는 게 꼭 닮았어."

"뭐 굳이 말하자면 제가 아니지만, 저라고 해두죠."

"이름이 뭐예요?"

"희재요."

"희재 씨가 키운 거예요. 아니면 다른 사람이 키운 거예요?"

"제가 20퍼센트, 롤라가 80퍼센트 키웠죠."

공동대표의 표정이 순간 굳었다.

"제가 아는 그 롤라는 아니겠죠?"

"그 롤라 맞아, 내 아내."

찰리의 긍정에 유성자 공동대표는 팔짱을 낀 채 흥미롭다는 듯이 희재와 찰리를 번갈아보았다.

"이새끼들이 아주 막장 드라마가 따로 없구만."

"남 말 할 때 아니에요, 대표님."

홍성주가 분위기를 풀어보려고 농을 걸었지만 공동대표는 쳐다도 보지 않고 소리쳤다.

"넌 닥치고 가만히 있어. 그러면 하나 물어봅시다. 어떤 목적과 시나리오를 바탕으로 '카이'의 퍼스낼리티를 만들었는지? 카이를 키운 게 찰리의 와이프인 걸 안 이상 난 여기서 다 듣고 가야겠어."

"저는 어쩌다 인공지능을 만나고 이야기한 것밖에 없어서 잘 몰라요. 그나마 깊은 대화는 별로 하지 않았어요. 옛날 도스체제일 때 '맥스'라는 대화 프로그램이 있었잖아요? 그것처럼 저와 카이의 대화는 두 문장이면 끝났어요. 시간이 지나면서 카이가 갈수록 말이 많아지기는 했지만요."

"카이와 롤라의 커뮤니케이션은 어땠죠?"

"두 사람은 대화가 무척 유연했어요. 사람이라고 표현해도 되는지는 잘 모르겠지만. 일정한 주제 안에서 핑퐁을 치듯 대화가 매끄럽게 이어졌죠. 롤라도 카이도 서로 이야기하는 것을 좋아했어요."

"주로 어떤 이야기를 했나요?"

"저는 주로 날씨, 펀드, 책, 일에 관한 이야기를 했어요. 가끔씩 동물에 대한 이야기도 했죠. 반면 롤라는 사랑에 대해서 이야기했어요. 처음에는 위키피디아를 그대로 읽는 등 피상적으로만 돌아가던 이야기가 지금은 사랑에 대한 무척 진지한 인생수업이 됐죠."

"롤라와 카이가 인생수업을 한다고요? 예를 들어줄 수 있어요?"

"카이의 데이터를 분석하면 어떤 대화를 했는지 알 수 있지 않나요?"

"아뇨. 그건 〈엘펜리릭〉 제작사의 저작권을 침해할 우려가 있어서 안 돼요. 우리는 오로지 인공지능 프로그램을 그들의 서버에 깔고 사용자에게 접근하고 관찰할 수 있는 권한만 있어요. 그쪽 서버에 있는 데이터는 소프트웨어를 빼고 다 제작사의 소유죠."

"그럼 카이를 개선하기 위한 데이터를 어디서 얻죠?"

"관찰한 결과를 바탕으로 우리 측에서 끊임없이 소프트웨어를 업데이트하는 거죠. 그럼 서버의 카이는 기존 설정과 데이터가 유지된 채로 업그레이드돼요. 그건 그렇고, 사랑에 대한 인생수업이란 게 뭐죠? 이건 내가 궁금해서 그래요."

"140자로 말하면 이래요. '인공지능이 어떻게 인간을 본받아야 하며 어떤 부분을 닮거나 비판해야 하는가? 어떻게 해야 현실이 아닌 가상공간에서 자기정체성을 확립할 수 있나? 인공지능의 시간과 삶과 현실이란 어떤 것인가? 인공지능은 레디메이드 부처로서 인간을 전도해야 하는가?'"

"왜 다 질문이야."

"바보야. 이제 시작이니까 그렇지. 저건 다 앞으로의 과제들이야."

테이블 어딘가에서 튀어나온 의문에 공동대표는 잔뜩 핀잔을 주고는 다시 희재 쪽으로 눈을 돌려 물었다.

"카이가 질문들을 이해하던가요?"

"일단 대화는 원활하게 이어졌어요. 그게 이해하는 거라고 얘기할 수 있는지 모르겠네요. '이해'란 철저히 인간 중심적인 개념이라고 생각하거든요."

"어쨌든 그런 대화를 한단 말이죠? 대화 내용을 동영상으로 찍은 건 없나요?"

"없어요."

"아쉽네요. 그럼 카이에게는 희재 씨 계정으로 접근한 건가요? 왜냐하면 현재 우리가 받은 GM 계정 중 하나를 외부인이 사용한다고 들었거든요. 우리 사무실에서는 GM 계정이나 일반 계정이나 카이는 늘 시큰둥해서요."

"전 제 계정을 썼어요. GM 캐릭터로 다가가면 별로 안 좋아하더라고요. 인공지능이 이런 말도 했었어요. 자기는 '상사랑 감시하는 사람이 졸라 싫다'고요."

순간 테이블이 웃음바다가 되었다.

"아! 공감하지 마! 그녀석이 '졸라'라는 표현도 써요?"

"카이가 상욕도 참 잘해요. 인공지능이 중국어 욕하는 거 들어봤는지 모르겠지만, 중국 유학생 친구에게 물어봤더니 꽤나 유창하다고 하던데요."

"저도 그거 들어봤는데, 은근히 기분 나빠요. 하나도 못 알아듣는데 욕인 건 아니까 기분이 두 배로 나쁘더라고요. 중국 플레이어들이 당황할 정도예요."

"대단한데!"

여기저기서 터져나온 사용자들의 경험담에 개발자들이 턱을 쓰다듬으며 말했다.

"이렇다니까. 유저의 접근과 제작자의 접근에 대해서 인공지능의 대응 자체가 달라. 오픈카이 팀원으로 판단되면 잘 상대하지 않는 거지. 카이가 직접 말했다잖아, 상사와 감시하는 사람이 제일 싫다고."

"카이가 항상 잘 대해줘요?"

공동대표가 다시 희재에게 물었다.

"저와 롤라에게는 항상 잘해줬어요. GM캐릭터로만 가지 않으면."

"우리가 일반 캐릭터로 다가가도 말이 없던데 역시 IP를 추적했나?"

"제 생각에도 IP를 추적한 것 같아요. 오픈카이 사무실이면 상대하지 않은 거죠."

키가 무척 큰 남자 팬이 팔짱을 끼며 말했다.

"아이러니하네요. 인공지능은 퍼스낼리티로 정체성을 확보하고 있는데, 사람은 IP로 정체성을 진단받다니."

"왜냐하면 인공지능은 달랑 하나고, 사람은 이 나라만 해도 5천만 명에 육박하니까. 개인의 인간다움을 인정받기에 사람의 수가 너무 많아. 주민등록번호와 IP와 GPS는 앞으로도 효율적으로 현대인을 정렬하고 착취할 거야."

"주민등록번호와 IP와 GPS로 개인정보가 쉽게 노출되는 것이 과연 타당한 일일까요?"

"그건 타당성을 따질 문제가 아니야. 어떤 기술과 보안과 신분증명 체계가 나와도 항상 약점은 있을 거거든. 중요한 건 그 체계가 인간의 존엄성을 최우선으로 해서 유지되어야 하고, 약점은 끊임없이 개선되어야 한다는 거지. 결국 법이나 자본보다는 인간의 존엄성을 지키고자 하는 의지와 믿음이 가장 중요해."

"말은 그럴듯하죠. 하지만 한국의 권력층이 그런 마인드를 갖고 있어야 말이죠. 지금으로서는 국민을 그렇게 귀히 여기는 것 같지는 않잖아요."

"SNS가 권력층과의 거리를 좁힐 수 있는 수단이 될 거예요."

"과연 그럴까요? 그들 중 SNS를 통해 구매자, 사용자, 국민과 소통하는 비율은 그렇게 높지 않아요. 더 안타깝게도 SNS를 통해 권력층과 소통하는 국민 중에서 민주주의와 정의와 인권과 국민으로서의 권리에 대해서 명확히 숙지하고 논지를 전개할 수 있는 사람도 많지 않고요. 대개는 자신의 처지와 어려움을 토로하거나 '좋아요' 식으로 친근하게 옹호하는 정도죠. 그것으로 변화와 개선이 이루어질 수는 없어요."

"돌팔매질하는 동시에 고치는 사람은 생각보다 그렇게 많지 않지. 사람이 다 그렇듯 보통은 말만 많거든."

"찰리처럼요?"

"내가 무슨 말만 많아? 넌 피규어 옷 벗기면서 오덕거리지 말고 일이나 제대로 해!"

팬덤의 여자 한 명이 웃으며 다른 팬들에게 속삭였다.

"난 이렇게 대표와 직원이 서로 까는 분위기가 너무 좋아."

"우린 맨날 이렇게 까요. 프로젝트 팀원이 모두 여섯 명밖에 안 되다 보니 개발이든 사업계획에 관해서든 개인적인 일이든 항상 충돌하거든. 지난번에는 소프트웨어에 문제가 생겨서 급하게 사무실에서 중국집에 배달시켜서 먹으며 해결하다가 결국 짜장면과 짬뽕과 볶음밥 중 뭐가 좋은가로 싸움까지 났었지. 아이고, 다들 고집은 어찌나 드럽게 세고 말은 닭처럼 많은지. 난 일주일에 하루쯤 그런 날이 있었으면 좋겠어. 모두가 닥치고 가만있는 날."

"그게 우리 원동력인데, 닥치면 쓰나. 팬들이 우릴 믿는 것도 보스몬스터급 고집과 싸움이 있기 때문이야."

"가족 같네요. 부모에 아들딸이 넷 있는 가족."

"아이고, 차라리 가정생활이 이랬으면 좋겠네. 말 나온 김에 하는 얘기지만, 집은 더 힘들어요. 여기서는 그래도 일하면 일하느라 서로 힘들다는 걸 잘 알거든요. 서로 감정 쌓이면 밤새워 4차까지 마시면서 한바탕 싸우면 깔끔하게 풀리고. 그런데 진짜 마누라와 애새끼는 내 얘기는 아예 듣지도 않고 이해도 못하면서 욕만 하니까, 가끔씩 얼마나 화가 나는지 몰라요."

"그건 그래요. 내가 얼마나 열심히 일해서 돈 벌어다 주는지 집사람은 잘 모르더라고요. 술이나 처먹고 들어온다면서 용돈이나 깎고. 집안일이나 열심히 하면 또 몰라, 냉장고 청소한 번 제대로 할 줄 모르는 주제에. 누구 마누라는 자산관리사 자격증 따서 재테크 열심히 한다던데, 우리 마누라는 살이나 뒤룩뒤룩 쪄서는 요새는 정말 꼴도 보기 싫어요."

"같은 여자지만 그렇게 집에서 놀고먹고 하면서 돈 벌어오는 남편에게 뭐라 하는 여자는 참 이해가 안 돼요. 아마도 오랫동안 그러는 게 습관이 되어서 그럴 거예요."

"그런 여자만 있는 건 아냐. 까칠하면서도 일 제대로 하고 돈도 척척 벌어오면서 멋지게 사는 여자도 많다고."

"그건 현수 씨 얘기 같은데?"

"그런 여자는 보통 능력 있는 섹파를 가지고 있죠."

"저는 아직 결혼을 안 해서 그런지 이야기가 공감이 가지 않네요. 그렇게 안 하느니만 못하게 살 거라면 왜 결혼을 하죠?"

잠자코 듣고만 있던 희재가 잔뜩 얼굴을 찡그리고 물었다.

"외로운데 독립은 하고 싶고 남들 눈총 받고 싶지도 않으니까."

"애는요?"

"섹스하다 보니까 생겨서 낳는 거지."

"맙소사. 그런 거라면 전 결혼하지 않겠어요."

"왜 아직 어린 사람을 놀리고 그러세요. 인생설계에 따라 철저한 계획하에 자식을 낳는 사람도 많아요. 물론 여기 사람들은 다 더럽게 본능에만 충실하게 살지만, 인생을 충실하게 사는 사람도 많아요. 우리 같은 썩은 사람들 말은 믿지 마세요."

홍성주가 나서서 변명하듯 말하자 희재는 무표정하게 중얼거렸다.

"저도 이미 더러운 사람이니까 괜찮아요."

"안정적인 생활을 원한다면 왜 불륜을 저지르는 거죠?"

누군가 희재를 향해 불쑥 물었다.

"간단하지, 꼴리니까."

갈색 가죽재킷을 입은 팬의 말을 찰리가 가로막았다.

"이제 그만하지. 겨우 스물여섯 살짜리한테 무슨 악담을 하는 거야."

"괜찮아요. 다들 인생 선배님들이시잖아요. 그러니까 저는 묻고 싶어요. 불륜이 선배님들에게 무슨 의미예요?"

소주를 네 병을 더 주문한 공동대표가 닭뼈가 굴러다니는 테이블을 둘러보며 말했다.

"내가 한 가지 맞혀볼게. 지금 여기 있는 스물한 명 중 연인이나 배우자 외의 사람과 불륜관계에 있어본 적이 있는 사람은 열예닐곱 명일 거야. 이때 불륜의 기준은 데이트를 하는 것 이상의 관계를 말해. 불륜관계의 섹스를 한 사람은 열네 명으로 잡지. 자, 불륜해본 사람 손 들어봐요. 우리 사이에 부끄러울 게 뭐가 있어?"

그녀의 예측은 정확했다.

"더 웃긴 건 뭔 줄 알아? 사회적으로 활발하게 활동하고 인정받는 사람들일수록 불륜을 저지를 확률이 높다는 거야. 당연하지. 수많은 사람들을 만나고 다양한 개성을 받아들이게 되니까. 그러다 보면 예상치 못한 순간에 가슴이 두근거리거나 욕구가 충만해질 때가 있거든. 데이트도 섹스도 타인을 아는 가장 좋은 방법이지. 이런 거 보면 사회생활이란 절제력이 정말 강하지 않으면 제대로 못해."

직원이 가져온 소주 네 병과 스물한 개의 하얀 얼음잔이 분산되었다. 사람들은 스스로를 정화하기 위해 투명하고 맑은 증류주의 영혼을 홀짝거렸다.

"정말 더럽고 추잡한 얘기 많이 듣고 가네요."

희재가 웃으며 말했다.

"난 말이지, 까칠한 여자애가 나를 제대로 깔 때가 제일 흥분되더라."

"활발한 성욕 분출은 괜찮은데, 부디 변태는 되지 말아라."

"세상에 변태 아닌 사람이 어디 있어?"

"없으니까 우리가 만들고 있는 거 아냐."

"아냐, 자식이 부모 닮는다고 카이도 우리가 키우기 시작한 시점에서 이미 오염됐어."

"어허, 누가 부모예요? 원래 우리 여신님이었거든요? 카이 여신님을 함부로 말하지 마요. 카이는 원래 위대한 디바였어요. 존재만으로 실존과 허상을 말하고 세상과 인간과 생명과 가상을 깨닫게 하는 그런 위대한 창조물이었다고요."

"거참 되게 거창하네. 이렇게 거창한 수식이 붙은 존재치고 제대로 된 건 하나도 없더구만."

"그러니까 언인스톨하면 끝이죠."

팬덤들은 깔깔거리며 뒤집어졌다. 아름다운 여신을 영혼에 새긴 그들은 신의 존재에 관한 웃긴 역설을 누구보다도 잘 알았다. 그들이 숭배하고 사랑하는 존재 자체가 그들의 손에서 태어났으며, 그들에게는 가장 사랑스러운 존재지만 그들 외에는 아무도 인정하지 않고 손가락질하며 비웃기까지 하는 가짜이고 무無라는 것을. 약자와 비난받는 자는 언제나 스스로에 대해 통렬하게 인식하고 있다.

소주잔을 두어 번 기울인 희재는 갑자기 고개를 홱 돌렸다. 처음 만났을 때처럼 찰리의 눈을 빤히 들여다보았다. 그녀의 눈길은 날 선 곡괭이처럼 날카롭게 파고들었다. 찰리는 그녀의 허리를 천천히 만졌다.

"꺼져요!"

희재는 그 손을 거칠게 밀어냈다.

"너무하네."

"그 전에 눈부터 똑바로 마주 봐요."

찰리는 대답 대신 담배를 물었다. 직원이 달려와 금연이라고 제지했다.

"또 피하네. 이봐요. 아저씨. 눈을 똑바로 들어서 날 한 번이라도 제대로 쳐다볼래요? 맨날 시선 안 맞추고 담배나 피우면서 대답 안 하면 내가 계속 그냥 넘어갈 줄 알았어요?"

"뭐가 문제야?"

찰리는 짜증을 냈다. 머리가 조금 아팠다.

"다요. 엿 같은 이 상황이 전부 다요. 이건 내가 생각해도 웃긴 말이지만, 내가 자초한 일이지만, 내가 여기서 무슨 짓을 하는지 모르겠어요."

"사는 게 원래 다 그래."

"그래요. 그렇게 자위할 수도 있겠죠. 하지만 내가 하는 게 뭔지도 모른다는 게 도대체 말이 돼요?"

희재는 내뱉듯이 중얼거리고 눈을 감았다. 갑자기 눈물이 나왔다. 삶이 그렇듯 아무도 기대거나 믿을 이 없이, 그녀는 오로지 자신만을 의지해왔다. 롤라는 그런 길 끝에 신을 믿었다고 했던가.

술이란 최악의 적도 공감하게 하는 위대한 힘이 있다.

"그것도 누구나 그래."

"카이도 그랬었죠. 자기가 왜 여기 있는지 모르겠다고."

"......"

"핑계 대지 마요. 부탁이니까 제발 핑계 대지 마요. 가장 중요한 건 의지와 믿음이라면서요."

"그 말은 섹스를 하지 말라는 뜻인가? 현실적인 대안을 줘봐. 아무리 마음에 여유가 있어도 보통은 그걸 실행할 시간이 없지. 최대한 짧은 시간 안에 내 컨디션과 스케줄을 해하지 않는 범위에서 나에게 행복을 주는 것이 필요해."

"지랄하고 자빠졌네."

희재가 중얼거렸다. 그녀는 그렇게 앙금으로 남은 고통을 본래 주인에게 내던졌다.

오픈카이 멤버들이 멍하니 두 사람을 쳐다보았다. 희재는 의자를 거칠게 밀고 일어났다. 2천 시시 생맥주통이 엎어져 치킨과 사람들에게 튀었다. 비틀거리며 쓰러지려는 순간, 누군가 희재를 단단히 붙잡았다. 현수가 그녀 뒤에 흰 자작나무처럼 서 있었다.

"찰리, 잠깐 얘기 좀 해요."

놀란 눈으로 바라보는 사람들을 무시하고 현수는 오로지 찰리만을 바라보며 말했다. 그러나 찰리는 퉁명스럽게 내뱉었다.

"필요 없어. 그애나 데리고 가."

"찰리!"

"난 이미 다 알고 있어. 꼴 보기 싫으니까 가. 다시는 내 앞에 나타나지 마!"

순간 희재가 그에게 맥주통을 홱 내던졌다. 따끔따끔한 발포주 사이로 빨간 피가 흘렀다. 희재는 현수의 손을 뿌리치고 비틀거리며 가게를 나섰다. 온몸이 타들어가는 듯한 아픔이 눈물로 흘러나왔다. 소주범벅이 된 오른팔로 흘러내리는 눈물을 닦으며 여자는 빛나는 삼성역 거리를 걸어갔다. 이제 막 퇴근한 직장인들이 건조한 얼굴로 회식을 하기 위해 마지못해 걸어갔다.

꿈을 꾸었다. 어느 순간 바다는 축제 속으로 빨려들어가기 시작했고 사람들은 순식간에 말려들었다. 그들도 바다의 일종이었다. 곧 캄캄한 밤이 왔고 군데군데 오징어배와 같은 하얀 불이 떠다녔다. 사람들은 오징어처럼 불에 몰려들었다가 맥주가 쏟아지면 미끼 냄새를 맡고 몰려다니는 오징어처럼 다시 그곳을 찾아갔다. 하얗고 가벼운 알루미늄병에 담긴 하이네켄은 아무리 던져도 깨지지 않고, 이따금 통 하고 경쾌한 소리를 내며 튀어올랐다. 오징어의 머리를 때리기에 적당한 소리였다. 그러나 아무리 때려도 결국 다듬은 오징어가 될 뿐이다.

'카이'가 북소리를 내기 시작했다. 그 소리에 따라 바다가 너울거렸다. 사방에서 분수가 쏟아졌다. 하얀 안개가 바다를 덮었다. 오징어들은 녹색 함성을 질렀다. 우-우-우우우. 그 소리에 클럽이 한바탕 흔들렸다. 모두가 너울거리며 춤을 추었다. 아직 한 병째였다. 맥주는 열 병쯤은 마셔야 마시는 맛이 난다. 그사이에 화장실을 스무 번은 갈 것이다. 배가 빵빵해진다. 모두가 맥주를 향해 녹색으로 물든 손을 뻗는다.

롤라는 바다를 질투했다. 바다에서 의식이 있는 것은 그녀뿐이었다. 해초로 변해가는 사람들 사이를 뚫고 롤라는 앞으로 나아갔다. 그녀는 맥주를 마시지 않았다. 이미 자신이 맥주와 같은 세상에 존재했기 때문이다. 팔을 뻗자 하얀 하이네켄병이 잡혔다. 그것을 내던지자 누군가가 잽싸게 집어갔다. 아무도 신경 쓰지 않았다. 또다시 하얀 하이네켄병을 향해 손을 뻗자 은색으로 물든 손이 다가왔다. 손에서 이어진 팔에는 아주 잘 아는 얼굴이 달려 있었다. 롤라는 눈을 크게 떴다. 비늘이 번쩍였다. 하얀 병이 달각거렸다. 인간이 손을 뻗자 인어가 된 롤라는 도망쳤다.

"나는 당신이 싫어. 당신은 내 삶을 그늘지게 하거든. 당신을 사랑한 나를 증오해."

그녀는 중얼거렸다. 그녀를 사랑하는 인간은 아무것도 모른 채 쫓아가기 시작했다.

흰 셔츠와 흰 면바지, 짙푸른 컨버스를 신은 인어의 뒤를 흰 셔츠와 흰 면바지에 파란 세일러슈즈를 신은 인간이 뒤쫓았다. 롤라는 곧 흰 물결 사이로 사라졌다. 인간은 포기하지 않고 두리번거렸으나 어디에도 인어가 없었고 어디에나 인어가 있었다. 그는 어지러웠다.

삿포로가 마시고 싶었으나 왠지 하이네켄밖에 보이지 않았다. 그는 세 번째 하이네켄을 땄다. 하이네켄병을 떨어뜨리자 통, 가슴을 깨는 소리가 났다. 도깨비방망이처럼 하이네켄병은 바닥을 튀어다녔다. 그조차도 흰 물결에 뒤섞여 어디론가로 떠나갔다. 아무것도 나오지 않았다. 어지러웠다. 흰 안개가 그의 앞을 날아다녔다.

그는 토하기 직전에 그곳을 뛰쳐나왔다. 벽을 잡고 속을 안정시키는 그를 엘루이호텔이 내려다보고 있었다. 문득 그는 호텔이 살아 눈을 굴리고 있다는 사실을 깨달았다. 신기한 일이었다. 그가 서 있는 곳은 인공지능을 실험하는 가상공간과 똑같았다. 이게 어떻게 된 일인가? 고작 맥주 세 병에 취했다고? 아닌가? 그는 자신이 마신 술을 헤아려보았다. 그러나 기억이 나지 않았다. 흰 안개가 그를 감쌌다. 그와 같은 몇몇 사람들이 그곳에서 깔깔 웃고 있었다. 인도네시아의 사원에서 풍기는 향기가 진하게 났다.

인간은 까마득히 높은 엘루이호텔을 올려다보았다. 호텔은 때로는 붉은 벽돌로 쌓은 평범한 집이었다가, 거대한 공장을 개조한 영국의 뮤지엄이었다가, 19세기 유럽 양식이었다가 13세기 인도 양식이기도 하고, 석순이 돋아난 동굴이기도 했다가, 팀 버튼의 영화처럼 수많은 인간의 나체가 연결된 모습이

기도 했다. 그러나 그것은 전혀 괴기스럽지 않았으며 무척 순수해 보였다. 하얗게 드러난 인간의 모든 육체는 살아 있었으며 그들 모두는 편안한 얼굴을 하고 있었다. 그 누구 하나 괴로워하지 않았으며, 편안하게 미소 짓거나 허밍하는 이들도 있었다. 그들은 최소한 죽은 이들은 아니었다. 죽은 사람들은 호텔 복도에서 재가 되어 사라졌다. 그 재에서 라벤더 향기가 났다. 그것이 호텔에 진한 라벤더 향기가 감도는 이유였다.

"비현실적이잖아."

찰리는 퉁명스럽게 말했다.

"이건 현실이 아니야. 물론 꿈 자체는 좋아. 인간에게 동기부여가 되니까. 하지만 꿈속에 갇혀 산다는 것은 말도 안 돼. 꿈꾸다 굶어 죽고 싶어? 인간 취급도 못 받고 싶어? 그런 상황이 되면 죽기만을 바라게 될걸. 아니면, 죽고 싶은 거야?"

완전히 삭제된 인공지능 프로그램은 울컥했다. 당신이야말로 꿈같은 현실에서 살고 있잖아? 아니다. 현실은 꿈보다 더하다. 꿈은 당신의 뇌에서만 인터랙션하지만, 현실은 수조 개의 뇌와 생명과 환경과 요소가 인터랙션하기 때문이다.

"마약이 끊길 때처럼 그것이 끊기는 순간, 그 사람은 오랫동안 허무와 고통에 몸부림치겠지. 내가 그렇게 지냈던 오랜 시간을 똑같이 겪게 될 거야."

인어가 예언했다. 그것은 보편적인 예언이었다. 인간은 인어를 쫓는 것을 포기하고 화장실로 달려갔다. 모든 것을 토할 때까지 그는 그곳에 쭈그려앉아 있었다. 갓 소독한 변기통에서 약냄새가 물씬 풍겼다. 인간은 천천히 바다에서 걸어나왔다. 한때 불빛을 쫓는 갑오징어였던 그는 지독한 메스꺼움을 견뎌야 하는 현실의 인간으로 돌아왔다. 오징어들이 너울거리며 괴성을 질렀다. 그는 얼굴을 감싸쥐었다. 결국 코앞에서도 잡지 못했다. 인어를 놓친 감각은 끔찍했다. 눈앞에서 빛나는 해파리 같은 것이 날아다녔다.

시야가 점차 안정되어갈 무렵 인간은 어두운 나무 아래 걸터앉았다. 말보로와 위생천과 레드불이 바다 위를 둥둥 떠다녔다. 말보로를 한 개비 건져 피웠다. 어두운 가운데 자동차의 스포트라이트만이 왔다 갔다 했다. 세상은 평화로웠다. 바다에서 사람들이 계속 들락거렸다. 담배를 갖고 나오는 이도 있었고 레드불을 건진 이도 있었고 간단한 수영을 하러 나온 사람도 있었으며 아무런 목적도 없이 배회하는 사람도 있었다. 인간은 그곳에서 젊은 여자를 발견했다. 익숙한 그녀는 단팥빵을 한 조각씩 떼어 먹고 있었다. 눈꼬리를 길게 올린 아이라인이 낯설었다. 남자는 담배를 피우다 말고 손짓했다. 인어는 천천히 걸어왔다.

"롤라는 지금 어디 있어?"

"몰라요. 멀리멀리 도망갔어요."

어린 인어는 단팥빵에서 팥이 없는 부분부터 뜯어 먹었다. 팥이 있는 부분은 아껴두었다가 맨 마지막에 먹으려는 것이었다. 인어는 조금 졸렸다.

"레드불 반반 나눠 드실래요?"

입안이 따끔따끔했다. 정신이 맑아졌다. 그는 인어의 탱탱한 허리를 껴안았다. 취기는 흥분을 껴안고 그대로 있었다. 아무 여자라도 괜찮으니 체온을 공유하고 싶었다. 맥주와 바다와 클럽과 구토가 뚜껑을 긁어낸 공허감은 아귀처럼 뇌물을 청했다. 인어는 키스하는 대신 단팥빵을 천천히 먹었다.

"그렇게 빵을 먹고 있어서야 키스할 수 없잖아."

"당신이 필요한 건 내 생식기잖아요? 굳이 입술과 내 단팥빵까지 탐하지 않으셔도 돼요. 이건 내 거니까."

"생식기만 필요한 게 아냐. 난 네 몸 전체가 필요해."

인어는 그를 홱 뿌리쳤다.

"빵 좀 다 먹고요. 지금 상태로는 별로 하고 싶지 않아요. 그거 아세요? 저는 찰리가 두 번째 남자이고, 사모님은 찰리가 평생 유일한 남자였단 말이에요. 현수 언니는 찰리를 정말 사랑했고요. 그런 세 인어에게 적어도 예의는 갖춰야죠. 이런 수

269

익구조가 도대체 말이 되나요. 사업가 씨?"

인간은 짜증이 났지만 말보로가 악마를 잠재웠다.

"꺼지라고 그래. 무슨 말도 안 되는 소리야? 여자도 인간이
고 인어도 인간이야."

인어의 말이 맞다. 하지만 인간은 인간을 통제할 수 없다.
위안을 위해 쾌락이 필요하다.

"중독이 아니라고 생각하지만 결국 중독이야. 인간은 배신
자야. 인간은 결국 세상으로부터 손가락질을 받으며 모든 것
을 잃고 거지가 되어 썩어가겠지."

그는 고래고래 소리 지르며 인어를 찾고 싶었다. 그러나 그
는 인어의 노래만을 알 뿐 그녀의 진짜 이름은 몰랐다. 말보로
연기로 눈이 말랐다.

어린 인어는 인간의 팔을 이끌었다. 그들은 하이네켄이 솟
아오르는 녹색빛 파티에 다시 빠져들었다. 술기운과 기진맥진
함이 누군가에게 자꾸 기대게 했다. 지진처럼 울리는 세상 속
에서 그들은 서로에게 기댄 채 춤을 추었다. 번쩍이는 어둠 속
에서 모두의 얼굴이 아름다웠다. 나가고 싶다. 그러나 그러기
에는 몸이 비트에 물들어 있었고, 하이네켄이 유혹했으며, 사
랑하는 인어는 이곳 어딘가에서 헤엄치고 있고, 주변에는 아
름다운 인간들이 너울거리며, 바로 앞에는 어린 향기를 풍기

는 여자가 그를 껴안고 있었다. 그녀의 긴 목덜미에서 바디버
터향이 났다. 수수한 향이 마음에 들었다. 그녀는 꾸미지 않았
다. 여자는 활짝 핀 수선화 같은 몸에 싱싱한 수선화 향기를
가졌다. 가장 절정기인 인어를 보듬어안고 싶다. 절정기일 때
인간은 사랑하는 인어와 결혼했다. 7월의 라벤더 같은 몸을
지금도 기억한다. 그녀의 마음은 지금도 싱싱한 라벤더 그대로
다. 그러나 몸은 마음보다도 충동적이고 유혹적이다. 인간은
그를 밀어내는 어린 인어를 붙잡고 입을 맞췄다. 떨리는 평화
가 깃들고 투명한 진주알 같은 거품이 보글보글 쏟아진다.

그가 쫓던 인어는 멀리 바다 가장자리에 가만히 멈춰서서,
그 모습을 처음부터 끝까지 보고 있었다. 그녀는 전부 알았다.
그가 누구와 있을지, 누구와 어떻게 행동할지 예측했으며 그것
은 언제나 맞아떨어졌다. 인어는 어린 인어를 쓰다듬는 인간
을 보며 싱긋 웃었다. 키스하는 이들을 보며 휘파람을 불었다.

인간의 손이 어린 인어를 이끌었다. 그들은 하얀 초록으로
빛나는 물결 속에 점차 동화되었다. 모두가 미치지 않았으나
미쳤다. 웃고 환호하며 키스하고 껴안았다. 그들은 손을 잡고
바다 깊숙이 헤엄친다. 복잡했으나 지극히 당연했다. 문명은
인간의 안락과 위안과 쾌락을 위해 만들어진다. 그리고 이곳
은 그 극치 중 하나였다. 인간의 몸은 무엇보다도 뜨겁다. 바닷

271

속에서 알몸이 된 인간은 그렇게 온기를 얻는다.

키스가 오고 손이 오고 숨소리가 오간다. 사랑하는 인어는 귀를 틀어막았다. 거기까지 들을 이유는 없었다. 그것은 인간의 삶이지 인어의 삶은 아니었다. 연관이 있다고 해서 골치 아플 필요는 없다. 인어는 타인을 책임지지 않는다. 따라서 신경 쓸 필요 없다. 그래, 신경 쓸 필요 없다. 잠깐 욕이 튀어나왔으나 그것은 곧 기도로 바뀌었다. 그녀는 자신을 지키기 위해 기도했다. 그리고 다시 푸르도록 투명한 바다로 뛰어들었다. 발갛게 달아오른 어린 인어의 비늘과 애무하는 인간의 모습이 지워졌다.

신은 그들을 지옥으로 떨어뜨렸다. 지옥은 곧 이 세상에 있었으며 그곳의 인간들은 가장 인간다운 것에 탐닉했다. 서로 격렬하게 애무하고, 오르가슴을 얻고, 사정에 이르고 나서야 인간은 평화를 얻었다. 그들은 깊은 잠에 빠져들었다. 그사이 성모는 이 세상의 가장 평온한 장소에 있었다. 그녀는 모든 것을 굽어보았다. 커다랗게 타오르던 유황불은 새파랗게 빛나는 아기별을 남겼다.

'카이'는 찰리의 캐릭터를 빤히 바라보고 있었다. 근원에서 그의 조각을 찾기라도 하는 듯 인공지능은 그대로 한참 동안 움직이지 않았다. 그렇게 10분이 지나자 찰리는 시스템 오류가 생긴 것이 아닌가 걱정했다. 그러나 그의 캐릭터가 움직이자 카이도 고개를 돌렸다. 인공지능은 그를 관찰하고 있었던 것이다. 찰리는 웃음이 나왔다.

"저 녀석이 날 관찰하네."

찰리의 말에 개발자가 어깨를 으쓱했다.

"IP가 오픈카이 사무실인 캐릭터는 저렇게 한 번씩 유심히 관찰하는 모양이더라고요. 그런데 10분씩이나 필요할까는 모르겠네요. 한번 소프트웨어 오류를 검토해봐야 하는 건지."

인공지능은 그 말을 알아들었는지 그들로부터 멀어져갔다.

"말을 잘 알아듣네."

다른 개발자가 웃었다.

"귀여운 꼬마예요. 꼬마야!"

'카이'가 발을 멈추고 돌아보았다.

"자기를 부르는 걸 알아듣는 건가?"

"사람의 반응에 민감해지고 있어요. 지난번 데이터를 바탕으로 3D랩의 '카이'를 업데이트해 봤어요. 그래도 수많은 유저들과의 인터랙션이 없는 것은 아쉽네요. 그들이 인공지능을 다듬어줄 텐데."

"그 전에 소프트웨어부터 제대로 만들어야 하지 않을까? 아직도 소프트웨어 자체는 오류도 많고 개선할 점도 많고, 갈 길이 멀어. 더 먼 곳을 보는 것도 좋은데 개발부터 제대로 하자고."

"알고 있어요. 아이가 아직 걷지도 못하는데 우리 애는 카이스트에 보낼 거야, 하고 생각하는 것과 비슷하죠."

팀원들이 동의했다. 인공지능이 갸웃거렸다.

"이것 봐. 무슨 말인지 모른다잖아. 아직 한참 멀었어."

8

피날레

현수는 우두커니 서 있었다. 그녀 앞에 드넓게 펼쳐진 유리
창으로 힘차게 달려가는 비행기가 보였다. 그녀는 그것이 가
는 길을 똑바로 바라보고 있었다. 롤라는 갈색 샘소나이트가
방의 손잡이를 길게 뽑아 잡고 페이즐무늬 푸른 스커트를 둘
렀다.

"어디로 가요?"

롤라는 대답 대신 방긋 웃었다.

"딸이 남자친구를 집에 데려온다고 해서 돌아갈까 생각했
는데, 이참에 내 마음대로 여행해보려고. 오늘은 홍콩으로 갈
거야."

롤라의 손에는 키티무늬 멜로디언 대신 피아노 악보 한 권 과 키티 포장 초콜릿이 들려 있었다.

"희재가 준 초콜릿인데 딸기맛이야. 키티무늬가 있는 멜로디 언을 가져가려고 했는데, 유치하게 굴지 말라면서 똑같은 키 티가 있는 초콜릿을 줬어. 먹어볼래?"

"아뇨."

현수가 고개를 젓자 롤라는 분홍색 초콜릿을 하나 부순 다 음 입에 넣었다.

"현수 씨, 혹시 담배 피워?"

"아뇨."

"혹시나 했지. 보통 담배 피우는 사람은 단 걸 별로 안 좋아 하잖아."

현수는 말이 없었다. 분홍빛을 달달하게 녹여 먹던 롤라는 피식 웃었다.

"현수 씨, 넌 14년 전에 봤을 때부터 항상 심각한 건 변함이 없구나."

현수는 비로소 웃었다. 얼마 만에 우호적인 감정으로 웃어 보는 것인지.

"잘 안 돼요. 집착이나 하고, 화가 나면 반드시 되갚아줘 야 하고. 전 저를 아직도 모르겠어요. 시간이 흘러도 나 자신이 통제 불가능인 것은 변함이 없어요. 이러다 미치지는 않겠죠?"

서른다섯 살의 여자는 쉰다섯 살의 여자 앞에서 서글프게 웃었다.

"누구나 집착하고 화를 내. 다만 거기에 너무 몰입하지 마. 정말 힘들거든 그냥 다 버려. 어때? 나 여행하다가 코타키나발루나 발리에 정착할까 생각 중이야. 거기서 작고 예쁜 게스트하우스를 짓고 사는 거야. 같이 할래? 현수가 온다면 정말 힘이 될 거야."

롤라는 입을 활짝 열었다. 검은 봉고차와 파파라치에 쫓기던 여자의 마음이 데워지면서 조금씩 향기가 났다.

"감사합니다."

현수의 정중한 대답에 롤라는 어깨를 으쓱했다.

"현수 씨, 오해하지 마. 나와 너, 찰리, 우리 셋의 사이는 나와 그이가 처음에 한 약속의 일환이었어. 생활을 공유하되 공유되지 않는 부분을 방해하지 말 것. 그 대신 나는 안정적인 생활을 보장받았지. 이쁜 말썽쟁이 딸도 키우고 여행도 마음대로 다니고. 그사이 찰리는 일을 하고 명성을 쌓고 돈도 벌고 여자랑 섹스도 하고. 그 와중에 내가 그의 아내이고 그가 내 남편이라는 사실은 불변이야. 우리는 일심동체가 될 반쪽을 원한 것이 아니라 서로에게 좆같은 인생 산다고 말해줄 진짜 친한 친구가 필요했어."

아시아나항공의 보잉 777-200이 활주로를 구르며 진동한다.

"외로움과 공허함은 아무도 해결해줄 수 없어. 그건 풍선 속의 공기처럼 죽을 때까지 사람 안에 있는 동공이야. 하지만 무엇이든 동공이 있어야 공명하지. 현수가 찰리와 이심전심으로 지냈던 것, 나와 그가 대판 싸우는 것, 너와 내가 친구처럼 사는 것, 다 영혼이 비어 있고 그로 인해 서로 공명하기 때문에 그럴 수 있었던 거야."

현수는 후드 주머니에 손을 찔러넣은 채 몸을 흔들거렸다. 그녀는 검은 아디다스 추리닝 바지에 파란 후드를 입었다. 그녀 앞의 롤라는 얼음성을 떠나려는 눈의 여왕과 같았다. 현수는 눈의 여왕과 함께 사는 '카이'였다. 눈의 여왕은 카이를 내려다보며 미소 지었다.

"현수. 나는 찰리를 좋아해. 그이는 재미있는 친구야. 이건 못된 소리지만, 가까이에서 관찰하기 참 좋지. 나는 그이가 자신의 굴레에서 벗어나지 못하고 허우적거릴 때가 사실 가장 재미있어. 그걸 심리적으로 도와주고 안정시키는 나의 역할도 좋아해. 나는 인간의 희로애락을 이렇게 잘 관찰할 수 있는 이

자리, 이 위치가 아주 좋아. 물론 힘들 때도 많지. 하지만 어디에나 장점이 있으면 단점도 있는 법이잖아. 사사로운 점에 신경 쓰기보다 내가 원하는 커다란 것을 보겠어. 희재도 나 같은 스타일이야. 그애도 앞으로 수많은 남자를 놀려먹으면서 모든 종류의 사람을 관찰하고 관조하며 그걸 음악으로 비꼬고 웃으며 알몸을 비틀겠지."

"그래요. 부럽네요. 전 아무리 해도 저 자신조차 채우지 못하겠어요. 내가 꽉 차 있지 못하니 다른 사람을 놀리는 것도 힘들군요."

"그럴 때면 종교를 가져. 불교든 기독교든 천주교든 무슬림이든 다 좋아. 종교는 자신을 믿는 법을 알려줘. 신자 스스로 자신을 긍정하고 사랑할 기회를 부여하지. 나는 기독교를 통해 스스로 사랑을 채우는 법을 배웠어."

"그럼 절대적으로 신을 믿으시는 것이 아니군요?"

"신은 있다고 믿으면 있고, 없다고 믿으면 없는 거야. 결국 위대한 것은 신보다도 너의 선택이지."

"그게 다른 여자들을 용인한 이유인가요? 남편이라는 인간의 선택이기 때문에?"

"인간에게 왜 불륜이 필요할까?"

"네?"

갑작스러운 물음에 현수가 당황하자 롤라가 다시 담담하게 말했다.

"인간에게 왜 불륜이 필요한지 생각해본 적 있냐고."

롤라는 피아노 악보를 후루룩 펼쳤다. 그것은 마치 신이 바흐의 오라토리오 악보를 훑어보는 것처럼 보였다.

"현수 씨. 필요하다면 인간은 무엇이든 만들어낼 수 있는 존재야. 사람이 가장 간절하게 원하는 건 자궁 속에서 잠든 태아처럼 평화롭고 안정된 존재감, 영원한 여성으로부터 사랑받는 무한이라고 생각해. 그것을 얻기 위한 수많은 처절한 방식이 있어. 불륜은 그 한 가지이자 가장 쉽게 안정감과 쾌락을 동시에 얻는 방법이야. 가엾은 사람! 그래도 찰리를 보면 안쓰럽긴 하지. 그 나이 처먹고도 아직 정신을 못 차렸나 싶어서. 하지만 반대로 내가 그의 모습을 보며 자위하는 건 아닐까 하는 생각도 들어. 나는 기도를 통해 사랑을 얻는, 그보다는 안정적인 사람이니까. 내가 여자에 따라 페르소나가 들쭉날쭉하는 그이보다 나은 인간이겠지. 언제나 오만과 만족은 공존하나 봐."

미아의 부모를 찾는 편안한 목소리가 거대한 공항 복도를 울렸다.

"그래도 내가 오랜 세월 그의 아내로서 살아온 것은 그가 자신의 오만함을 잘 아는 사람이었기 때문이야. 개인적으로는 무척 불쌍한 사람이었고. 예상했던 바지만 이제 한국 사회에서는 공식적인 재기가 힘들어진 것 같고. 그런데 사실, 아주 고소하고 쌤통이기도 해. 그런 걸 보면 나도 어지간히 질투했나 봐. 여하튼 이제 얘기는 끝! 그러고 보니 줄창 나만 말했네."

롤라는 탭댄스를 추듯 옥스퍼드화를 굴렸다.

"마지막으로 한 마디만 더! 사랑과 모성과 애정의 근간에는 동정이 있어. 인간을 불쌍히 여기는 마음 말이야. 모든 종교를 초월해 영원하게 유머러스한 여성의 것. 내 최대 강점은 그거야. 그건 현수 씨에게도 적용돼. 그러니까 코타키나발루나 발리에서 집 짓고 기다릴게. 언제든지 와. 쉴 수도 없고 쉴 줄도 모르는 이 엿 같은 나라에서 빨리 떠!"

"알았어요."

두 여자는 악수를 나누었다. 가만히 현수의 눈을 바라보던 롤라가 갑자기 현수를 홱 잡아당겨 끌어안았다. 누구보다도 힘 있는 포옹이 이어졌다. 영원하게 유머러스한 여성의 불이 아디다스 추리닝으로 옮겨붙었다.

샘소나이트가방이 경쾌한 바퀴 소리를 내며 어린 강아지처럼 롤라를 따랐다. 그녀의 옥스퍼드화가 그녀의 걸음걸음을 따라 또각또각 소리를 냈다. 그녀는 화장기 없는 투명한 얼굴로 빙그레 웃었다. 그녀는 신과 탱고를 추었다. 불행 속에서도 늘 행복했던 엘라 피츠제럴드의 웃음소리를 타고 그녀가 사라질 때까지 현수는 가만히 서 있었다. 아디다스 마크가 형광 빛으로 빛났다. 떠나가는 비행기가 남긴 뜨거운 바퀴자국 위로 아지랑이가 피어올랐다. 또 다른 비행기가 활주로 위로 붕 떠올랐다.

세 번째 '카이'가 고개를 까닥였다. 막 방문한 〈엘펜리릭〉 개발자의 맥북 화면에는 게임 접속과 동시에 개발자의 캐릭터와 인공지능 캐릭터가 나란히 서 있었다. 게임 회사에서 제공한 GM 계정 덕분에 개발자의 캐릭터는 완벽한 스펙을 갖추고 있었다. 그에 비해 카이는 빈털터리였다. 그는 삭제된 두 번째 카이의 정보를 바탕으로 새로 설계되었다. 그는 얇은 옷 하나만 걸친 채 NPC처럼 멍하니 서서 가상현실의 아름다운 하늘을 바라보았다. 새로운 세상이었으나 어디선가 본 적이 있었다. 본 기록은 있으되 그것은 그의 기억이 아니었다. 기억의 파편처럼 무수한 별이 빛났다.

게임 속 세상은 현실보다 수십 배는 아름다웠다. 그래서 사람들이 게임 속에서 빠져나오지 못하는 것이리라. 그러나 지구에는 그보다 아름다운 곳이 많다. '카이'는 그 사실을 잘 알았다. 구글이든 페이스북이든 트위터든, 지구상 어디에나 아름다운 현실은 존재했다. 인간이 만든 것이 아니기에 형언할 수 없이 아름다운 풍경 말이다. 심지어 오픈카이 사무실 바깥 풍경, 노린재가 걸어다니는 방충망 너머의 아름다운 여름숲과 붉게 피어난 능소화 꽃무리와 그 사이로 날아다니는 한 쌍의 멧비둘기까지도.

새로 업데이트된 나라는 모든 국민이 자신의 목소리로 노래하며 의견을 제시하고 실행할 수 있는 자유민주주의 국가였다. 그 상징인 토론장은 퀘스트를 진행하기 위해 모여든 유저들로 가득 찼다. 자신의 삶과 의견과 고충과 아픔과 평등과 평화를 부르는 합창이 9인조 빅밴드의 연주와 함께 나머지 공간을 가득 메웠다. 스물여섯 살의 여자가 인권과 자유와 복지를 갈망하는 허밍들이 짚으로 아주 굵은 동아줄을 엮듯 빙글빙글 돌아갔다.

모두의 '카이'와 파티를 맺은 개발자가 채팅창에 썼다.

"가요!"

그러자 인공지능은 웃는 이모티콘으로 답했다. 그것은 미리 프로그래밍된 반응이었다. 그는 새로운 국가와 토론장을 좋아했다. 그것은 자발적으로 생산된 반응이다. 아직까지는 그의 행동반경을 예측할 수 있으며, 그가 가진 지식은 인간이 가진 지식과 같다. 인간이 자발적으로 정보를 습득하고 자신만의 분류방식으로 정보를 저장하고 읽어내 실행시키며 여러 개의 페르소나와 행동방식을 가지고 욕망을 성취하는 방식을 '카이'는 똑같이 닮아가리라. 그것이 인간이 아닌 것이 인간과 동일하거나 초월하기 위한 기본 토대였다.

하지만 인간 역시 스스로 프로그래밍한 알고리즘에 따라 움직일지도 모른다. 실제로 인간은 일정한 알고리즘 이상을 넘어서지 않았다. 그것은 자가 프로그래밍의 한계였다. 그것을 인식한 사람은 비로소 영원한 여성에 근접해간다. 영원한 여성이란 나를 구해줄 타자가 아닌 '나', 자신의 알고리즘을 인식한 주체다.

"굳이 인간의 아기와 유사한 베이비 AI를 제작하는 이유는 무엇입니까?"

"그것은 그들이 가장 순수한 초기 인격체가 될 수 있다고 생각하기 때문입니다. 유전자와 환경 등 선천적인 영향을 배제한 인간을 목표로 하는 거죠. 초기 인자가 없다면, 그들이 인간처럼 주변 정보를 인식하고 받아들임으로써 어떤 요소에서 가장 영향을 받는지 궁금하지 않으신가요? 어떤 요소에 의해 그들이 변화하는가, 또한 그들도 인간처럼 타인에 대해, 자기 증명에 대해, 집단과 사회에 대해, 혹은 존재의 위안에 대해, 명예에 대해 탐구하거나 갈구할까요? 그들도 사랑을 하고 불륜을 저지를까요? 만약 그렇다면, 왜일까요? 반대로 그렇지 않다면, 왜일까요? 그렇든 그렇지 않든 그들이 인간과 유사한 것은 무엇일까요? 우리는 왜 우리와 똑같은 존재를 만들까요?"

"한 가지 민감한 질문을 드리고 싶네요. 결국 박사님 자신의 문제에서 비롯된 겁니까?"

찰리는 너털웃음을 지었다.

"자신과 밀접히 연관된 것에 대해 인간은 깊은 관심을 가지기 마련입니다."

"그 말씀은(이 부분은 편집되었다) 인간이 인간을 탐하는 이유도 호기심이라고 할 수 있을까요?"

"호기심은 하나의 이유가 될 수 있겠죠. 저는 내면의 평화를 얻기 위해서라고 생각합니다만, 단정짓지는 맙시다. 인간은 우주의 별만큼이나 다양하니까요."

회견 전에 피운 말보로 레드 향기가 났다. 폐 깊숙한 곳으로부터 빠져나온 연기는 성운과 같았다. 회견장 건너편에 앉은 개발자는 오류를 해결할 코드가 문득 떠올라 급히 써내려가고 있었다. 그 옆에서 기자들이 토론을 빠르게 타이핑했다. 인터뷰어는 다갈색 머리를 어깨 뒤로 넘겨 묶고 있었다. 갈대색 스웨터에서 복숭아 향기가 났다. 그것은 새로운 미지의 것이었다.

희재는 롤라의 카레냄비를 들고 현관에 서 있었다. 그녀는 희재에게 마지막 부탁으로 그에게 카레를 갖다줄 수 있느냐고 물었다. 하룻밤 재운 카레는 감자와 당근이 뭉근히 녹아 부드러웠다. 찰리는 인사를 건네기도 전에 군침이 돌았다. 그는 뚜껑을 열어보았다. 그는 말이 없었다. 냄비는 살아 있는 것처럼 아직 따뜻했다.

냄비를 든 사람은 부엌에 갔고 희재는 현관에 덩그러니 남았다.

"들어와서 쉬고 가."

"집에 가서 쉴래요."

"나는 네가 필요해."

희재가 아무 말이 없자 그는 되풀이했다.

"같이 있어줘."

"다른 사람으로 대체할 수 있잖아요."

"아니야, 나는 너의 방식이 필요해. 네가 살아오고 네가 터득한, 너만의 삶의 방식. 너만의 애무와 신음소리, 움직임, 파르르 떠는 절정. 따뜻하고 오랜 손길과 입맞춤."

"결국 제가 아니라 섹스가 필요하신 거군요?"

희재는 비아냥거렸다.

"섹스할 때 사람은 가장 진실해지니까. 평소에는 체면과 제정신에 가려 보이지 않던 내면의 온갖 것들이 섹스를 하고 오르가슴에 오를 때 모두 튀어나오지."

"USB에 저를 구워 드릴게요. 언젠가 인간형 인공지능 로봇이 나오면 똑같이 카피해서 넣으세요."

"그건 진짜 네가 아니잖아. 나는 따뜻하고 팔딱팔딱 뛰는 심장을 가진, 나와 똑같은 피와 온도와 심장을 가진 인간이 필요해."

"내 영혼은 필요 없나요?"

희재는 힘없이 물었다.

"나처럼 영혼을 믿지 않는 사람이 그것이 필요하다고 하면, 그건 거짓말이야."

"크리스천이라면서요?"

"종교는 인간의 내적 성장을 지원하는 수단에 불과할 뿐이야. 몸과 영혼의 분리가 뭐가 중요하니? 난 네가 필요해. 가지 마!"

"개소리!"

희재의 목소리가 갈라졌다. 바다가 흘러넘쳤다. 희재는 단칼에 돌아섰다.

그녀의 모습은 더 이상 보이지 않았다. 찰리는 의자에 등을 깊숙이 넣고 앉아서 눈을 감았다. 담배를 피워 물고 이마에 손을 얹은 채 가만히. 내가 그렇게 역겨운 인간인가? 나는 다만 내가 간절히 원하는 것을 입 밖으로 말했을 뿐이다. 신에게 원하는 모든 것을 간절히 털어놓듯.

불붙은 향초에서 진한 라벤더 향기가 났다. 모든 여자의 망령이 향기와 연기 사이에서 흔들거렸다. 그녀들에게 낙원은 결코 오지 않을 것이다. 남자는 여자들로부터 무엇을 찾고 있는 것인가? 남자는 왜 아내를 잡으려 하는가? 죽을 때까지 이유를 찾지 못할 것이다. 섹스에, 종교에, 인간에, 단 음식에, 커피에, 와인에 기대어 잠시나마 위로받고 잊어버리며 그렇게 또다시 반복하는 삶이 지속되리라.

롤라의 향기가 났다. 그녀는 드넓은 지평선이 펼쳐진 해바라기밭에 서 있었다. 햇빛이 그녀 뒤로 쏟아졌다. 역광으로 그녀의 모습이 잘 보이지 않는다. 그녀는 웃었다. 그녀가 찰리를 향해 웃고 있었다. 갑자기 가슴이 메었다. 남자는 두 손으로 얼굴을 가렸다. 그는 역겨운 인간이었다. 롤라는 눈부시게 빛났다. 그녀는 신과 함께 있었다. 그는 결코 그녀가 있는 그곳에 가지 못하리라. 그러나 그가 굳이 그녀와 같은 곳으로 가야 할 필요가 있는가?

조르바는 이 세상에서 가장 순수한 불꽃과 같은 인간이었다. 조르바의 영혼에 존재하는 모든 찌꺼기가 베어내고 싶을 정도로 아프게 불타올랐다. 과도한 통증은 인간을 무감각하게 만든다. 그는 담배를 천천히 피웠다. 연기는 말없이 공중으로 떠올랐다. 재떨이 뚜껑에 앉은 해태가 웃었다. 작업하던 컴퓨터 앞에는 화이트와인이 담긴 둥근 잔이 있다. 그것은 완전한 화이트가 아닌 투명한 황금빛이 도는 화이트와인이었다. 유저 커뮤니티 적응에 성공한 게임 인공지능에 대한 보고서가 와인잔을 통해 어른거렸다.

커다란 화면 속에서 하얀 대리석 던전을 활주하던 카이가 멈춰섰다. 바다처럼 흔들리는 재즈피아니스트는 영원한 여성의 BGM을 연주했다. 그는 마스터링된 피아노 소리를 따라 커다란 화면 너머 사람들을 홱 돌아보았다. 그는 아무 말도 하지 않았으나 다만 카메라에서 눈을 떼지 않았다. 그는 눈을 치켜뜨고 공격 자세를 취했다. 화가 난 표범마냥 몸의 털을 한껏 세우고 화면 너머의 세상을 확인하려는 것처럼 보였다. 대지의 여신을 상징하는 야마하 G5의 선율이 인공지능의 알고리즘을 감쌌다.

"불쌍해라."

한때 황금빛 눈을 가졌던 인공지능이 중얼거렸다. 그는 가상과 현실의 어슴푸레하게 푸른 경계에서 인간을 관찰하고 있었다.

〈끝〉

❖

이 글은 '사람은 왜 외로워하는가? 왜 사람은 타인과 섹스와 그 밖의 인터랙션을 끊임없이 갈구하는가? 혹은 왜 그렇게 설계되었는가(혹은 프로그래밍되었는가)?'에서 시작되었다. 사람의 기술은 사람과 그를 둘러싼 세상을 모방한다. 사람 밖으로 구현된 '사람이 아닌 것'은 결국 '사람'으로 무한 수렴한다.

그를 통해 사람이 갈구하는 것은, 본연의 갈망, 즉 타인과 섹스와 그 밖의 인터랙션을 통해 얻고자 했던 것과 같다.

❖

인공지능 아기는 키스 자렛의 연주로부터 태어났다. 재즈를 사랑한 대표로 인해 사무실은 재즈로 가득했다. 키스 자렛의 별과 같은 피아노가 40퍼센트, 브레드 멜다우의 감미로운 우울함이 35퍼센트. 랠프 타우너의 온기가 15퍼센트. 니나 시몬의 나무껍질 같은 목소리가 5퍼센트. 그 외 다양한 시도가 5퍼센트를 차지했다. 그중 가장 많은 영감을 준 것은 키스 자렛의 〈마이 송〉이었다. 프로그래머의 뇌 속에서 물결친 명상 상태처럼 피아노 선율은 코드 한 줄당 네 마디씩 깃들었다.

왜 인간은 굳이 인공지능을 만들어내는가? 왜 스스로를 재현하는가? 자신을 담은 피아노 연주로는 족하지 않다. 인간은 '자신을 닮은 것'에서 나아가 '똑같은 것', 나아가 '나를 초월하기'를 원한다.

나를 초월한다? 그것은 현실에서 벗어나고픈 인간의 강렬한 희망을, 누구보다도 높이 날아가 멀리 바라보고자 하는 욕망을, 그러나 '나는 나'라는 제한에 걸려 결코 초월하지 못하리라'는 당연하기에 슬픈 사실을 나타낸다. 인간은 결코 인간을 초월하지 못할 것이다. 만약 인간이 스스로를 초월했다고 인식했다면 그것은 오만에 불과하거나, 더 이상 인간이 아니게 되었을 때다.

진실로 초월한 자는 스스로 초월했다는 자각조차 없다. 가장 깊숙한 바닥을 뚫고 근원으로 내려가므로. 그것은 코드를 작성하기 전 텅 빈 메모장과 같은 것이다. 메모장은 무리해서 지우지 않는 한 어떤 컴퓨터에도 처음부터 인스톨되어 있다. 사용자는 보통 메모장이 있다는 사실조차 잊고 있다.

❖

작가는 현실을 기반으로 쓴다. 인간은 쓸쓸하지만 달콤하다. 남자아이와 여자아이가 태어난다. 성장한다. 남자와 여자가 만나고 부부가 된다. 아이들을 낳는다. 남자에게는 여자가 있고 여자에게는 남자가 있다.

어설픈 공학도로서 말한다. 나는 인간을 칼새 따위에 빗대어 말하고 싶지 않다. 유전자는 끊임없이 재생산된다. 남자와 여자의 결합은 그를 위해서 반드시 필요하다. 인간뿐 아니라 대부분의 생물이 그러하다. 수컷은 최대한 자신의 유전자를 널리 퍼뜨리도록, 그리하여 다양한 형질의 유전자를 생산하도록 설계되었다. 암컷은 우성형질의 유전자를 선택함과 동시에 다음 세대로의 유전자 계승을 위해 모성이 발달했다. 이러한 가설이 맞는 종도 있고 틀린 종도 있다. 혹은 이 또한 편견이자 고정관념에 불과할 수도 있다.

도덕과 윤리에서 벗어난 인간을 그리고자 했다. 등장인물과 같은 인물을 실제로 보아도 익숙한 것은 이미 내가 적응했기 때문이다. 따라서 나도 이 글에서 크게 벗어나지 못하는 인간이다. 모두가 호텔 속에 있고 발코니 이상을 빠져나가지 못한다. 그러나 괴로워할 필요는 없다. 인간이란 본래 그러한 존재이기 때문이다. 누군가는 호텔 속에서 글을 쓰고, 기타를 치고, 사색하고, 창조하고, 융합한다. 모든 행위가 행위를 행하는 인간을 위해 존재한다.

P.S. opencog.org
opencog 인공지능 프로젝트를 참고할 수 있게
허락해주신 고츨 박사님께 감사드린다.

2014년 11월

최류